JANE AAMUND

# Wellenklang

*Buch*

Kopenhagen zu Beginn des Jahrhunderts. Erzählt wird die Geschichte einer armen Arbeiterfamilie, in der die Frauen das Sagen haben. Im Mittelpunkt steht dann auch folgerichtig eine Frau: Jane Aamunds Großmutter Juliane – ein Vollweib, das weder auf den Mund noch auf den Kopf gefallen ist und sich einen Dreck um Konventionen schert. Im letzten Teil der Trilogie tritt ihr Lieblingssohn Joseph in den Vordergrund. Die Hoffnungen, die Juliane für ihn hegte, erfüllen sich zunächst nicht: Seine Karriere als Opernsänger stagniert, und auch in seiner Ehe kriselt es. Joseph sucht Trost bei einer Kollegin von der Oper. Als seine Frau ihn jedoch mit einer anderen Frau betrügt, reicht er erbost die Scheidung ein. Zunächst versucht er sein Glück als Sänger in deutschen Kurorten, doch er vermag nicht so recht Fuß zu fassen. Da stirbt seine Mutter Juliane. Für Joseph ist das ein Schock – und Anlaß genug, sein Leben endlich zu ändern . . .

*Autorin*

Jane Aamund ist Journalistin und eine der erfolgreichsten Unterhaltungsschriftstellerinnen Dänemarks. In der vorliegenden »Groschenwalzer«-Trilogie erzählt sie von den Frauen ihrer eigenen Familie.

*Jane Aamund bei Blanvalet*

Groschenwalzer. Roman (35073)
Sommernächte. Roman (35088)

# JANE AAMUND

# Wellenklang

Roman

Aus dem Dänischen
von Knut Krüger

BLANVALET

Die dänische Originalausgabe erschien 1989 unter dem Titel
»Klinkevals« bei Host & Son, Kopenhagen

*Umwelthinweis:*
Alle bedruckten Materialien dieses Taschenbuches
sind chlorfrei und umweltschonend.
Das Papier enthält Recycling-Anteile.

Blanvalet Taschenbücher erscheinen im Goldmann Verlag,
einem Unternehmen der Verlagsgruppe Bertelsmann.

Deutsche Erstveröffentlichung März 2000

Umschlaggestaltung: Design Team München
Umschlagfoto: Artothek / Christie's
Satz: DTP Service Apel, Hannover
Druck: Elsnerdruck, Berlin
Verlagsnummer: 35089
RK · Herstellung: Heidrun Nawrot
Made in Germany
ISBN 3-442-35089-1

1 3 5 7 9 10 8 6 4 2

*Für meinen Mann Niels zum Dank*
*für seine liebevolle Hilfe und Unterstützung.*
*Dieses Buch ist außerdem meiner großen,*
*wunderbaren Familie gewidmet.*

*»Wellenklang« ist vor allem meinem Vater gewidmet,*
*Joseph Aamund, geborener Jens Peter Joseph Karl Jensen*
*(1886–1967).*
*Ich danke ihm für all die Geschichten,*
*die er mir aus seinem Leben erzählte:*
*von den Frauen, der Liebe und seiner seltsamen,*
*großen Familie.*

*»Wellenklang« ist auch meiner Mutter gewidmet,*
*Ane Johanne Aamund, geborene Weibel (1908–1978).*
*Sie wurde die große und letzte Liebe meines Vaters.*

# 1

Anna öffnete die Tür zu ihrem Salon. Das Schild »Schönheitspflege und Maniküre« fiel herunter. Verärgert brachte sie es wieder an. Joseph hatte versprochen, es festzumachen. Vorsichtig nahm sie den großen Hut mit der Hutnadel ab, ohne die dunklen, schweren Haare, die zu einer eleganten, üppigen Frisur hochgesteckt waren, aus der Fasson zu bringen.

Sie studierte sich sorgfältig im Spiegel, während sie das Seidengewand mit dem hohen, japanischen Gürtel anlegte. Heute war sie zufrieden mit der Frisur, dem blassen Teint und dem kleinen, korallenroten Puppenmund mit den fein gezeichneten Amorbögen. Es konnte ein schöner Tag werden.

Die Fenster, die zur Bredgade hinausgingen, waren spiegelblank. Auf der Fensterbank lagen französische Modezeitschriften, Schildpattkämme, vergoldete Puderdosen und weiche Pinsel. Sie schaute auf die kleine goldene Uhr, die an einer Kette um ihren Hals hing. Noch zehn Minuten bis zum ersten Kunden.

Ihr neuer Salon lief wirklich gut. Inzwischen konzentrierte sie sich ganz auf Schönheitspflege und Maniküre. Am Anfang war es ein Damenfrisiersalon gewesen, doch ihre Kunden, die den besten Kreisen Kopenhagens angehörten, legten keinen Wert darauf, hinter einer Spiegelscheibe auf dem Präsentierteller zu sitzen. Man schickte weiterhin nach ihr, so wie es üblich war. Nachdem sie in der Bredgade mit Schönheitspflege und Maniküre begonnen hatte, veränderte sich ihr Kundenkreis von Grund auf. Zu mehr als der Hälfte bestand er aus Männern, die Wert auf elegante und gepflegte Hände legten. Einige bekamen die Augenbrauen und den Bart gefärbt, und die Jungen erhielten oft ein leichtes Make-up, wenn sie in der Nacht Absinthorgien gefeiert hatten.

In Paris, Wien, London und New York ließen die Damen sich jetzt schminken. Das Studieren ausländischer Modejournale gehörte zu Annas Passionen. Sie las sie immer und immer wieder und träumte davon, ihren Salon zur ersten Adresse Kopenhagens zu machen. Der Salon hatte wegen seines eleganten Interieurs, der cremefarbenen Wände, der roten Gardinen mit japanischem Muster, der goldenen Spiegel und der schwarzen Lackstühle für Aufsehen gesorgt.

»Anna Korsberg – Schönheitspflege und Maniküre«. Sie hieß auch Jensen, Korsberg-Jensen. Aber Joseph, ihr junger Ehemann, hatte nichts dagegen gehabt, daß sie den Namen Jensen auf dem Türschild des Salons gestrichen hatte.

Sie hatte ihm eine Namensänderung mit dem Hinweis vorgeschlagen, dies täten doch viele, vor allem Künstler. Doch Joseph entgegnete, er habe sich bereits als Sänger Joseph Jensen einen Namen gemacht. Sie könne ja selbst etwas dafür tun, eine bekannte Schönheitsexpertin zu werden.

Das hatte sie zähneknirschend akzeptiert. Sie würde es ihm zeigen. Ja, sie hatte es ihm bereits gezeigt, denn sie verdiente mehr Geld als er.

Nachdem sie sich kennengelernt hatten, träumte sie

davon, mit ihm gemeinsam aufzutreten, als Paar. Sie spielte Gitarre, hatte eine hübsche, zarte Singstimme und trug schwedische Lieder vor. Doch wenn sie eingeladen waren, hatte sie mehr als einmal erlebt, daß die Gesellschaft nur an Josephs Gesang interessiert war, und eine Freundin hatte ihr darüber hinaus den Rat gegeben, sie solle doch nicht fortwährend versuchen, sich an ihn dranzuhängen.

Als sie Joseph tief getroffen erzählte, was die Freundin gesagt hatte, bekamen sie einen Riesenkrach, der ein zweiwöchiges eisiges Schweigen nach sich zog. Joseph hatte die Auseinandersetzung dazu genutzt, seinem Unmut über ihr Verhalten Luft zu machen und ihr mitzuteilen, es gäbe einige Menschen, die seine Karriere gerne unterstützen würden, wenn er nur nicht immer eine trällernde Dame mit Gitarre im Schlepptau hätte.

Anna rief: »Das ist abscheulich, Joseph. So seid ihr alle in deiner Familie. Ihr trampelt auf den Gefühlen anderer Leute herum. Ihr habt keinen Bildungshintergrund. Denk daran, was ich dir alles beigebracht habe. Als wir uns kennenlernten, hattest du keine Ahnung, wie man mit Messer und Gabel umgeht. Ich werde niemals vergessen, daß du nicht einmal Unterhosen trugst! Und dann die Art und Weise, wie deine Mutter die Familie dominiert, und dein Schwager, der Spieler . . .«

»Laß meine Familie aus dem Spiel!« rief Joseph, knallte die Tür hinter sich zu und ließ sich zwei Tage lang nicht blicken. Sie fragte nicht, wo er gesteckt hatte, ob bei einer seiner Verehrerinnen aus dem Opernchor oder zu Hause in Christianshavn bei Juliane, um sich mit Graupensuppe, Schweinsfüßen in Aspik, gebratenem Euter und all den anderen Scheußlichkeiten zu betäuben, mit denen sich die Familie Jensen tröstete, wenn ihr etwas gegen den Strich ging.

Ein Herr in langem, schwarzem Mantel mit Persianerkragen und schwarzem Hut betrat den Salon. Er ließ sich auf einem Stuhl vor dem Maniküretisch nieder, knöpfte sein Jackett auf und legte seine Hand auf das kleine rote Lederkissen.

Anna setzte sich ihm gegenüber. »Sind der Herr Grossist Simonsen heute in Eile?«

»Nein, lassen Sie sich nur Zeit.« Anna nahm seine Hand, studierte sie aufmerksam und begann mit sorgfältigen, aber entschiedenen Bewegungen seine Nägel zu feilen. Er sah sie nicht an, während sie arbeitete. Sein Blick schweifte durch den Salon. Es war erregend und beinahe zu intim, einer so schönen Frau so nahe zu sein, während sie einen berührte. Anna arbeitete schweigend und legte seine Hand in eine kleine Porzellantasse mit Seifenwasser, das ein leichtes Zitronenaroma verströmte. Sie nahm seine andere Hand.

Er schaute sie plötzlich an. »Ist es wahr, daß eine Frau immer zuerst die Hände eines Mannes betrachtet, bevor sie etwas anderes ansieht?«

Anna setzte ihr kleines professionelles Lächeln auf. »Die Hände eines Mannes verraten alles über ihn; das wissen die Frauen. Wenn sie sich die Hände angesehen haben, betrachten sie die Augen und den Mund. Der Mund erzählt fast soviel wie die Hände. Ich mache mir nichts aus Männern mit wulstigen, brutalen Lippen.«

Die Hand des Grossisten Simonsen zuckte; er wollte sich über den Mund fahren, ließ es aber bleiben. Außerdem wußte er genau, daß er schmale Lippen hatte. Seine Frau hatte seinen Mund als empfindsam bezeichnet, damals, als sie verlobt gewesen waren.

»Interessant zu hören.« Der Grossist Simonsen nickte und lächelte.

Anna schlug die Augen nieder und umgab sich mit einer unsichtbaren Kühle. Sie spürte, wenn sich die Hände der Männer elektrisierten, und war eine Meisterin darin, den Strom zu unterbrechen, ehe er zu stark wurde.

Und dann diese Frage: »Ist es wahr, daß eine Frau immer zuerst die Hände eines Mannes betrachtet?« Das fragten sie alle. Es kam vor, daß einige der männlichen Kunden ihre Kühle nicht respektierten. Dann griff sie zu einem ihrer anderen erprobten Mittel. Sie starrte plötzlich konzentriert auf einen Nagel, als ob er etwas Krankhaftes an sich hätte. Ihr hübscher Mund zeigte für einen Augenblick die Andeutung eines Ekels. Der Kunde erkannte die Signale und wurde unsicher. Die Elektrizität in seinen Händen verschwand, und er verhielt sich brav und besonnen, bis die Behandlung beendet war. Diesen Kunden cremte sie niemals die Hände ein, sondern begnügte sich damit, am Ende ein wenig trockenes Talkum auf sie zu streuen.

Es war nur wenige Male geschehen, daß sie hatte aufstehen und den Kunden bitten müssen, den Salon zu verlassen.

Einer von ihnen hatte plötzlich eine sonderbare Ausbeulung unter seinem Frisierumhang bekommen, während Anna mit der Gesichtsmassage beschäftigt war. Doch als sie sah, daß er sein Geschlechtsteil hervorgeholt hatte – was sie Joseph errötend berichtete –, rief sie nach der Polizei, worauf ihr der korpulente Wachmann in der Bredgade zur Hilfe eilte. Joseph lachte, als sie die Geschichte erzählte. Eine merkwürdige Reaktion für einen Ehemann, der seine Frau beschützen sollte.

»›Sein Geschlechtsteil hervorgeholt‹, was sprichst du für eine merkwürdige Sprache«, sagte er lachend. »Weißt du denn nicht, wie das in ganz normalem Dänisch heißt?«

»Nein, und ich will es auch nicht wissen«, sagte sie mit zusammengekniffenen Lippen.

Joseph zog sie an sich und hielt sie fest. »Du kleine Närrin«, flüsterte er. Sie entwand sich ihm, als sie merkte, daß er mit ihr ins Bett wollte. »Ich erzähle dir gar nichts mehr, wenn das solche Reaktionen bei dir auslöst.« Und so hatte das Ganze im üblichen Streit geendet.

Sie kümmerte sich nicht um ihre ehelichen Pflichten. Das tat ihre Schwester Rigmor auch nicht. Zu Hause war über so etwas nie gesprochen worden, doch hatte ihre Mutter angedeutet, man könne abhängig werden wie von einem Gift, wenn man sich erst mal darauf einließe. Zum einen verlöre man seine Würde als Frau, und zum anderen respektierten die Männer nur die Frauen, an die sie nie richtig herankämen.

Joseph war der erste Mann, den Anna kennengelernt hatte. Sie war auch alt genug gewesen, als sie sich verheiratete: einunddreißig Jahre. Joseph war zehn Jahre jünger. »Die Frauen in unserer Familie bevorzugen ebenfalls jüngere Männer«, sagte ihre Schwiegermutter mit wissendem Augenzwinkern, als Joseph seine elegante Verlobte in der Overgade oven Vandet vorstellte. Anna hatte das unbehagliche Gefühl, die große, gut gepolsterte Frau aus Christianshavn würde ihr direkt in die Seele blicken.

Sie hoffte, ihr Zusammenleben würde etwas ganz Besonderes werden. Joseph wollte keine Kinder, und sie auch nicht. Wo gab es schon Männer, die so dachten? Der Gedanke, ein Kind zur Welt zu bringen, das sich seinen Weg förmlich aus ihr heraussprengte, erfüllte sie mit Angst. Sie hatte anfangs große Schwierigkeiten beim Geschlechtsverkehr gehabt. »Ich bin viel zu schmal, sagt der Doktor.« Sie sagte das mit Stolz, als sei dies eine interessante und delikate Eigenschaft. Sie hatte sich zu Beginn sehr oft an den Doktor gewandt. Schließlich bat sie ihn, mit Joseph zu sprechen, dem die beiden vorgeschriebenen Male in der Woche ganz und gar nicht ausreichten.

Der geduldige alte Hausarzt der Familie Korsberg hatte Joseph das Buch van der Veldes über die Ehe mit auf den Weg gegeben und ihn gebeten, seine Frau schonend zu behandeln. Anna habe empfindliche Schleimhäute, und ihre Blase vertrage nicht so viel geschlechtliche Aktivität, betonte er. Joseph wand sich auf seinem Stuhl, bekam knallrote Ohren und fühlte sich als Vergewaltiger.

Anna sah den Grossisten Simonsen freundlich an und tupfte seine Hand mit einem kleinen, weißen Frotteehandtuch trocken. Die Hand war jetzt geschmeidig und warm. Die Nagelhäute waren weiß. »Männer, die ihren Händen soviel Aufmerksamkeit schenken wie Sie, sind anständig. Sie nehmen sich Zeit zur persönlichen Pflege und zum Nachdenken.« Sie betrachtete die Hände mit gewissem Abstand, um zu sehen, ob die Nägel perfekt aussahen.

»Möchten der Herr Grossist ein wenig Lack?«

»Nein, danke, das finde ich ordinär, aber wenn Sie ein bißchen polieren könnten.«

Anna nahm das kleine Waschleder sowie ein wenig hellrote Kreide und rieb.

Der Grossist begutachtete mit Zufriedenheit seine Hände. »Man kommt sich so gepflegt vor, wenn man Sie wieder verläßt, Frau Korsberg.«

Anna senkte bescheiden den Blick. Er bezahlte und winkte ab, als sie ihm das Wechselgeld herausgeben wollte. Als Simonsen schon in der Tür stand, drehte er sich plötzlich um. »Meinen Sie, ich sollte mir die Augenbrauen färben lassen, um meinem Gesicht mehr Charakter zu verleihen?«

Anna trat dicht an ihn heran, studierte seine Brauen mit

professioneller Miene und strich mit ihren Fingern an den Rändern entlang. Der Grossist räusperte sich nervös.

»Ja, das wäre vielleicht eine gute Idee, nicht schwarz, aber dezent mahagonifarben. Das machen wir das nächste Mal.«

Er wollte sich schon verbeugen, bevor er hinausging, nahm sich aber zusammen. Ein Mann verbeugte sich nicht vor seiner Kosmetikerin. Er beließ es also bei einem intensiven Kopfnicken und einem schwachen Lächeln und schritt dann, mit munter schwingendem Spazierstock, hinaus auf die Bredgade.

Anna folgte ihm mit den Augen. Ein schöner Mann. So ein schwarzer Mantel mit Persianerkragen würde Joseph auch gut stehen. Sie liebte es, elegante Kleidung für ihn auszuwählen. Auch er war gerne gut angezogen, doch es war ihm peinlich, daß sie mehr verdiente als er.

Anna war sehr zufrieden. Das gab ihr ein sicheres Gefühl. Es gefiel ihr, sich in Szene zu setzen. Ihr üppiges Haar, das ungebändigt in den Nacken fiel, kam bei den Männern gut an. Ihr war intuitiv klar, daß Kindfrauen nicht mehr in Mode waren. Es hatte großen Eindruck auf sie gemacht, als einer von Josephs Theaterfreunden Georg Brandes zitierte. Sie hatte wirklich das Gefühl, daß Brandes sie selbst beschrieb: »Die ebenbürtige Frau von dreißig Jahren vermag Charakter, Geist, Leidenschaft, Willensstärke und Aktivität zu zeigen.« Dieser Satz führte sie zu einer neuen Lebenseinstellung. Übersetzt in ihre eigene Sprache, bedeutete das, man durfte nicht die Sklavin seines Mannes sein, sondern mußte Macht besitzen. Außerdem galt es, hübsch, klug und unerreichbar zu sein. Geschäftlich war sie erfolgreich, und mit dem richtigen Mann würde sie es auch privat sein. Aber war Joseph der richtige Mann für sie? Sie wollte ihm ein paar Jahre Zeit geben. Sie glaubte fest daran, daß er am Theater Karriere machen würde – alle sagten das –, und sie wollte ihn auf seinem Weg nach oben unterstützen. Eines Tages würde er ihr dankbar sein, dessen war sie gewiß.

Joseph stand mit aufgekrempelten Ärmeln in der Küche und formte Fleischklößchen. Das Hackbrett war mit Mehl bestreut. Seine kurzen, breiten Hände wendeten die Fleischklößchen geschickt darin, bevor er sie kugelrund formte und mit dem schwarzen Küchenmesser ein Karomuster einritzte.

Plötzlich sah er die Hände seiner Mutter vor sich und lächelte. Genauso hatte sie es gemacht, dann das Schweinefett in die Pfanne getan, und wenn es braun war, die Fleischklößchen hineingelegt. Es war lange her, daß er sie besucht hatte. Er vermißte sie plötzlich und schaute auf seine Uhr. Es war halb zwölf. Die Theaterprobe begann erst um drei. Wenn er sich mit dem Kochen beeilte, konnte er noch mit dem Fahrrad zu ihr hinausfahren.

Er legte die Fleischklößchen in die Pfanne, stellte die Flamme kleiner und sah sich zufrieden in der Küche um. Alles war sauber und ordentlich.

Er genoß die stillen Vormittagsstunden, in denen er einkaufte und das Essen vorbereitete. Er war praktisch und flink und wunderte sich oft darüber, daß die Frauen über die beschwerliche Hausarbeit klagten. Ihm gefiel es, Zeit für sich selbst zu haben und ein bißchen Hausarbeit zu erledigen, die Blumen zu gießen und Staub zu wischen. Darüber sprach er mit niemandem. Das war ja fast peinlich, wenn man ein Mann war. Vielleicht genoß er es besonders, allein zu sein, denn in seinem Elternhaus hatte es immer Kindergeschrei und Radau gegeben.

Viggo war der einzige, der immer noch bei der Mutter

in der Overgade oven Vandet wohnte, und so hätte man glauben können, es sei etwas ruhiger geworden. Doch an jedem Sonntag kamen die Brüder mit ihren Freundinnen Emilie, Valborg, Flora und Karin zu Besuch. Thora kam jeden Vormittag mit ihren Kindern zum Kaffeetrinken, und die Tanten Josephine und Rikke wollten sich die neuesten Geschichten ihrer Schwester Juliane auch nicht entgehen lassen.

Juliane saß auf ihrem Medaillonstuhl im Erker und hielt Hof wie eine Königin. Manchmal, wenn sie absolut nicht auf Besuch eingerichtet war, glich sie eher einer Bulldogge, wenn die Gäste gutgelaunt durch die Tür schritten. Rikke und Josephine waren sehr beleidigt, als sie eines Sonntagvormittags in ihren schönsten Besuchskleidern hereinkamen.

Juliane sah sie mürrisch an und fragte: »Was wollt ihr?«

»Aber du hast uns doch hereingewunken, Juliane.« sagten sie verärgert. Juliane musterte sie. »Ich habe nicht *so* gemacht«, entgegnete sie und machte eine entsprechende Geste mit den Fingern. »Ich habe *so* gemacht.« Sie ließ eine abwehrende Handbewegung folgen. Sie zogen ab und knallten die Haustür hinter sich zu. Juliane hatte offenbar einen »ihrer Tage«, an denen sie bereits am Morgen von schlechter Laune und hohem Blutdruck geplagt war. Doch als sie beobachtete, wie die beiden aufgebracht die Straße hinunterstapften, verbesserte sich ihre Laune schlagartig, und ein breites Lächeln überzog ihr Gesicht.

Joseph legte in der Speisekammer einen Teller über die Fleischklößchen. Anna kam spät nach Hause. Am Freitag schloß sie den Salon um neun. Sie hatten die Hausarbeit unter sich aufgeteilt. Anna wusch und bügelte die Wäsche und putzte am Sonntag. Joseph kaufte ein, machte das Essen und spülte das Geschirr.

Bei der Familie in Christianshavn sprach man darüber, wie merkwürdig sich Anna und Joseph ihr Leben eingeteilt hatten.

Seine Brüder und deren Verlobte waren verärgert. Einem Künstler so was zuzumuten. Auf den Familienfesten ließen die Tanten Joseph gegenüber ständig spitze Bemerkungen fallen.

Es wurmte sie, daß Anna zu diesen modernen Frauen gehörte, die ihr eigenes Geld verdienen wollten. »Würde ich mein eigenes Geld verdienen, hätte ich Linder schon vor Jahren rausgeschmissen«, sagte Josephine eines Tages, als sie mit Rikke frühstückte. »Wozu in aller Welt braucht man einen Mann, wenn man sein eigenes Geld hat?«

»Wir können uns nur auf die Witwenzeit freuen«, antwortete Rikke und tupfte sich mit der Serviette den Mund ab.

Joseph und Anna waren das ständige Gesprächsthema der Familie. Julianes Schwestern hatten sich am wohlsten gefühlt, solange in ihrer Familie alles unverändert geblieben war. Als Joseph zum Theater ging, waren sie leicht beunruhigt, und als er das hübsche Fräulein Korsberg heiratete, die »etwas im Kreuz« und einen eigenen Schönheitssalon in der Bredgade hatte, fühlten sie, daß eines von Julianes Kindern sie sozial übersprungen hatte. Das war besonders ärgerlich, da es ja auch auf Juliane abfärbte. Juliane tat sich wichtig, fanden sie.

Joseph und Anna waren jetzt seit zwei Jahren verheiratet, und noch immer hatten sie keine Kinder. Dieses Thema ließ die Familie nicht ruhen. »Ob er vielleicht vom andern Ufer ist, Juliane?« äußerte Josephine hoffnungsvoll. »Woher soll man das auch wissen, wenn er Armbänder trägt, kocht und abwäscht.«

»Das Armband ist das Zeichen einer Vereinigung, die ›Fort mit dem Tabak‹ heißt«, entgegnete Juliane. »Aber es bedeutet etwas ganz anderes.«

»Vielleicht etwas Perverses?« fragte Josephine strahlend.

»Nein, es bedeutet einfach, daß man keine Kinder möchte. Es ist eine Vereinigung junger Sänger am Theater«, sagte Juliane und wischte sich die Kuchenkrümel von der Brust. »Das finde ich großartig. Kinder bekommen kann jeder Trottel, aber sie zu vermeiden, das ist die Kunst.«

Juliane liebte Joseph auf schmerzliche Weise. Sie hatte schon immer gewußt, daß er mehr begriff, als er sollte. Von frühester Kindheit an hatte er ein engeres Verhältnis zu ihr gehabt als die anderen Kinder. Sein Blick war dunkel und durchdringend. Der Junge sah alles. Es gab Bilder, die sie zu verdrängen versuchte, wenn sie auftauchten: der kleine, dürre Junge, der vor Angst schrie und sich die Hände über den Kopf hielt, während sein Vater auf ihn einschlug. Seine Hand, die an ihrem Rock zog, als sie sich eines Abends im Kanal ertränken wollte, und der Ausdruck in seinen Augen, als er am Bett stand und Otto und sie betrachtete, die kurzatmig und erhitzt dalagen, nachdem sie sich in jener Nacht geliebt hatten, in der Joseph zum erschrockenen und stummen Zeugen der vorausgegangenen Streitereien und Gewalttätigkeiten geworden war.

Es drängte sie oft danach, ihm die Dinge, die er gesehen und erlebt hatte, zu erklären, doch über so etwas sprach man nicht mit seinen Söhnen.

Ihr Lieblingssohn war Viggo, der jüngste. Inzwischen war er siebzehn und konnte immer noch nicht lesen und schreiben. In der Schule stellte er sich so ungeschickt an und bekam so oft Prügel, daß sie ihn im Alter von dreizehn Jahren hatte herunternehmen müssen. Jetzt ging er als Fahrradmechaniker in die Lehre bei Thoras Mann Kalle Schmidt. Viggo liebte seine Mutter. Sie lachten viel zusammen und verstanden einander. Viggo war ein fröhlicher Junge mit hellen Haaren und blauen Augen. Er war klein und gedrungen und von ruhigem Gemüt. Juliane wußte, daß er nicht zurückgeblieben war, obwohl er das mit den Buchstaben nicht begriff. Es schien so, als ob er sie verwechselte, doch die Lehrer bestraften ihn einfach. Er war gut im Rechnen, hatte Phantasie und konnte zeichnen. Sie hatte gelitten, wenn er verprügelt von der Schule nach Hause gekommen war.

Aber jetzt ging es gut. An seinem Arbeitsplatz mochten ihn alle. Es sollte noch etwas aus ihm werden. Er hatte bereits eine Freundin, Flora, ein nettes und vernünftiges Mädchen aus gutem Hause. Doch wenn Juliane und Viggo allein waren, geschah es immer noch, daß er seinen Kopf in ihren Schoß legte und Juliane sein dichtes, helles Haar streichelte.

Juliane registrierte verwundert, wie Joseph sich aus ihrer Welt in Christianshavn löste. Sie freute sich für ihn. Jedesmal, wenn er in einer neuen Opernproduktion oder als Statist in einem Schauspiel auftrat, nahm sie ihren Platz auf der Galerie ein, das Programm in den Händen, und beobachtete ihn ergriffen.

Es kam selten vor, daß er sie besuchte. Sie wußte genau, daß dies an Anna lag. Doch es machte ihr eigentlich nichts aus. Sie sollten ihr eigenes Leben leben. Anna wollte nach oben, und niemand konnte das besser verstehen als Juliane. Sie respektierte Anna, ja bewunderte sie insgeheim. Solange Joseph glücklich war, ging alles in Ordnung. Doch sie wußte auch um seine Stärke und seinen Stolz. Sollte er eines Tages spüren, daß seine Grenze überschritten war, würde er Anna verlassen. Dann nehme ich meinen Sohn eben so lange zurück, bis er eine findet, die besser zu ihm paßt, dachte Juliane gleichmütig.

Vor dem Schlafen dachte sie immer an ihre Kinder. Eines nach dem anderen ging sie in Gedanken durch. Für jedes Kind wurde Nacht für Nacht ein Fazit gezogen.

So war es in all ihren Jahren als Witwe gewesen. Nachts wurden Pläne geschmiedet. Häufig notierte sie ihre Gedanken auf einem kleinen Block, der samt einem silbernen Bleistift mit lila Troddel neben ihrem Bett lag. Um sechs Uhr stand sie auf, um das Stullenpaket für Viggo herzurichten. Bevor sie den Blechbehälter schloß, zählte sie nach: Es waren acht Hälften.

Juliane war in den letzten Jahren sehr füllig geworden. Aber die Leute sagten, es stehe ihr gut. Im Haar zeigten sich erst wenige kleine graue Strähnen, und Falten hatte sie nur um die Augen. Ihr großes Problem waren die Wangen. Wenn sie sich erregte, einige Gläser Wein oder warme Suppe zu sich nahm, wurden sie feuerrot und ließen die Adern durchscheinen. Auch quälte sie ein drückender Kopfschmerz, wenn sie nicht geschlafen hatte. Die Schwestern sagten, das läge am Alter. Die Menstruation hatte zu ihrer großen Freude aufgehört, als sie fünfzig war. Sie nahm sich vor, noch einige schöne Jahre mit ihren Kindern und Enkeln zu verbringen. An Plackerei und Männergeschichten hatte sie keinen Bedarf mehr. Finanziell kam sie gerade über die Runden. Viggo lieferte zuverlässig die Hälfte seines Lohns bei ihr ab. Sie vermietete ein Zimmer, und Johan, Otto und Wilhelm gaben ihr oft etwas zwischendurch. Thoras Mann Kalle Schmidt war zu ihrem großen Erstaunen ein wohlhabender Fabrikant geworden. Thora und Kalle besaßen eine geräumige Wohnung bei Amagertorv, und jeden Monat erhielt sie fünfzig Kronen von Kalle. Er war großzügig, das ließ sich nicht leugnen, doch Juliane hätte sich gewünscht, sein Geld nicht nötig zu haben. Denn in ihrer Situation stand es ihr nicht an, Kalles Benehmen zu kritisieren. Er trank nicht, kam stets zu Thora nach Hause und hatte keine Weibergeschichten. Aber seine Spielleidenschaft war einfach nicht zu bremsen, wenn auch bis jetzt immer alles gutgegangen war. Doch man weiß, was man weiß, sagte sie sich. Eines Tages würde es schiefgehen. Er war nicht ganz richtig im Oberstübchen.

Juliane hatte die Hausarbeit in ihrer kleinen Wohnung erledigt. Jetzt freute sie sich auf eine Tasse aufgewärmten Kaffee und einen kleinen Imbiß mit Roggenbrot und aufgestreutem Puderzucker. Sie schüttelte die Kaffeekanne – ja, ein Tässchen war noch da. Sie stellte die Kanne auf den Herd und erschrak, als Joseph plötzlich die Küchentür öffnete. »Guten Tag, Mutter.«

»Ach du bist's, mein Junge. Ich habe gerade an dich gedacht.«

Joseph ging zu ihr und küßte sie herzlich auf den Mund. Juliane bekam vor Freude rote Wangen und griff sich ins Haar. »Ich sehe bestimmt fürchterlich aus. Ich war gerade fertig mit Saubermachen, und da sagte ich zu mir: Jetzt käme eine Tasse Kaffee gerade recht.«

Joseph lachte. Die Ausdrucksweise seiner Mutter brachte ihm die Kindheit in Erinnerung: den Küchentisch, um den er mit seinen Brüdern gesessen hatte, während sie plauderte.

Es tat gut, zu Hause zu sein. Er strich mit den Händen über die alte, rissige Wachsdecke auf dem Tisch unter der Petroleumlampe.

»Schmalz oder Puderzucker?« fragte Juliane und öffnete die Tür zur Speisekammer.

»Hast du Grieben?« Sie nickte, nahm eine Schale mit knusprigen Schmalzgrieben vom Regal, schnitt eine dicke Scheibe Roggenbrot, beschmierte sie sorgfältig mit Schmalz und streute großzügig die Grieben darauf.

»Es geht doch nichts über Mutters Küche«, sagte Joseph anerkennend, lehnte sich zurück und sah sich zufrieden in der Küche um.

Sie setzte sich ihm gegenüber und tätschelte sanft seinen Arm.

»Wie geht's dir denn, mein Junge?«

»Ach, ganz gut, Mutter. Aber ich plage mich mit dem Singen vom Blatt. Ich vergesse die heiklen Noten und zähle nicht richtig. Mein Lehrer sagt, es fehle mir an Genauigkeit. Mit der Stimme ist alles in Ordnung. Von ihr erwarten sie sich viel. Gibst du mir auch eine Tasse Kaffee?«

Juliane erhob sich, ließ ihn aber nicht aus den Augen. Wenn sie ihn endlich einmal für sich hatte, konnte sie den Blick nicht von ihm wenden. Sie machte ihm niemals Vorwürfe, daß sie ihn lange nicht gesehen hatte. Ihre Söhne waren erwachsene Männer, und die sicherste Methode, sie zu vertreiben, war, ihnen vorzuwerfen, sie kämen so selten.

Joseph trank, während er in die Tasse blickte.

»Viele Chorsänger spielen seit ihrer Kindheit Klavier. Mir hingegen muß man alles eintrichtern. Sie amüsieren sich auch darüber, daß ich keine Sprachen gelernt habe. Ich singe einfach, was ich lese. Aber oft wird es ganz anders ausgesprochen, als man glaubt.«

Juliane fing plötzlich an zu schwitzen. Ihre Wangen wurden feuerrot, und Schweißtropfen perlten auf ihrer Oberlippe. Sie faßte sich an den Hals. Er mußte es einfach schaffen, denn wenn er nicht Sänger werden konnte, was dann? Gewiß, er konnte wieder als Schriftsetzer arbeiten, doch Joseph hatte sich inzwischen in eine andere Richtung entwickelt, und Anna würde ihn sicherlich verlassen, wenn er keine Karriere machte.

Juliane betrachtete ihn. Er schwieg. In der Küche war es still. Aus dem Wohnzimmer konnte man das Ticken der Uhr hören. Joseph sah seiner Mutter in die Augen, wie er es oft getan hatte, um von ihrer Stärke zu profitieren. Mutter konnte alles schaffen. Sie war ihm sowohl Mutter als auch Vater gewesen. Joseph fragte sich oft, ob er nicht großes Glück gehabt hatte, daß sein Vater starb, als er zehn Jahre alt war. Vielleicht wäre er nie so weit gekommen, wenn sein Vater noch lebte.

Dachte er an ihn, bekam er stets ein schlechtes Gewissen, weil er sich vor allem daran erinnerte, wie der Vater in Rage geriet, gewalttätig wurde und mit der Mutter stritt.

Man sah der Mutter an, daß sie älter geworden war. In ihren Haaren zeigten sich graue Strähnen, und um den Mund herum war ein neuer Zug entstanden. Er war viel schmaler geworden.

Sie lächelte. Ihre Augen leuchteten.

»Deswegen mußt du dich nicht beunruhigen, Joseph. Im Theater haben sie sicher Verwendung für dich. Die brauchen doch jemand, der ein richtiger Mann ist und singen kann. Schon möglich, daß ich nicht viel von schöner Musik und Sprachen verstehe, aber ich weiß, daß du eine besondere Ausstrahlung hast. Da ist etwas in deiner Stimme, das die Männer zum Zuhören und die Frauen aus der Ruhe bringt, und das ist meiner Meinung nach wichtiger, als richtig zu zählen.«

»Das sagst du«, entgegnete Joseph und wischte sich mit

dem Handrücken den Mund ab. »Du kannst dir das nicht vorstellen. Es ist, als würde ich auf einen eisbedeckten Berg klettern. Da gibt es einen, der mich nicht ausstehen kann, Helge Nissen. Neulich saß er mit all den anderen Berühmtheiten bei Hviids an seinem Stammtisch. Ich saß mit meinen Freunden bei der Tür. Plötzlich zeigte er auf mich und rief: ›Den da kann ich nicht ausstehen; wie der immer rumsitzt und mich mit seinen Glupschaugen anstarrt.‹«

»Was hast du getan?« Juliane sah ihren Sohn gespannt an.

»Ich stand auf, ging zu ihm, packte ihn energisch an den Schultern und fragte: ›Reden Sie etwa von mir?‹ Die anderen dachten, wir würden uns prügeln, doch er wandte sich einfach ab. Er war betrunken, und ich sah, daß er plötzlich Angst bekam. Aber er ist ein bekannter Mann am Theater, und wenn er es auf mich abgesehen hat, dann wird das nicht einfach.«

»Du weißt genau, warum er das getan hat, nicht wahr?« sagte Juliane mit stolzem Lächeln. »Es ist mir klar, seit du mit dem Singen begonnen hast. Deine Stimme erinnert an seine. Aber ich finde, du bist besser. Trinkt er nicht auch?«

»Doch, aber das tun viele.«

Julianes Ausdruck verhärtete sich. Sie schaute an Joseph vorbei, als hätte sie etwas hinter ihm entdeckt. Er rutschte unruhig auf seinem Stuhl hin und her. Wenn die Mutter so aussah, wurde er nervös. Als hätte sie irgendwas ins Auge gefaßt, was anderen verborgen war. Manchmal erinnerte sie an einen kreisenden Raubvogel, der die Gegend absucht, unbeweglich und aufmerksam, plötzlich seine Beute erblickt, blitzartig hinabstößt und mit irgendwas im Schnabel davonfliegt. Man wußte niemals, was genau sie sich geschnappt hatte.

Juliane erhob sich langsam. Sie sah Joseph forschend an. »Das wird ihm schlecht bekommen.«

»Das hört sich gut an, Mutter.« Joseph begann zu lachen, zuerst etwas unsicher, doch als er sah, daß auch sie lachte, lachten sie beide wie in alten Tagen.

»Es ist schade, daß du allein hier bist. Ich mag Anna wirklich. Doch sie dämpft ein wenig deine Unbeschwertheit, wenn ich so sagen darf. Habt ihr es schön zusammen?«

Joseph stand auf und stellte seine Tasse auf den Küchentisch. »Nicht so, wie ich geglaubt hatte. Sie ist so eifersüchtig und außerdem ganz anders als ich.«

»Wie?«

»Sie ist so kalt, aber vielleicht muß ein anständiges Mädchen ja so sein.« Er sah seine Mutter verlegen an.

Juliane schaute weg. Sie hatte keine Lust, mit ihren Kindern über das Geschlechtsleben zu sprechen. Damit mußten sie allein zurechtkommen. »Sie hat wohl einfach Angst davor, ein Kind zu bekommen. Ihr wollt ja schließlich keine haben, und das ist auch vernünftig. Denn wenn man erst mal Kinder kriegt, kommt man unweigerlich auf den Hund«, sagte Juliane und zupfte ihren Rock zurecht.

Joseph wechselte rasch das Thema. »Wie geht es Wilhelm und Viggo?«

»Sehr gut. Die denken nur noch an ihre Mädels. Sie haben jetzt beide eins.«

»Doch nicht Viggo!«

»Aber doch. Sie heißt Flora und ist wirklich ganz reizend. Allerdings wird sie Schwierigkeiten haben, die Kerzen auf der Torte auszublasen – bei dem Überbiß.«

Joseph lachte. »Was ist mit Wilhelms Emilie?«

Juliane streckte die Zunge heraus und bellte wie in aufmerksamer Hund.

»Sie kommen jeden Sonntag mit den Jungs und halten Händchen. Ottos Freundin ist Schwedin. Sie heißt Karin und ist Büglerin drüben in der Dampfwäscherei. Sie ist die hübscheste von allen, nur leider verstehe ich sie nicht. Sie ist blond und hat große, strahlendblaue Augen. Die anderen haben eigentlich nichts Besonders zu bieten, abgesehen von Valborgs Haaren. Sie sind schwarz und so lang, daß sie darauf sitzen kann.« Juliane lachte. »Sie zittern vor mir, aber wenn sie ihre Liebsten sehen wollen, müssen sie auch mit mir vorlieb nehmen. Was für eine schreckliche Mutter!« Sie lachten. Joseph konnte sich lebhaft vorstellen, wie die Brüder mit ihren Frauen und Freundinnen zum Kaffeetrinken kamen. Die verlegenen Pausen und die lachenden Brüder, die mit dem Jensenschen Humor vertraut waren, während die Frauen schockiert und verständnislos dasaßen.

Sie würden sich schon zusammenraufen, doch Anna war in solch einer Gesellschaft absolut fehl am Platze.

»Thora erwartet die Nummer drei. Danach soll es genug sein, sagt sie. Aber das habe ich schon früher gehört. Kalle geht es gut. Er hat Viggo als Fahrlehrer und Fahrradmechaniker angestellt.«

»Das darf doch nicht wahr sein, daß es Leute gibt, die sich trauen, mit dem Burschen in einem Automobil zu fahren!« rief Joseph.

»Aber doch; vielleicht macht er ja wirklich noch Karriere. Kalle ist meiner Meinung nach reif für die Klapsmühle; seit Jahren warte ich darauf, daß alles den Bach runtergeht, aber wenn es wirklich soweit sein wird, dann gnade uns Gott. Er riskiert noch sein letztes Hemd in diesen verbotenen Spielclubs, in denen er immer von einer ganzen Schar Bewunderer umgeben ist. Außerdem hat er Viggo mit seinen Luftmaschinen einen Floh ins Ohr gesetzt und redet ihm ein, er sei eine Art Erfinder.« Juliane stemmte die Hände in die Hüften, während sie ihren Familienbericht ablieferte.

Joseph amüsierte sich. Es war herrlich, zu Hause zu sein und Energie auftanken zu können. Seit langem hatte er nicht mehr so herzhaft gelacht. Plötzlich schaute er auf die Uhr. »Ich muß gehen, Mutter, ich muß noch einkaufen.«

Als er die Uhr in die Westentasche steckte, fiel eine zierliche Goldkette über sein Handgelenk. Juliane betrachtete das Armband mit Widerwillen. »Ist das etwa in Mode? Das paßt nicht zu dir. Josephine fragte schon, ob du vom andern Ufer bist.«

Joseph küßte seine Mutter lachend und verabschiedete sich. Als sie ihm aus dem Fenster nachschaute, kickte er mit kokett wackelnden Hüften eine Büchse vor sich her, während er ihr zuwinkte. Sie öffnete das Fenster und drohte ihm.

»Und da platzt man vor Stolz. Alte Glucke!« sagte sie zu sich selbst und knallte das Fenster zu.

# 2

Joseph lief die Treppe zur großen Bühne hinauf. Der Geruch nach Staub, Plüschsesseln und Schminke war jetzt seine Welt. Ein Geruch, der ihm ein Magenziehen und eine Gänsehaut verursachte. Das Theater machte ihn nervös. Nirgends war man unbeobachtet, stets mußte man sich in acht nehmen. Wie ein gespitzter Bleistift mußte man sein: einsatzbereit und scharf, mußte lauschen, lernen und das Verhalten der anderen studieren. Traf man die Großen wie Dr. Mantzius, Olaf Poulsen oder Tenna Frederiksen, dann grüßte man respektvoll, aber nicht servil. Joseph beobachtete sie. Er war wie ein Entdeckungsreisender in einer fremden Welt, in der er unauffällig zu Werk ging, um die Einheimischen zu studieren. Er mußte sich die Regeln des Theaters aneignen, ohne sich bloßzustellen.

Äußerlich hatte er sich eine selbstsichere, etwas provokante Erscheinung zugelegt. Es war Anna, die seine Kleidung auswählte, doch manchmal zweifelte er an ihrem Stil, der vielleicht etwas zu künstlerisch war: die große Schleife unter dem Kragen und das saloppe Tweedjackett, das sehr viel teurer gewesen war, als sie es sich eigentlich leisten konnten. Er war schließlich nur ein einfaches Chormitglied.

Längst aufgefallen war er den Frauen am Theater, die ihn als »nicht uninteressant« bezeichneten. Die Männer ließen verlauten, er sei eine Landplage, verhielten sich jedoch abwartend, solange er nicht die Grenze überschritt, die jungen Emporkömmlingen gesetzt war.

Die Proben zu Wagners »Der fliegende Holländer« liefen seit einigen Wochen, und Joseph war nervös. Die Musik war anspruchsvoll. Er mußte sich neben einem gesangssicheren Kollegen postieren, an den er sich halten konnte, wenn die Baßstimmen einsetzten.

Er kämpfte mit einer Heiserkeit und hatte das Gefühl, der Staub stecke in seiner Kehle, doch wagte er nicht, sich zu räuspern. Er entfernte sich ein wenig, versuchte seine Stimme in den Griff zu bekommen und summte vor sich hin. In Ordnung, er hatte noch Zeit.

Wagners Musik brachte diejenigen ans Tageslicht, die Schwierigkeiten hatten, vom Blatt zu singen. Die guten Sänger brillierten erhobenen Hauptes und setzten präzise und selbstbewußt ein. Die anderen wurden unruhig, während der Dirigent sie ansah und sein Mund verärgert zu zucken begann.

Die Sänger versuchten die gespannte Atmosphäre zu vertreiben. Die Damen lachten etwas zu laut, und die Herren senkten ihre Stimmen und schlossen sich zu kleinen Gruppen zusammen.

»Er kommt!« Es wurde still, und Frederik Rung trat ein.

»Die Probe des Matrosenchors dauert bis vier Uhr. Wir proben, wie besprochen, den dritten Akt. Die Schlußszene kommt nach der Pause.« Joseph spürte, wie sein Herz heftiger zu schlagen begann. Alle blickten aufmerksam zum Dirigenten.

Dann setzte der Chor ein. Ganz exakt. Joseph schaute sich um. Zum Glück sah ihn niemand mißbilligend an. Er war heute bei Stimme. Gott sei Dank. Vertrauensvoll erhob er seine Stimme, sein Körper füllte sich vibrierend mit Musik. Es war ein phantastisches Gefühl, als würde man schweben. Er schaute auf die Noten und auf Rung. Sein ganzer Körper schien von einer wärmenden Freude erfüllt. Es war wie ein Wunder: Endlich konnte er sowohl Rung als auch die Noten im Auge behalten. Es war ein Problem gewesen, über das er mit niemand zu sprechen gewagt hatte. Es klang zu dumm, denn schließlich schien es so, als ob alle problemlos dem Dirigenten und gleichzeitig den Noten folgen konnten. Er wurde ruhig, beinahe entspannt in der neuen Gewißheit. So einfach war es also; das eigene Blickfeld erweiterte sich plötzlich ganz von allein.

Als die Probe beendet war, zitterten seine Knie. Er war physisch erschöpft und hungrig. Die Sänger drängten zum Ausgang, wichen aber respektvoll zur Seite, als Frederik Rung sich näherte. Er schaute sich lächelnd um. »Besser als gestern, bedeutend besser«, sagte er mit dem prägnanten S-Laut, der ihm eigen war. Er lockerte seinen steifen Hemdkragen und ging vornübergebeugt durch die Tür.

Es war halb fünf. Joseph schaute auf seine Uhr. Er konnte nach Hause gehen und üben. Anna kam um neun aus dem Geschäft. Sie würde sich freuen, wenn er das Essen aufwärmte. Doch er fühlte sich so sonderbar schwerelos und gleichzeitig erschöpft. Es fiel ihm heute nicht leicht, das Theater zu verlassen, in dem sich so Bedeutendes für ihn ereignet hatte. Wenn er sich mit seiner Partitur auf die Galerie hinaufschlich, konnte er die Probe der Schlußszene mitverfolgen.

Er tastete sich durch das Dunkel und traute sich nicht, ein Licht anzuzünden. Er bemerkte eine Dame. Sie wandte sich um. Es war Fräulein Elna Eriksen aus dem Chor. Eine der guten Mezzosopranistinnen. »Oh, Sie wollen auch die Schlußszene hören, Fräulein Eriksen?« flüsterte er. Sie nickte und hielt einen Finger vor die Lippen. Emilie Ulrich, Albert Høeberg und Max Müller betraten die Bühne.

Joseph setzte sich und betrachtete mit verschämtem Interesse Fräulein Eriksens Profil im Dunkeln. Im Chor tuschelte man über sie. Es hieß, sie habe ein uneheliches Kind. Niemand kannte den Vater ihres kleinen Jungen. Für gewöhnlich kümmerte sie sich um ihre eigenen Dinge, doch wenn sich während der Proben etwas Komisches ereignete, gehörte sie zu denen, die Joseph zum Lachen bringen konnten, wenn er hinüberschaute.

»Ich glaube, es wird großartig. Emilie Ulrich ist so anrührend und seelenvoll als Senta; gut möglich, daß ich weinen muß. Damit müssen Sie sich abfinden, Herr Jensen. Ich liebe Wagner. Sie auch?« Joseph nickte verhalten. Er hatte nicht wirklich Stellung bezogen, ob er Wagner liebte oder nicht. Die Musik war so gewichtig, und er hatte gelesen, Wagner behandele Menschen wie Gegenstände.

Joseph dachte darüber nach, ob er andere ausnutzte oder selbst ausgenutzt wurde. Nutzte er nicht Anna aus? Sie bezahlte den Großteil der Miete und des Essens, sie kam für seine Kleidung auf, und dennoch hatte er sie schon einmal mit einer der Ballettänzerinnen betrogen. Aber wenn sie ihn herumkommandierte, seine Familie kritisierte und mit ihrem Marmorkörper und dem kalten, abweisenden Gesicht neben ihm im Bett lag, war es dann nicht sie, die ihn für ihre Zwecke einspannte?

Es war wohl mehr ein unablässiger Tauschhandel. »Die Menschen sind Pack!« Das sagte Mutter immer.

Die Musik auf der Bühne toste. Joseph und Elna lehnten sich ergriffen zurück. Er versuchte professionell in seiner Partitur mitzulesen, aber es war zu dunkel. Der Holländer, der gefürchtete Spukkapitän, der während eines Sturms Gott verflucht hatte und jetzt zur Strafe für ewige Zeiten über die Weltmeere segeln mußte, ohne Ruhe zu finden, trat nach vorne und sang:

»Du kennst mich nicht, du ahnst nicht, wer ich bin! Befrag die Meere aller Zonen, befrag den Seemann, der den Ozean durchstrich, er kennt dies Schiff, der Schrecken aller Frommen: den Fliegenden Holländer nennt man mich!«

Fräulein Eriksen hielt sich ihr Taschentuch vor den Mund. Joseph sah, daß sie zitterte. Darum ging es wohl: die Frau als Erlöserin des Mannes, dem sie verfallen war. Vielleicht war das ihr Schicksal. Auch Fräulein Eriksen würde jemand erlösen.

Joseph fragte sich, ob er ihr beruhigend den Arm tätscheln sollte. Nein, das wäre eine zu intime Geste. Sie kannten sich doch kaum. Er faltete die Hände im Schoß, um nicht in Versuchung zu geraten, sie zu berühren.

»Jetzt gelobt sie ihm ewige Treue und stürzt sich ins Meer«, flüsterte Fräulein Eriksen bewegt, während ihr die Tränen über die Wangen liefen. Joseph wäre vor Schreck fast aufgesprungen, als er plötzlich Fräulein Eriksens kleine, schmale Hand in seiner spürte.

»Ach, ist das schön«, sagte Fräulein Eriksen. Joseph streichelte und tätschelte ihre Hand. Nachdem die Sänger die Bühne verlassen hatten, schlichen sie sich davon. Draußen im Hellen sahen sie sich verlegen an. »Das war wunderbar gesungen. Emilie Ulrich wird einen Riesenerfolg haben«, sagte Joseph. Fräulein Eriksen nickte, nahm eine kleine Puderdose aus einem Täschchen und reparierte die entstandenen kleinen Schäden. »Was müssen Sie jetzt von mir denken, Herr Jensen!« sagte sie lachend.

»Man sagt, Wagner selbst habe einmal eine solche Unwetternacht erlebt«, antwortete Joseph gewandt. Elna nickte, ohne etwas zu entgegnen, und Joseph schwieg verlegen. Wortlos gingen sie hinunter zu Kongens Nytorv. Plötzlich sagte sie zu ihm: »Ich lade Sie auf eine Tasse Kaffee und ein belegtes Brot ein.«

»Eigentlich muß ich nach Hause«, entgegnete Joseph unsicher.

»Ach, kommen Sie. Ich möchte so gern mit Ihnen über Wagner diskutieren. Ich spüre, daß Sie ihn nicht ausstehen können. Ich werde Sie von seinem Genie überzeugen.« Sie zupfte ihn am Ärmel. Joseph sah sich verlegen um. Sie war so vertrauensvoll, obwohl sie sich kaum kannten. Er wollte sich nicht in irgendwas hineinziehen lassen, und sie hatte doch ein Kind. Hoffentlich sah sie niemand vom Theater. Es wurde soviel geklatscht. Außerdem hatte er sich an die Kandare genommen und die Sache mit der Ballettänzerin beendet. Jetzt wollte er keine Weibergeschichten mehr haben, sondern nur noch an seine Kunst und ein vernünftiges Zusammenleben mit Anna denken, die soviel für ihn tat. Dennoch ließ er sich willenlos von Fräulein Eriksen die Straße hinunterführen, während sie zerstreut über Wagner sprachen. In ihm kämpften wie üblich zwei Personen miteinander: der eine Joseph, der ein Künstler und treuer Ehemann sein wollte, und der andere Joseph, der Sohn Julianes aus Christianshavn, der sich am liebsten dem gesamten weiblichen Personal des Königlichen Theaters hingegeben hätte.

Du bist ein Tier, Joseph, sagte er schuldbewußt zu sich selbst, als er seine Zähne gutgelaunt in Fräulein Eriksens belegtes Brötchen schlug. Im Schlafzimmer erblickte er ein frisch gemachtes Doppelbett.

»Anna, wenn du genug Hummersalat genommen hast, dann reich ihn doch weiter an Onkel Helbig.« Anna errötete irritiert und ließ die Schale mit dem Hummersalat weiterwandern. Juliane lächelte grimmig zu ihr hinüber, um den harschen Ton etwas abzuschwächen, der die Konversation am sonntäglichen Mittagstisch zum Erliegen gebracht hatte. Anna sah mit vorwurfsvoller Miene zu Joseph hinüber, der ihren Blick mit demonstrativem Unverständnis erwiderte.

»Skål«, sagte Johan und hob sein Schnapsglas. Die um den Tisch versammelte Familie lachte einvernehmlich. Dies sagte Johan immer, wenn es zwischen Juliane, ihren Kindern und deren Partnern zu einer peinlichen Situation gekommen war.

Am ersten Sonntag jeden Monats versammelte Juliane die Familie um den Eßtisch. Alle erschienen. Einige Schwiegertöchter hatten zaghaft protestiert, aber ihre Männer, Julianes Söhne, hatten sie angeschaut, als hätten sie ein Verbrechen begangen. »Kommt überhaupt nicht in Frage, schließlich ist das Mutters Sonntag.«

Julianes Sonntage folgten einem festen Ritual. Man traf sich um ein Uhr, in nüchternem Zustand und den schönsten Sonntagskleidern. Juliane war seit sechs Uhr morgens auf den Beinen. Es gab immer zwei bis drei kalte Gerichte, gefolgt von mit Petersilie gefülltem, knusprigem Kalbsnierenbraten samt Kartoffeln und Soße mit Süßem und Saurem. Das Kalbfleisch gab es im Wechsel mit Schweinebraten. Im Sommer aß man Kasseler. Nach dem Dessert machten die Männer einen Spaziergang, während die Frauen den Abwasch erledigten. Die Spaziergänge zogen sich zuweilen in die Länge, weil sie ein Bier brauchten, um den süßen Geschmack hinunterzuspülen, »und so gab ein Wort das andere«, wie Kalle sich ausdrückte. Manchmal kehrten die Männer brav zu Kaffee und Kuchen zurück und wurden von den erleichterten Blicken ihrer Frauen und Freundinnen empfangen.

Doch an anderen Tagen gab es großen Trubel, wenn die Männer verschwunden blieben. Man konnte nie wissen, wie sich solche Sonntage entwickelten. Sie waren es, die den Familientreffen ihre besondere Aura verliehen.

Mutters Sonntage waren die Tage, an denen sich Juliane einen Überblick über den Zustand der Familie verschaffte.

Zusätzlich garniert wurden die monatlichen Zusammenkünfte durch Tante Rikke und Tante Josephine sowie deren Männer, den Malermeister Helbig und den Schornsteinfeger Linder. Gab es über Julianes Kinder etwas zu verschweigen, galt es, dies vor Rikkes und Josephines wachsamen Augen zu verbergen; gab es hingegen Positives zu vermelden, mußten es die Tanten sofort erfahren, damit sie sich richtig ärgern konnten.

Wenn Außenstehende die Familie belästigten, hielt man zusammen, doch untereinander beteiligte man sich voller Freude an Intrigen und Verschwörungen.

Dieser Sonntag versprach ein dramatisches Essen. Alle saßen gutgelaunt am Tisch, die Stimmung war ausgelassen. Aber bei Joseph und Anna schien etwas in der Luft zu liegen. Die Schwägerinnen, die sich mit weiblichen Signalen auskannten, hatten Annas spitze Bemerkungen gegenüber Joseph wahrgenommen. Ihre eigenen Männer faßten sie unter dem Tisch ans Knie, glücklich darüber, daß dieser Sonntag so reibungslos verlief, und als Juliane die Bemerkung mit dem Hummersalat fallen ließ, war klar, daß die Schwiegermutter etwas gespürt hatte und Anna eine erste Warnung zukommen ließ.

»Was hast du für die Hummer bezahlt, Juliane?« erkundigte sich Helbig interessiert und wischte sich mit der Damastserviette die Mayonnaise vom Mund.

»Sechs Kronen, aber die Scheren waren ja auch ziemlich groß«, antwortete Juliane bereitwillig.

Anna seufzte irritiert. Was war das für eine fürchterliche Familie! Immer quasselten sie von Essen und Geld. Das war so . . ., sie suchte nach dem richtigen Wort, so ordinär. Sie haßte die Sonntage. Als wären sie in einem kleinbürgerlichen Käfig gefangen. Was in aller Welt hatten Joseph und sie eigentlich in dieser engen, miefigen Wohnung in Christianshavn zu suchen? Sie war immerhin eine der führenden Schönheitsexpertinnen der Stadt und Joseph ein vielversprechender junger Künstler.

Sie schaute sich um. Alle wollten sie nur auf ihr eigenes Niveau herunterziehen, doch sie würde Joseph schon zu ihrem eigenen emporheben. Sie betrachtete Juliane, die gutgelaunt, lebhaft und rotwangig ihren Enkel auf dem Schoß hatte und wie üblich von ihren beiden ältesten Söhnen Joseph und Johan eingerahmt wurde.

»Was singst du gerade am Theater?« fragte Linder.

»Wir proben im Moment Wagners ›Der fliegende Holländer‹.«

»Wie viele Zimmer hat eigentlich eure neue Wohnung, Johan?« fragte Rikke mit hoher Stimme. Es irritierte sowohl Rikke als auch Josephine, daß Joseph sich so vornehm gab und stets vom Theater plauderte. Außerdem ärgerten sie sich über Julianes selbstzufriedenen Gesichtsausdruck, wenn Joseph neue Geschichten von all den Berühmtheiten zum besten gab, während die Familie andächtig lauschte.

»Zwei Zimmer und eine Kammer, liebe Fine.«

»Wie passend. Es kann ja sein, daß schon bald jemand für die Kammer unterwegs ist«, sagte Rikke lachend.

Es wurde still. Julianes Söhne tauschten Blicke. Johan und Valborg waren seit zwei Jahren verheiratet und hatten immer noch keine Kinder. Die Brüder ahnten den Grund. Johan war krank gewesen und zu spät zum Arzt gegangen.

Er hatte erzählt, der Arzt sei der Meinung, er würde keine Kinder bekommen können. »Der Glückspilz«, hatte Wilhelm gemurmelt, als er davon hörte. Aber es war ja möglich, daß er Valborg nichts davon erzählt hatte. Sie sprach jedenfalls unablässig von den Kindern, die sie einmal haben würden.

Keiner der Brüder hatte seine Freundin in dieses Familiengeheimnis eingeweiht. Nur Gott wußte, ob Tante Rikke unterrichtet war.

»Joseph, erzähl mir doch, wovon der ›Holländer‹ handelt«, bat Viggo.

»Das soll Johan tun, der erzählt so gut«, sagte Joseph und streckte seinen Teller dem Hummersalat entgegen. Juliane fischte die größten Hummerstücke für ihn heraus.

»Es ist Wagners beste Oper, nicht wahr, Joseph?« fragte Johan und sah seinen Bruder an.

»Sprichst du von Wägner?« erkundigte sich der Schornsteinfegermeister und stieß seine Frau in die Seite.

»Johan spricht den Namen völlig korrekt aus. Er heißt Wagner«, sagte Joseph.

Josephine und Rikke warfen sich über den Tisch vielsagende Blicke zu. Angeber! Johan rückte das Geschirr beiseite und entfernte die Serviette unter dem Kinn. »Wenn ein Seemann den Fliegenden Holländer erblickt, weiß er, daß dies ein böses Omen und sein Schiff dem Untergang geweiht ist. Außerdem gibt es da ein Mädchen, das Senta heißt ...«

»Hast du in deinem Salon viel zu tun, Anna?« Josephine hob ihre Stimme, um Johan zu übertönen. Juliane machte ihr ein Zeichen, leiser zu sein, und Anna unterdrückte ein Gähnen. Wie sehr ihr die Angriffe und Intrigen doch zum Hals raushingen! Sie schenkte Josephine ihr höflichstes Schönheitssalonlächeln. »Ja, danke. Die besten Kopenhagener Kreise haben glücklicherweise einen Sinn für die neue französische Schönheitspflege entwickelt.« Sie betonte kaum merklich das Wort »besten«.

»Werden die Herren nicht manchmal ein bißchen zudringlich, wenn du ihnen die Hände manikürst, Anna?« fragte Helbig und beugte sich etwas vor, während er Annas schmale, wohlgeformte Figur durch seinen Kneifer betrachtete. Er machte mit seinen Fingern eine Geste, um Annas Maniküre zu imitieren.

»Nein, Onkel Helbig. So etwas fällt ihnen in meinem Salon nicht im Traum ein«, sagte Anna und zupfte ihr Haar zurecht.

»Nein, weil das alles Schwuchteln sind. Die lassen sich die Nägel lackieren, stimmt's, Anna?« Viggo lachte so stark, daß seine Pickel leuchteten. Anna antwortete nicht, hob aber ihr Glas und warf Joseph einen appellierenden Blick zu. Er hatte noch gar nicht mit ihr angestoßen, und auch jetzt saß er einfach da, lachte über Johan und schaute nur flüchtig in ihre Richtung.

Johan spielte jetzt die gesamte Szene. Er stand mit umgebundener Serviette auf einem Stuhl und war Senta. Die ganze Familie amüsierte sich. »Er sollte wirklich Schauspieler werden. Den ›Holländer‹ lassen wir uns nicht entgehen. Was für eine Rolle hast du, Joseph?«

»Ich bin nur im Matrosenchor«, sagte Joseph bescheiden.

Das inspirierte Johan. Er kippte noch ein paar Schnäpse, stieg erneut auf den Stuhl und deklamierte: »Schwarzer Hauptmann, geh an Land, sieben Jahre sind vorbei!«

»Setz dich hin, Johan.« Juliane sah ihn scharf an. Johan setzte sich und wollte sich schnell noch einen genehmigen, bevor seine Mutter die Flasche wegstellte.

»Haben wir's nicht gemütlich?« rief Linder.

»Wir haben immer so viel Spaß an Schwiegermutters Sonntagsessen«, sagte Emilie, Wilhelms Verlobte, lachend zu Anna. Anna nickte, holte ihre Puderdose unter dem Tischtuch hervor und sah nach unten in den Spiegel. Herrgott, wie müde sie aussah! Die warme Luft war vom Geruch der Speisen erfüllt. Man roch immer nach Fleischklößchen, wenn man von Juliane kam, und dies war ihr einziger freier Tag. Hauptsache, Joseph kam nach dem Essen mit nach Hause. Er sollte es nur wagen, sich den anderen Männern anzuschließen, wenn diese frische Luft schnappen wollten!

Sie schloß ihre Schildpattdose mit lautem Klicken.

Als der große Kalbsnierenbraten verzehrt war, rief der Schornsteinfegermeister wie an jedem Sonntag: »Wann gibt's was Warmes?«

Anna rutschte unruhig auf ihrem Stuhl hin und her. Ihre Füße schmerzten in den schmalen, eleganten Knöpfstiefeln, und ihr Rücken war völlig steif. Der mit Roßhaar bezogene Eßtischstuhl war schrecklich unbequem. Das hier war das letzte Mal. Nicht dran zu denken, was sie heute alles hätten unternehmen können. Im Kosmorama wurde so ein guter Film gezeigt: »Jugend und Leichtsinn« mit Clara und Carlo Wieth. Sie schaute Joseph eindringlich an.

Die Schwiegertöchter waren aufgestanden und halfen Juliane beim Abräumen. Anna blieb ruhig sitzen. Man mußte einen Unterschied machen. Auf diese Weise signalisierte sie diskret, daß sie nicht beabsichtigte, sich in die Familie zu integrieren.

Nachdem der Tisch abgeräumt war, wurden Kaffeetassen auf den Mahagonitisch des Wohnzimmers gestellt. Juliane, Rikke und Josephine ließen sich auf dem Sofa nieder, Helbig und der Schornsteinfegermeister in den olivgrünen Plüschsesseln mit Troddeln. Kinder und Schwiegerkinder saßen aufrecht auf den Eßzimmerstühlen.

Die Schwiegertöchter machten sich nützlich und schenkten den Kaffee ein, während die Männer ihnen zuschauten. Juliane genoß das. Sie liebte es, die gesamte Familie am Sonntag um sich versammelt zu haben. Sie hatte längst bemerkt, daß Anna auf ihrem Stuhl hin und her rutschte und nach Hause wollte. Sie entschied sich, darüber hinwegzusehen, doch innerlich begann sie zu kochen. Was bildete Anna sich sein, wo Joseph sich so auf den Besuch gefreut hatte! Sie drängte die Kinder schließlich nie zu kommen. Das war ihre eigene Entscheidung. Herrgott, er sehnte sich vermutlich nach einem ordentlichen Essen, das er nicht selbst zubereiten mußte! Doch Anna fühlte sich ihnen weit überlegen, das wußte sie.

Unverschämte Friseuse! Dennoch bewunderte Juliane ihre Selbständigkeit, ihren Ordnungssinn und ihren Fleiß. Auf diese Weise kam man vorwärts. Es war richtig, weiterkommen zu wollen. Doch keiner ihrer Söhne diente als Fußabtreter. Es schien ja auch nicht zu halten, das sah sie ganz deutlich. Irgendwas lief da aus dem Ruder. Gott wußte, ob Joseph fremdging. Man konnte dem Jungen wohl nicht verdenken, wenn er sich nach Liebe sehnte. Juliane bewegte unmerklich ihre Lippen, während sie mit sich selbst sprach und in ihrer Kaffeetasse rührte.

Rikke stieß sie mit dem Ellbogen an. »Juliane, du sprichst mit dir selbst.«

Juliane erschrak und lächelte leicht verlegen. Anna rückte ihren Stuhl näher an Josephs heran und nahm seine Hand, während sie unversehens ihre Schwiegermutter anstarrte, die überrascht zurückschaute. Was fiel dem Mädchen nur ein, als ob sie Gedanken lesen konnte.

Hoffentlich war ihr Selbstgespräch nicht zu hören gewesen.

Juliane spürte verärgert, daß sie errötete.

»Nimm ein Plätzchen, Anna«, sagte sie. Anna streckte ihre gepflegte Hand aus und nahm ein zartes Butterplätzchen aus der muschelgemusterten Schale mit dem verzierten Rand.

Viggos Freundin Flora zündete gerade die Kerzen auf dem Klavier an. Das fehlte noch! Anna bohrte ihre Nägel in Josephs Hand. »Ich möchte nach Hause«, flüsterte sie. Joseph antwortete nicht, sondern lehnte sich gut gelaunt zurück und goß sich ein Glas Johannisbeerlikör ein.

In Kürze würde die Familie Jensen ihr gesamtes Liedrepertoire mit ihrer scheußlichen Aussprache zum besten geben. Es war so peinlich, hier zu sitzen und ein Teil von ihnen zu sein. Sie mußte an ihre Mutter denken. »Gleich und gleich gesellt sich gern, kleine Anna«, hatte sie warnend gesagt, nachdem sie Joseph als ihren Verlobten vorgestellt hatte.

Aber sie würde ihn schon aus diesem Milieu befreien. Sie beide konnten es noch weit bringen, wenn sie nur zusammenhielten. Sie waren ein attraktives Paar, das sagten alle. Sie hatten Stil, und Joseph besaß ein großes Talent. Sie konnten noch zu einem begehrten Paar der Kopenhagener Gesellschaft werden. Man sprach von ihrem Schönheitssalon, und wenn dieser sich weiterhin gut entwickelte, würde sie einen weiteren in Frederiksberg eröffnen, wo ohnehin viele gute Kunden von ihr wohnten.

Die Familie Jensen ähnelte einem Moor. Man glaubte, einen Hügel zu betreten, und schon sank man ein. Sie überstanden alles aufgrund ihres Zusammenhalts, ihrer Späße, ihrer unendlichen Freßorgien und ihres Galgenhumors. Es schien, als hätten sie alles im Leben ausprobiert und würden jetzt nur noch über die Dinge lachen, vor denen andere sich ängstigten.

Sie sah sich im Wohnzimmer um. Der Rauch von Helbigs und Linders Zigarren hing schwer im Raum.

Josephine und Juliane spielten vierhändig irgendeinen kindischen Gassenhauer und hopsten dabei im Takt auf und nieder, daß der Klavierschemel unter ihren breiten Hintern ächzte.

Anna stand auf. Ihre dünne, graue Crêpe-de-Chine-Bluse klebte an ihrem Rücken.

»Ich will jetzt nach Hause, Joseph!« sagte sie. Ihre Stimme überschlug sich. Joseph erhob sich widerwillig und begann Abschiedsküsse auszuteilen.

Die Familie verabschiedete sich beiläufig.

Sie nahmen die Straßenbahn nach Hause. Anna hatte die Fußgelenke gekreuzt und ihr hübsches Gesicht hatte einen verschlossenen Ausdruck angenommen. Ein Mann auf der hinteren Plattform rauchte eine Zigarre, während er sie ungeniert musterte. Joseph spürte, daß sie es genoß, obwohl sie keine Miene verzog. Es war ihm gleichgültig. Es war ein schöner Sonntag bei Mutter gewesen. Und was für ein zarter Kalbsbraten! Hätte er doch nur ein paar Scheiben mit nach Hause nehmen können! Aber er konnte ja noch morgen kurz vorbeischauen; dann waren sicher noch Reste da. Er aß gerne ein belegtes Brot mit kaltem Kalbsbraten und Gurkensalat.

Die Straßenbahn hielt. Sie stiegen schweigend aus. Joseph sah Anna von der Seite an. Zu Hause würde es sicherlich Streit geben. Für den Bruchteil einer Sekunde dachte er an Elna Eriksen. Es hatte sich zwar nicht so entwickelt wie erhofft – vielleicht war das auch gut so –, aber wie reizend und amüsant sie doch war. »Wir sehen uns am Montag auf der Probe, Herr Jensen!«

Joseph registrierte, daß er froh war, sie zu sehen. Plötzlich erfüllte ihn eine wilde Freude darüber, neben Anna herzugehen und ein Geheimnis zu hüten.

Anna warf ihren Hut auf den kleinen, seidenbezogenen Puff im Eingangsbereich. »Das also war dieser Sonntag«, sagte sie. Joseph sagte nichts. Er ging ins Wohnzimmer, nahm seine Noten, setzte sich ans Klavier und schlug ein paar Akkorde an.

»Hör auf zu üben, ich will mit dir reden.« Sie stellte sich vor das Podest mit der Fächerpalme und verschränkte die Arme. Sie war blaß. Joseph spielte weiter und sah sie mit gequältem Lächeln an. Wie sich diese Frau doch ständig in Positur stellte!

»Darüber gibt es nichts zu lachen. Wo bist du vorgestern gewesen? Die Proben waren schon um vier Uhr beendet. Herr Müller ist nämlich ein Kunde von mir. Schau an, das wußtest du nicht! Du bist nicht vor zehn nach Hause gekommen. Wo warst du? Ich will es wissen!«

»Bei Hviid, bei Hviid«, sang Joseph.

»Du warst nicht bei Hviid. Du warst mit einem dieser wohlgenährten Chorweiber zusammen. Sag doch einmal die Wahrheit! Ich rackere mich im Salon ab, damit es dir gutgeht. Denk dran, was ich im Laufe der Zeit alles für dich bezahlt habe: deine Kleidung, deinen Unterricht ... Und was ist der Dank? Laß dir gesagt sein: Ich bin weder so alt noch so häßlich, daß ich mich damit zufriedengebe, nur den Zahlmeister zu spielen.« Annas schmales Porzellangesicht war wutverzerrt. Sie riß an dem spanischen Tuch, das auf dem Klavier lag. Eine Vase aus Opalglas fiel auf die Tasten und zerbrach. Joseph stand auf, ging hinaus und nahm seinen Mantel. Er stand in der Türöffnung und sah sie zornbebend ab. »Sag nie wieder, daß ich mich von dir aushalten lasse.«

Anna lief zu ihm und klammerte sich an seinen Arm. »Du bleibst hier, bis wir alles ausdiskutiert haben! Immer bist du es, der geht! Und ich sitze zu Hause und warte auf dich. Damit finde ich mich nicht mehr ab. Jetzt hast du auch noch unseren Sonntag zerstört. Wie immer, wenn wir bei deiner Mutter sind. Irgendwas liegt in der Luft. Sie hassen mich alle, weil ich aus einem anderen Milieu komme.«

Er sah sie verwundert an.

»Was glotzt du so? Sag lieber was! Ich weiß, daß du mich betrügst! Und an dem Tag, an dem ich herausfinde, mit wem, wirst du es bereuen. Du weißt nicht, wozu ich imstande bin.«

Wutentbrannt drehte Joseph sich um und knallte die Eingangstür so hinter sich zu, daß durch eine der farbigen Scheiben ein Sprung lief.

»Schau, was du getan hast, du Idiot!« rief ihm Anna über das Treppengeländer hinterher. Sie konnte hören, daß Joseph bereits das Ende der Treppe erreicht hatte. »Du Dreckskerl!« Sie besann sich, drehte sich um und bemerkte, wie die Tür des Nachbarn eilig geschlossen wurde. Um Gottes willen, die Nachbarn hatten alles mitangehört! Ihr war übel, sie wollte sich übergeben, ging auf die kleine Toilette und erblickte sich selbst im Spiegel. Eine dicke Strähne hatte sich aus ihrer eleganten Frisur gelöst und hing herab. Was für ein Anblick!

Dann hörte sie, wie die Eingangstür aufgeschlossen wurde. Aha, jetzt kam er also zurück, um sich zu entschuldigen. Sie steckte rasch die Haare hoch und drehte sich um. Joseph kam herein. »Du darfst nicht im Treppenhaus hinter mir herrufen, und du darfst nicht so über meine Mutter und meine Familie sprechen, ist das klar?« Er trat ganz nah an sie heran. »Du meinst also, du hättest unter deinem Stand geheiratet? Das werde ich mir merken. Ich werde nie vergessen, daß du das gesagt hast.« Er ging, drehte sich im Türrahmen um und sah sie kalt an.

Ihr Blick war höhnisch. »Wie du dich aufführst. Was für ein theatralischer Abgang! Aber mir kannst du nicht imponieren.«

Joseph schaute sie an und erwiderte leise: »Sei dir da nicht so sicher.«

Anna warf sich aufgebracht auf die lilafarbene Chaiselongue mit den Seidenkissen. Das sollte er ihr büßen! Damit würde sie sich einfach nicht abfinden! Dieser Flegel! Kein Mann durfte so mit ihr umspringen. Es war das letzte Mal gewesen, das allerletzte Mal, daß sie seine Mutter und diese grauenhafte Familie in der stickigen Wohnung besucht hatte. Sie war eine moderne und selbständige Frau, die ihr eigenes Geld verdiente. Nur gut, daß sie nicht finanziell von ihm abhängig war. Sie ging in die Küche, griff nach einer kleinen, gelben Pappschachtel mit getrockneten Kamillenblüten und bereitete sich eine große Tasse Kamillentee zu. Sie roch das Aroma und atmete es tief ein. Es wirkte beruhigend; jetzt konnte sie Pläne schmieden. Sie nahm zwei Wattebäusche, tauchte sie in den Tee, streckte sich auf der Chaiselongue aus und legte sie sich auf die verweinten Augen. Dann versuchte sie gleichmäßig zu atmen und legte sich eine Hand aufs Zwerchfell. »Ganz ruhig . . .«, sagte sie zu sich selbst. Ihr Herz hämmerte, und sie spürte, daß ihr erneut Tränen in die Augen stiegen. Ihr Nacken war verspannt, und sie bekam Kopfschmerzen. Herrgott, dieser Dreckskerl! Wie sehr sie ihn haßte!

Sie dachte an ihre Mutter. Wer wußte, wie das Verhältnis zu Vater gewesen war? Jedenfalls hatte es Zeiten gegeben, in denen sie und Rigmor ihren Eltern als Boten gedient hatten. »Sag deinem Vater, daß eine Rechnung des Krämers auf dem Regal liegt.«

»Richte deiner Mutter aus, daß ich bei meinen Logenbrüdern esse.«

Wenn sie »dein Vater« oder »deine Mutter« sagten, befanden sie sich in einer frostigen Periode. Erst wenn es einfach »Vater« und »Mutter« hieß, war wieder Frieden eingezogen und das Ganze überstanden. Doch die Eiszeiten konnten ziemlich lang dauern.

Anna erhob sich, ging ins Schlafzimmer und prüfte, ob ihre Augen immer noch rot und geschwollen waren. Der Kamillentee hatte geholfen. Josephs Jacke lag auf dem Sofa. Sie schleuderte sie auf den Boden und öffnete die Tür ihres Kleiderschranks. Er duftete nach Lavendel. Die meisten Kleiderbügel hatten einen gehäkelten Überzug, aber die Bügel für die Abendkleider waren mit hellrotem Satin überzogen. Sie strich wie immer über die seidene Unterwäsche, zwischen der zwei dicke Beutel mit getrocknetem Lavendel lagen.

Ihre Mutter hatte hübsche Monogramme auf ihre Unterwäsche genäht. Annas Aussteuer stand schon so lange bereit, daß es beinahe peinlich war. Rigmor, ihre kleine Schwester, war schon fast fünf Jahre mit Charles verheiratet. Sie hatten keine Kinder und wollten auch keine haben, wenn es sich vermeiden ließe, wie Rigmor sagte.

Ihre Mutter, Frau Korsberg, legte überhaupt keinen Wert auf Enkelkinder. »Macht euch keine Gedanken, wann ihr mich zur Großmutter machen könnt, Mädchen, sondern genießt das Leben. Ich werde die Geburten nie vergessen. Es war, als würde ich auseinandergesprengt. Bei dir, Rigmor, schrie ich drei Tage lang, und mein Unterleib hat sich seitdem nie wieder richtig erholt. Ich bin für die selbstbestimmte Mutterschaft.«

Annas Vater sagte wie üblich kein Wort. Er beugte sich über den Teller, seufzte, rollte mit den Augen und ging dann in die Freimaurerloge.

Anna und Rigmor waren zornig auf ihre Männer, weil sie ihre Mutter nicht ernst nahmen. Sie stießen sich an ihren Eigenarten. Sie war eine richtige Dame, von imponierender Eleganz, die mit ihren gepflegten Fingernägeln und einer Zigarette im Mund dasaß und stickte. Die schöne, hübsch möblierte Großkaufmannswohnung war stets in dicken Zigarettenqualm gehüllt. Frau Korsberg hatte französische Journale abonniert und interessierte sich für moderne Wohnungseinrichtungen. Im Moment erblühte ihre eigene Wohnung im Jugendstil. Wasserlilien und Tulpen wuchsen auf Kissen und Teppichen, und den Salon schmückten neue helle Birkenmöbel mit blauem Seidenbezug. »Ich mag es nicht, daß man bei den Möbeln deiner Eltern die Beine sieht; das wirkt so kalt«, hatte Joseph gesagt. Zu Hause bei Juliane fand er es viel gemütlicher.

Anna blieb einen Moment stehen und überlegte. Sie konnte zu Stella hinübergehen, und wenn die nicht zu Hause war, würde sie Rigmor und Charles besuchen. Vielleicht konnten sie gemeinsam zu Thomas S. gehen. Dort war es so vornehm, und immer waren interessante Menschen da.

Thomas S. war in Kopenhagen die Abkürzung für das elegante Restaurant Thomas S. Lorentzen, in dem sich abends die hübschesten Mädchen der Stadt versammelten. Die Leute nahmen einen späten Imbiß zu sich und tranken Champagner, wenn die Varieté- oder Theatervorstellungen beendet waren. Dorthin kamen die zukünftigen Berühmtheiten, die in den Varietés der Stadt auftraten. Anna und Rigmor liebten diesen Ort. Dort studierten sie die neueste Mode und die schicksten Frisuren. Später am Abend kamen auch wohlhabende Herren im Frack, um einen Blick auf die Mädchen zu werfen. Joseph machte sich nichts aus diesem Ort. Er fühlte sich dort nicht wohl, während Anna und Rigmor hingerissen von dem neuen dekadenten Stil waren. Ole Haslund mit Monokel, rotem Halstuch, karierter Weste und Bambusstock unterm Arm war ihr Idealbild eines Mannes.

Anna und Rigmor bestellten bei Thomas S. immer Absinth und warfen einander mitleidvolle Blicke zu, wenn Charles und Joseph sich in provozierender und völlig uneleganter Weise mit Heißhunger auf die belegten Brote stürzten.

Anna ging im Schlafzimmer auf und ab, während sie versuchte, nicht unablässig an Joseph zu denken. Sie nahm ein hellgrünes Crêpekleid aus dem Schrank. Es stand ihr gut, besonders wenn sie ihren Teint perlmuttfarben puderte, die spanischen Schildpattkämme ins Haar steckte, das große silberne Armband anlegte und die hellen Strümpfe sowie die champagnerfarbenen Spangenschuhe trug.

Sie trat an den Schminktisch, nahm einen Flakon und parfümierte sich. Dann schnupperte sie an ihren Achseln, griff zu einer Puderquaste und trug etwas Talkum auf. Sie zog ihre weißen, halblangen, spitzenbesetzten Seidenunterhosen etwas nach oben und drehte sich vor dem Spiegel. Ihre Brüste waren klein und fest, die Hüften schmal und ihr Po straff. »Du kneifst immer die Pobacken zusammen, Anna«, sagte ihre Schwester lachend und machte sie nach. Annas Oberschenkel waren muskulös und ebenmäßig; sie hatte schlanke, beinahe dünne Beine mit zarten Fußgelenken und einen hohen Spann. Wenn Anna ging, kopierte sie die Bewegungen der Filmstars. Sie schoben stets ihren

Rücken etwas hin und her, wie schüchterne Kinder, die zu den Erwachsenen aufschauen.

»Warum hält sie ihren Rücken nicht aufrecht?« wurde Joseph von Juliane gefragt. Sie ärgerte sich über dieses Gehabe, und wenn Joseph nicht antwortete, fuhr sie fort: »Nur Sklaven gehen mit gebeugtem Rücken.« Joseph lächelte gequält. Diesen Satz hatte er von Kindheit an gehört.

Nachdem Anna sich vollständig angekleidet hatte, betrachtete sie sich zufrieden im Spiegel. Sie hatte erreicht, was sie wollte. Sie glich einer jungen, hübschen Dame von Welt. Etwas hilflos vielleicht, etwas betrübt. Sich vorzustellen, einen reifen, wohlhabenden Mann zu finden, der großzügig war und sie verwöhnte . . . Was konnte sie für einen solchen Mann nicht alles sein: eine strahlende Gastgeberin und jemand, auf den er sich immer verlassen konnte.

Anna trug mit einem kleinen Pinsel ein bißchen hellrote Farbe auf ihre Lippen auf. Sie gab sich viel Mühe mit dem Amorbogen. Ihr Mund sollte klein und süß sein. Jetzt war sie die weinerliche Stimmung satt. Sie nahm ihren ausladenden Hut mit den Samtblumen aus der Hutschachtel. Plötzlich stellte sie sich Josephs Mund vor.

Wenn er lächelte, verzog er zuerst den Mund, als ob er nicht wollte, aber es trotzdem nicht lassen konnte, und wenn er dann sein strahlendstes Lächeln mit den blitzenden weißen Zähnen aufsetzte, bekam sie Herzklopfen. Ihre Kehle schnürte sich erneut zusammen. Sollte sie nach ihm suchen? Vielleicht befand er sich schon auf dem Weg zu einem seiner Flittchen oder war zu seiner Mutter gegangen. Oh, sie sah sie vor sich. Jetzt saßen sie bestimmt da und aßen Reste, während sie redeten und lachten. Die Vorstellung erfüllte sie mit Haß.

Anna klemmte sich ihre kleine Schlangenledertasche unter den Arm, schloß die Tür und schob den Fußabstreifer an seinen Platz, so daß er gerade lag.

»Jetzt geht sie bummeln, Hugo«, sagte die Nachbarsfrau und schob den Vorhang etwas zur Seite, so daß sie besser aus dem Fenster schauen konnte.

»Was habe ich gesagt, das hält nie«, sagte Herr Dahl. »Na, was soll's. Dann sind wir jedenfalls sein Geschrei los.«

»Er wird bestimmt die Wohnung behalten, woll'n wir wetten?«

»Ich kenne die Familie«, sagte Dahl zu seiner Frau.

Gemeinsam schauten sie kopfschüttelnd Anna nach, die die Straße überquerte, während sie kokett den Hut mit den Samtblumen an ihrem Platz hielt.

# 3

Joseph radelte eilig aus der Stadt hinaus. Er wollte das Meer sehen. Wenn man doch alles einfach hinter sich lassen könnte! Er fuhr die Strandpromenade hinunter. Es war ein lauer Sommerabend, halb acht, und die Ausflügler spazierten am Strand entlang. Die Frauen trugen fast ausnahmslos helle, bis zu den Knöcheln reichende Sommerkleider. Wie elegant man sich hier in Charlottenlund im Sommer kleidete, die Herren in ihren weißen Jacken und den schicken, starren Strohhüten! Bei der Fischersiedlung in Skovshoved stellte Joseph das Fahrrad ab, schlenderte zum Hafen hinunter und setzte sich auf eine Bank. Zwei Fischer standen neben ihm und unterhielten sich. Sie sprachen mit dem sonderbaren Akzent dieser Gegend, den er so oft bei Gammel Strand gehört hatte. Einige der alten Einwohner von Christianshavn und Dragør sprachen genauso. Sie sangen regelrecht und benutzten viele sonderbare Ausdrücke. Er schob die Hand in die Tasche, in der sich eine Karte von Elna Eriksen befand. Eigentlich hatte er sie mit dem guten Vorsatz zusammengeknüllt, Elna nicht mehr zu treffen. Zwischen ihnen war nichts vorgefallen. Er hatte bei ihr belegte Brote gegessen, sie hatten sich gut verstanden und ihren Spaß gehabt.

Er faltete die zerknitterte Karte auseinander, betrachtete sie und steckte sie wieder in die Tasche.

Wer wußte, was sie bei Mutter jetzt machten? Was für ein Sonntag!

Wenn er irgend etwas haßte, dann Frauen, die sich wie eine Märtyrerin aufführten. Er sah es vor sich, wie Anna schreiend das Tuch herunterriß. Er hätte ihr fast eine geknallt, und das ausgerechnet er, der sich schon als Kind geschworen hatte, keiner von diesen armseligen Männern zu werden, die schlugen, nur weil ihnen die Worte fehlten.

Er erinnerte sich gut an die Handgreiflichkeiten zwischen Otto und Juliane. Besonders an jenem Abend, als die Mutter unten am Kanal gestanden hatte. Vielleicht hätte sie sich ertränkt, wenn er nicht gekommen wäre und an ihrem Kleid gerissen hätte. An diesem Abend hatte der Vater sie so geschlagen, daß ihre Oberlippe aufgeplatzt war. Er hatte das nie vergessen.

Am nächsten Morgen hatten sie einander in den Armen gelegen. Das hatte er damals nicht verstanden; das verstand er erst heute. Doch solch eine Frau war Anna nicht. Sie würde niemals verstehen, daß man sich auch im Bett versöhnen konnte.

Plötzlich stiegen ihm Tränen in die Augen. Er nahm sein Taschentuch, trocknete sich die Augen und sah sich verlegen um.

Die Fischer hatten ihm den Rücken zugekehrt, so als hätten sie sich entschieden, Menschen zu ignorieren, die nicht aus Skovshoved kamen. Daß sie sich nicht um die Urlauber scherten, das wußte er.

Was zum Teufel war nur mit ihm los? Es war so ein emotionaler Druck in ihm. Er konnte sich nicht daran erinnern, seit seiner Kindheit so ein Gefühl gehabt zu haben. Damals war er oft unglücklich gewesen.

Wie er diese Ehe doch bereute! Es war, als trüge er ein enges Halsband, das Anna jeden Monat ein bißchen enger zuzog. Sogar seine Gedanken hatten sich geändert. Er hatte den Überblick verloren. Unablässig plagte ihn Anna gegenüber ein schlechtes Gewissen. Er konnte ihr nie genügen. Er war nicht gebildet genug, nicht rücksichtsvoll genug, nicht liebevoll genug.

Wie sollte er jemals sein Ziel erreichen, ein bekannter Sänger zu werden, wenn er ständig mit ihr auftreten mußte. Sie hatte anscheinend die fixe Idee, sie seien siamesische Zwillinge. Gott sei Dank hatte er ihr ausreden können, bei den privaten Soireen gemeinsam aufzutreten. Die Leute hatten wirklich kein Interesse daran, ihre schwedischen Lieder und französischen Chansons zu hören. Er errötete, wenn er nur daran dachte, wie sie dasaß, ihr Cleo-de-Merode-Gesicht aufsetzte, die Augen gen Himmel richtete und ihre Liedchen trällerte. Er hatte gesehen, wie die Leute schmunzelten. Eine hatte ihr die Wahrheit gesagt, eine ihrer sogenannten Freundinnen. Sie hatte ihr gesagt, daß die Leute ihn hören wollten und sie es besser sein lassen solle. Vielleicht war es das, was sie ihm nicht verzeihen konnte.

Aber sie war zur Zeit so anhänglich. Ständig fragte sie ihn, woran er gerade dachte.

Wenn man doch nur freimütig sagen könnte: »Ich denke daran, wie ich dich loswerden kann, ohne allzuviel Aufsehen zu erregen.« Er lachte vor sich hin und stellte sich vor, wie es wäre, wenn eine Woche lang alle Menschen sagen würden, was sie wirklich dachten. Das wäre interessant. Er betrachtete sein Taschentuch, das er immer noch in der Hand hielt. Also wirklich – hier saß ein reifer, erwachsener Mann von sechsundzwanzig Jahren und heulte.

Er tastete nach seiner Brusttasche. Ja, da war noch eine Zigarre. Er zog sie heraus, biß die Spitze ab, steckte sie in den Mund und zündete sie an. Sie war ein wenig feucht. Doch jetzt brannte sie.

Mutter sagte immer, wenn einem im Leben etwas lästig sei, dann müsse man eine Rechnung aufmachen: Was steht auf der einen, was auf der anderen Seite?

Die Rechnung, die er aufmachen konnte, zog die Schlinge um seinen Hals nur enger zusammen. Er sog an der Zigarre. Was für ein mißratener Sonntag! Es war jetzt neun Uhr, und er hatte nicht geübt. Das Treffen bei Mutter hatte den ganzen Tag in Anspruch genommen. Aber es war schön gewesen, alle wiederzusehen. Seine beiden jüngsten Brüder würden sicher auch bald heiraten. Vielleicht sollte er sie warnen. Er stieß einen Rauchkringel aus. Was die Vorteile einer Ehe betraf, so wurde in allen Büchern, die er durchgeblättert hatte, ein regelmäßiges und gesundes Geschlechtsleben empfohlen.

Doch Anna hatte nur selten Lust, und ließ sie ihn endlich gewähren, dann erwartete sie, daß er eine ganze Woche lang dankbar war und vierzehn Tage lang Ruhe gab, doch leider bekam er um so mehr Lust, je öfter er mit ihr im Bett war. Er seufzte.

In anderen Ehen war es die Frau, die den gesamten Haushalt erledigte. Aber bei ihnen tat er das. Wogegen er nichts einzuwenden hatte. Vor den Proben hielt er sich stets zu Hause auf. Da war etwas an der Hausarbeit, das ihm sehr zusagte. Das konnte man den Resultaten auch ansehen. Beim Abwasch zum Beispiel hatte er sein eigenes System: Teller gründlich abspülen, Wasser im Kessel erwärmen, Soda in die Wanne, mit dem Schneebesen schlagen, dann gründlich abwaschen, abspülen und sorgfältig abtrocknen. Sie hatten unbeschadetes, hübsches Porzellan, anders als das Alltagsgeschirr Julianes, das angeschlagen und voller Sprünge war. Nur an Sonntagen oder zu

Feierlichkeiten benutzte Mutter das mit dem Muschelmuster.

Er stellte sich gerne vor, eine Frau zu haben, die eine richtig gute Köchin war, so wie seine Mutter. Doch Anna hatte an leiblichen Dingen kein Interesse. Sie war bestimmt das, was man als frigide bezeichnete. Das Kochen hatte damit zwar nicht direkt etwas zu tun, doch er hatte das Gefühl, daß es sich um dieselbe Sache handelte.

Er hatte alles versucht, ihr diesen Aspekt des Ehelebens schmackhaft zu machen, doch es war schwierig, wenn man selbst befangen war und überhaupt nicht unterstützt wurde.

Sie lag einfach da, betrachtete ihn und sah etwas verwundert an sich selbst hinunter, während er erregt zwischen ihren Beinen lag und experimentierte.

Er rutschte ein bißchen auf der Bank hin und her, als er an Annas Körper dachte.

Eine Dame näherte sich mit einem kleinen, weißen Hund. Sie blickte Joseph interessiert an, der nachdenklich über das Wasser schaute.

Die Dame lächelte ihren Hund an, so als hätte sie eine gute Idee, und setzte sich dann neben ihn, nachdem sie zuvor die Bank mit ihrem Taschentuch abgetrocknet hatte. Sie hob den Hund auf ihren Schoß und nahm Haltung an.

»Was für ein wunderbarer lauer Abend, finden Sie nicht?«

»Hätten Sie die Freundlichkeit, mich in Ruhe zu lassen?« entgegnete Joseph mit wütendem Gesichtsausdruck.

»Sie sind ja richtig unverschämt! Dabei sahen Sie so kultiviert aus«, sagte sie, stand auf und ging mit ihrem Hund weiter.

Joseph lehnte sich zurück und klopfte seine Zigarre ab.

Es war gut, sich Luft verschafft zu haben. Vielleicht sollte er zum Frauenhasser werden und sich eine Zeitlang ganz von den Frauen zurückziehen. Dann würde er auch sehen, wie Anna reagierte, wenn er überhaupt kein Interesse mehr zeigte. So behandelten Frauen ja schließlich die Männer, die sie ködern wollten.

Joseph stand auf und nahm sein Fahrrad. Er wollte sich vom Haken befreien und seine Unabhängigkeit wiedererlangen. Wenn er es mit einer anderen Frau versuchte, müßte es eine sein, die ihn brauchte und respektierte. Plötzlich kam ihm der letzte Satz zu Bewußtsein, den Anna gesagt hatte: »Mir kannst du nicht imponieren.«

Er sprang auf sein Fahrrad und fuhr nach Norden. Vielleicht hatte das Wirtshaus in Taarbæk noch geöffnet. Es war halb zehn. Doch die Strandpromenade wimmelte heute abend von Menschen.

Das Wirtshaus war gut besucht. Draußen hielten die Pferdewagen. Die Kutscher genossen ein kühles Bier, und die Pferde widmeten sich ihren Futterbeuteln. Es war so mild, daß man draußen sitzen konnte. Er bemerkte, daß er als einziger alleine war.

Er war erschöpft und hungrig. Es war ein langer Ausflug geworden. Eigentlich hatte er nur bis Langelinie gewollt, und jetzt saß er mitten in Taarbæk. Er bestellte ein Hacksteak mit Spiegelei und Bratensoße und zerdrückte die Kartoffeln besonders gründlich, weil er wußte, daß Anna das nicht ausstehen konnte.

Langsam schenkte er sich ein kaltes Lagerbier ein, das nach Schiff und Teer duftete. Er leerte das Glas und wischte sich den Mund ab. Irgendwas war geschehen heute abend. Er spürte, daß es ein unabänderlicher Beschluß war, wenn er auch ein wenig Wehmut fühlte. Er wollte wieder frei sein.

Joseph erwachte abrupt. Es war neun Uhr. Er fuhr auf und betrachtete das Bett neben sich. Es war unberührt. Sie war heute nacht nicht zu Hause gewesen. Was zum Teufel bildete sie sich ein? Er ging ins Wohnzimmer. Vielleicht hatte sie sich auf die Chaiselongue gelegt, was sie oft machte, wenn sie sich gestritten hatten. Nein, dort war sie auch nicht. Er schaute in ihren Schrank. Ein Abendkleid fehlte. Vielleicht hatte sie Rigmor oder ihre Eltern besucht. Wenn sie nicht in ihrem Salon war, mußte er zu ihnen fahren.

Das würde ihnen bestimmt gefallen, und Anna hatte ihren Triumph. Er ging in die Küche und setzte Kaffeewasser auf. Er würde gar nicht nach ihr suchen. Das paßte ihm ganz gut. Sie hätte im Grunde nichts Besseres tun können. Wenn ihr aber etwas zugestoßen war?

Er seufzte und schmierte Butter auf seinen Zwieback. Man hatte wirklich nichts als Ärger mit ihr.

Wenn er frei war, würde er reisen. Nach Deutschland. Dort konnte man als Sänger etwas werden. Vielleicht konnte er sich mit Liederabenden unterwegs ein kleines Zubrot verdienen. Die Kurorte wurden von wohlhabenden Leuten frequentiert. Baden-Baden. Die Patienten spazierten mit einem Glas Quellwasser durch die Kurhalle, während sie von verschiedenen Orchestern und Sängern unterhalten wurden. Lauritz hatte ihm davon erzählt.

Lauritz Melchior hatte gerade debütiert, und Joseph bewunderte ihn. Er hatte eine prachtvolle Stimme, war fleißig, ehrgeizig und hatte den Bildungshintergrund, der Joseph fehlte. Außerdem war er immer gutgelaunt.

Joseph seufzte, stand auf und zog sich an. Langsam band er seine Krawatte. Joseph und Lauritz sangen gemeinsam im Chor der Matthäuskirche. Letzten Sonntag hatte Lauritz bei Hviid einen ausgegeben. Er legte seine große, fleischige Hand auf Josephs Schulter. »Du hast eine schöne Stimme, Joseph. Sie hat bloß zu große Ähnlichkeit mit der von Helge Nissen. Manchmal kann ich gar keinen Unterschied feststellen. Er mag dich nicht. An deiner Stelle würde ich auf Reisen gehen. Aber paß auf, daß du nicht dieselben Probleme bekommst wie ich. Wenn man erst mal an eine Frau gebunden ist, kommt so viel auf einen zu.« Joseph hatte kaum zu atmen gewagt, während Lauritz sprach, und sich jedes Wort gemerkt. »Ein Sänger muß sich mit einer romantischen Aura umgeben, aber Skandale vermeiden. Mein größter Fehler ist, daß ich Frauen gegenüber zu weich bin. Doch ein Künstler ist niemals ein guter Ehemann und Vater. Die Familie zahlt immer drauf. Aber deine Frau ist ja modern und arbeitet.« Plötzlich war Lauritz aufgestanden und gegangen, als hätte er seine Freimütigkeit bereut. Jetzt war er unterwegs. Man sagte, er sei in London und führe sich auf wie ein Fürst.

Joseph nahm seinen Mantel. Wenn Anna sich einen Liebhaber genommen hatte, machte sie es ihm leicht. Bei Untreue konnte die Scheidung schnell vollzogen werden. Er begann zu phantasieren. Er stellte sie sich mit einem Liebhaber vor, irgendeinem wohlhabenden Kerl, der auf ihr lag und in sie eindrang, was sie, zum Teufel noch mal, genoß. Der Gedanke machte Joseph rasend; sein Herz schlug heftig. Wenn sie glaubte, ihn lächerlich machen zu können ... Er warf den halben Zwieback weg, kippte den Kaffee in den Ausguß und stürzte die Treppe hinunter.

Zuerst wollte er zum Salon. Der öffnete normalerweise um neun Uhr.

Anna sah rasch von ihrem Kunden, dem Großkaufmann Winkelhorn, auf, dessen eine Hand in Seifenschaum ruhte, während die andere durch den rötlichen Schnurrbart strich. Joseph hatte die Tür aufgerissen. Anna errötete. »Ich habe einen Kunden«, sagte sie kalt.

»Das hattest du vielleicht auch heute nacht!« rief Joseph. Der Grossist Winkelhorn erhob sich und sah Anna verärgert an. »Ich dachte, dies ist ein anständiger Salon, Frau Korsberg.« Er trocknete seine Hand am Taschentuch ab, warf den Umhang auf den Boden, klemmte sich seinen Zylinder unter den Arm und verschwand.

»Wie kannst du es wagen, hierherzukommen und meine Kunden zu vergraulen, du Flegel?« schrie Anna.

»Wo bist du gewesen? Na, war er besser als ich? Du, die immer nur daliegt und sich für so was zu fein ist.« Joseph griff sie am Arm.

»Laß mich los. Die Leute können uns sehen.« Anna entwand sich ihm.

Ein paar Damen schauten neugierig durchs Fenster.

Joseph ließ sie los. »Ich will wissen, wer es ist.«

»Verschwinde aus meinem Salon.«

»Ich verschwinde, verlaß dich drauf!«

Joseph knallte die Tür zu. Die Damen hakten einander unter und schauten ihm nach. »Ob das ihr Mann war? Nein, bestimmt ein Liebhaber.«

Anna blickte sie wutentbrannt an. »Gibt's hier vielleicht was umsonst?« giftete sie.

Die Damen suchten das Weite. »Und das in unserer ›Bredgade‹!«

Anna ging wieder hinein und puderte sich. Uff, was für ein Morgen, und außerdem bekam sie ihre Tage! Sie ging hinter den Paravent und öffnete ein kleines Schränkchen, in dem eine Karaffe mit Cognac stand. Sie nahm einen kräftigen Schluck sowie einen Pfefferminzbonbon. Das half gegen die Übelkeit und den Schmerz.

Sie war sehr zufrieden. Endlich war er eifersüchtig

geworden; so spürte er zumindest einmal, wie das war. Sie trat vor den Spiegel, rollte die Ärmel nach oben und betrachtete die roten Flecken, die Joseph verursacht hatte. Ein Liebhaber, ein anderer Mann? Gott bewahre. Joseph würde nie herausfinden, was heute nacht wirklich geschehen war. Ein Mädchen hatte ja wohl das Recht auf eine Freundin.

Juliane sah Joseph überrascht an, als dieser die Tür öffnete. »Was machst du hier?« Sie schaute die Treppe hinunter, um zu sehen, ob Anna mitgekommen war. Dann ging sie vor Joseph in die Küche. Langsam nahm sie die große blaue Kaffeekanne von der Herdplatte und schüttelte sie, um sich zu vergewissern, ob noch eine Tasse Kaffee darin war. Sie nahm die große weiße Tasse, Mutters Tasse, und schenkte ein. »Ja, ja, mein Junge. Die Ehe ist wie eine Aalreuse: Die drinnen sind, wollen raus, und die draußen sind, wollen rein.«

»Ich habe dir doch noch gar nichts erzählt«, sagte Joseph mit unsicherem Lächeln.

»Sprich dich nur aus, mein Junge«, sagte Juliane lachend und stemmte die Hände in die Hüften.

# 4

Claire Brandt legte die Zeichnung beiseite, betrachtete sie ein wenig und nahm sie wieder zur Hand.

Der Ausdruck könnte besser sein. Das Mädchen lag auf einer volantbesetzten Chaiselongue und hatte eine schwarze Perserkatze auf dem Arm. Neben ihr stand eine elegante Frau in dem weißen, seidenen Kostüm eines Pierrots und streckte die Hand aus.

Die Vogue hatte die Zeichnung bis zur nächsten Woche erbeten. Die zahlten ein gutes Honorar. In Dänemark sprach man viel über ihre Zeichnungen. Die Meinungen waren geteilt. Einige Kunstkritiker bezeichneten sie als elegant und pikant, während andere sie für abgestanden und dekadent hielten, ein Abkömmling des sonderbaren Geschmacks, den gewisse Kreise in Paris und Wien pflegten.

Claire Brandt hatte einen gewissen »Ruf«. Künstlerkreise und die Kopenhagener Oberschicht luden sie auf Gesellschaften ein, demonstrierten damit ihre liberale Gesinnung und sicherten sich den Gesprächsstoff des kommenden Tages.

Man bewunderte ihre Eleganz, ihre Garderobe, ihren geistesgegenwärtigen Witz und ihre boshaften Entgegnungen. Einige der fortschrittlichen Damen schienen mit ihr zu flirten. Ihre Männer beobachteten sie genau und warfen sich vielsagende Blicke zu.

Die Gesellschaften, an denen Claire teilnahm, waren immer ein Erfolg. Sprachen die Damen später mit der Gastgeberin, so konnten sie stets berichten, wie sich die Begegnung mit Claire in ihrem Ehebett ausgewirkt hatte.

Waren die Veranstaltungen vorüber, wollten die Männer unbedingt ihre Potenz beweisen, als könnten sie auf diese Weise verhindern, daß sich ihre Frauen raffinierteren Lüsten zuwandten.

Claire spielte das Spiel, das von ihr erwartet wurde. Sie rückte ganz nah an die Damen heran, drückte ihre Knie an deren, betrachtete mit anerkennendem Begehren die interessantesten Männer und flüsterte: »Ihr Mann ist sehr einnehmend. Er ist der einzige, der mich bekehren könnte.«

Die Damen erröteten tief und überbrachten den Satz flüsternd ihren Männern, die Claire daraufhin wie die Motten umschwärmten.

Claire überarbeitete die Zeichnung ein wenig. Ja, so stimmte es. Der unschuldige, verwunderte Frauenblick. Es waren Annas Augen. Claire registrierte, daß sie unruhig wurde. Sie spürte ihr Herz schlagen und dann dieses verdammte Gefühl der Verlorenheit, als rutsche der Boden unter ihren Füßen weg. Anna galt ihr erster Gedanke, wenn sie aufwachte, und ihr letzter, bevor sie einschlief. Sie erwachte in der Nacht, stand auf, trank ein Bier und kam nicht mehr zur Ruhe. Würde es diesmal etwas werden, oder war sie zu weit gegangen? Sie mußte langsam vorgehen. Es war deutlich zu spüren, daß Anna unschuldig war und noch nie eine lesbische Beziehung gehabt hatte. Aber auf der anderen Seite wirkte sie so abgeklärt. Etwas, das Claire beunruhigte. Das konnte fatale Folgen haben.

Sie dachte an ihre letzte Zeit als Marionette. Ihre Freundin war verheiratet gewesen und hatte sie in einer schwierigen Periode ihrer Ehe ausgenutzt. Immer hatte sie sich als Konkurrentin des Ehemanns gefühlt. Aber *er* kam zuerst. Schließlich war es zum öffentlichen Eklat gekommen, weil ihr Claire auf der Gesellschaft eines bekannten Kopenhagener Literaturkritikers eine Eifersuchtsszene gemacht hatte, von der immer noch die ganze Stadt sprach.

Das Ehepaar hatte darauf eine Versöhnungsreise nach Juan le Pins angetreten. Sie war der Ansicht, man würde um so gefühlskälter, je mehr unglückliche Beziehungen man gehabt hatte. Schließlich konnte man jemand benutzen, ohne selbst gebraucht zu werden. Aber so verhielt es sich nicht. Claire warf den Zeichenblock hin, zündete eine Zigarette an, inhalierte und drückte den Stummel in der großen, hellroten Muschelschale aus, die auf dem Schreibtisch stand.

Anna. Sie wollte nicht zu schnell vorgehen. Sie war ihr letzte Woche in den Filmstudios begegnet. Pynte, der Friseur, hatte sie mitgebracht. Sie waren Kollegen. Pynte fertigte Perücken und Toupets für Annas Salon an. In Kopenhagen war er ein stadtbekannter Homosexueller. Einer der wenigen, die sich nicht scheuten, darüber zu reden. Er hatte aus sich selbst eine Theaterfigur gemacht, die er mit elastischen Handgelenken, erstaunten Augen, dem Werfen des Kopfes und einem hohen, mädchenhaften Lachen spielte. Er war von beißendem Witz und hemmungslos, wenn er von seinen sexuellen Ausschweifungen erzählte.

Er schockierte das Bürgertum, das begann, die neuen, dekadenten Strömungen zu bekämpfen. Doch die Leute vom Film, Theaterdirektoren, Schauspieler, Maler und Schriftsteller luden ihn stets als eine Art Dekoration zu ihren Festen und Abendessen ein. Kaufleute und wichtige Geschäftsmänner gingen ihm aus dem Weg, amüsierten sich aber trotzdem darüber, wenn ihre Frauen mit ihm befreundet waren. »Er versteht die Frauen so gut«, sagten sie nachsichtig. Claire machte sich nichts aus Gesellschaften, auf denen auch Pynte eingeladen war. Sie kannte ihrer beider Spitznamen: »Die Verkehrten«. Er hatte sie mit Anna bekannt gemacht und diese dabei fast in Claires Arme geschoben, um hinter Annas Rücken eine vielsagende Geste mit der Zunge zu machen. Er war stets geschminkt und gepudert und hatte einen korallenroten Mund mit betonten Amorbögen.

Claire hätte sich am liebsten umgedreht und wäre gegangen. Aber sie hatte richtig gesehen. Wie eine kleine Porzellanfigur stand Anna vor ihr, anmutig, mit voluminösem, üppigem, schwarz glänzendem Haar. Ein zartes, blasses Gesicht mit großen, schimmernden Augen, die aussahen, als hätten sie erst vor kurzem geweint. Ihr Mund war klein. Sie war wie eine Puppe, mit perlmuttartiger Haut, in ihrem eleganten, weiten, grauen Seidenkleid mit der niedrigen Taille.

Das Kleid reichte ihr bis zu den Knöcheln, ihre Schuhe waren mit dem Seidenstoff ihres Kleides bezogen. Sie trug fleischfarbene Seidenstrümpfe und um den weißen Hals ein breites, schwarzes Samtband, an dem eine Similibrosche in Form einer Katze mit blitzenden, grünen Augen befestigt war.

Claire betrachtete die hellrote Muschelschale mit dem sich nach innen rollenden Rand. Tränen stiegen ihr in die Augen. Wieder war sie verliebt und die Arbeitsruhe dahin. Seid willkommen Unruhe, Eifersucht, Schmerz, Begierde und Enttäuschung!

Sie tanzten einen Cakewalk. Anna konnte tanzen. Sie hatte etwas Tollkühnes an sich, das die Gesellschaft verärgerte. Aber sie hatte auch großen Erfolg gehabt. Pynte stand in der Ecke und betrachtete sie beide, umgeben von einer Schar junger Schauspieler, die darauf warteten, eine Chance in Ole Olsens Filmstudios zu erhalten.

Die Stars Clara und Carlo Wieth saßen demonstrativ abgewandt in einer Ecke. Es ging Clara Wieth gegen den Strich, wenn sie nicht im Mittelpunkt eines Festes stand.

Schließlich landeten sie bei Claire. Lachend waren sie durch die Straßen zu ihrer Wohnung gelaufen, wo sie den Verlauf des Abends rekapitulierten. Anna hatte ein großes Imitationstalent und ahmte Pynte und die verärgerten Ehepaare so gut nach, daß Claire vor Lachen die Tränen kamen.

Claire öffnete nervös eine Flasche Champagner. »Wollen wir nicht ein bißchen geräucherten Schinken zum Champagner nehmen?« fragte Anna lachend. »Heute abend machen wir lauter unerlaubte Dinge.« Der Satz blieb in der Luft hängen. Ihm ließ sich nicht ausweichen. Claire versuchte ihn wegzulachen, war aber innerlich still, abwartend; sie war Jägerin und Beute zugleich.

Anna ging mit der Flasche voraus und balancierte die Schinkenstullen auf der Hand. Claire folgte ihr wie hypnotisiert. Anna zeigte auf die Chaiselongue und ließ sich nieder. »Hier ist für uns beide Platz. Gott, wie müde ich bin! Was für ein Abend, welch ein Tag! Zuerst war ich mit dem ganzen Haufen, den meine Schwiegerfamilie bildet, beim Lunch. Die denken wirklich an nichts anderes als essen und trinken. Meine Schwiegermutter hat Arme wie Schinken, sage ich dir. Ich habe Angst vor dieser Frau. Den ganzen Sonntag habe ich in ihrer miefigen Wohnung gesessen. Riecht mein Haar nicht nach Christianshavn?« Anna öffnete ihre Haare und beugte sich Claire entgegen. Claires Herz hörte beinahe auf zu schlagen, als Annas Gesicht so nah an ihrem war.

Sie wußte, daß es absichtlich geschah, und ließ sich widerstandslos darauf ein. Sie vergrub ihre Hände in Annas Haarpracht und zog ihr Gesicht zu sich heran. Anna schmiegte sich an sie und wehrte lachend ab, als Claire sie küssen wollte. »Laß sein, ich habe den Mund voller Schinken.« Claire zwang sie in die Kissen und registrierte zu ihrer jubelnden Freude, daß Annas Augen vor sexueller Erwartung schimmerten.

»Ich weiß nicht, wie ihr das macht«, flüsterte Anna. Claire antwortete nicht und entkleidete sie behutsam, während sie Anna sanft küßte. Anna lag wie hypnotisiert, während sie vorsichtig Claires Rücken streichelte, als habe sie Angst, sie könnte verschwinden.

»Das Erotische liegt mir nicht so«, stammelte Anna plötzlich und preßte krampfartig ihre Beine zusammen, während Claire ihre Oberschenkel streichelte. Claire ließ ihre Hand den Bauch hinabgleiten. »Wovor hast du Angst?« fragte sie lächelnd und reichte Anna das Champagnerglas. Anna leerte es in einem Zug, um Mut zu fassen. Sie schaute die hübsche, raffinierte Claire an, die sich auf einen Ellenbogen stützte und sie betrachtete.

»Äh, du hast ja wohl nichts zum Reinstecken, das weh tut, oder?« Anna ließ sich lachend in die Kissen fallen. Claire sah sie erleichtert an. Gott sei Dank war sie so naiv. Dann war es nicht gefährlich. Sie küßte Annas Bauch, legte ihr langes, schlankes Bein zwischen Annas runde Schenkel und zwang mit dem Knie ihre Beine auseinander.

Claire erhob sich und schlug ihren roten Kalenderblock auf. »Mittwoch, den 4. August 1912: Anna«, stand da.

Heute war Montag. Noch zwei lange Tage. Claire schloß den Kalender und zündete sich mit zitternden Händen eine neue Zigarette an.

»Wenn man ein Haus baut, darf man nicht mit dem Dach anfangen«, hatte sein Lehrer gesagt. Der Satz nagte an ihm. Was sollte er tun? Joseph saß an seinem Klavier. Er hatte Schwierigkeiten, vom Blatt zu singen, Schwierigkeiten, Noten zu lernen und richtig zu zählen. Sein Lehrer gab ihm deutsche Lieder. Er hatte Schwierigkeiten, die Wörter auszusprechen, und wußte auch nicht, was sie bedeuteten.

Er schlug einen Akkord mit zwei Vorzeichen an und sang. Der Akkord klang falsch. Warum konnte er sich die verdammten vier Kreuze nicht merken? Er schlug mit der Faust auf die Tasten. Die Noten fielen zu Boden. »Zweites Baß-Album, 34 Baß-Lieder und Arien mit Original-Klavierbegleitung.«

Es war, als ob sich eine Tür nach der anderen schloß. Wie sollte er es nur schaffen, Deutsch, Englisch und Französisch zu lernen, zu singen, seine Stimme und die Atemtechnik zu beherrschen, sich die Noten und das Klavierspiel anzueignen, Geld zu verdienen und seinen Platz im Opernchor zu behalten?

Vielleicht wurde er krank. Ihm war heiß und sein Hals schmerzte. Das durfte nicht passieren. Es war kurz vor der Premiere des »Holländer«. Noch dazu eine Erstaufführung. Allen flatterten die Nerven. Wagners Musik war kompliziert. Die Sänger standen unter großem Druck. Nach den Proben bildeten sich stets kleine Cliquen, die in die Wirtshäuser der Stadt gingen, um die Nerven zu beruhigen.

Einige tranken Absinth, das milchartige, grüne Getränk, das nach Anis roch. »Laß das sein!« hatte Lauritz gesagt. »Ein Sänger kann Bier trinken und soll gravitätisch wirken. Absinth ist Gift. Man wird mürrisch, bösartig und pervers. Außerdem bist du zu dünn, Joseph. Trink jeden

Abend einen Becher Kakao, bevor du zu Bett gehst. Du kannst keine großen Partien singen, wenn du aussiehst wie ein schwarzes Herrenfahrrad.« Lauritz war fort. Aus ihm wurde etwas. Er war der einzige am Theater, den er mochte. Der einzige, mit dem er offen sprechen konnte. Er gehörte zur Oberklasse. Und besaß trotzdem kein Geld. Das wußte er. Aber Lauritz befreite sich und ging auf Reisen. Joseph blieb im Schlamm stecken. Er dachte an seine Mutter. Juliane war so stolz auf ihn. Er wußte genau, daß er sich als einziger aus dem heimischen Milieu befreit und den Status der Familie aufgewertet hatte.

»Du wirst es schon schaffen, Joseph«, sagte sie. Aber wenn er das nicht tat? Es war schlimmer, wenn man schon mal über die Barriere geschaut hatte, als wenn man immer unten bei den anderen gewesen war.

Mehr und mehr spürte er den Schmerz in Hals und Augen. Er kochte Wasser für einen Kamillentee und goß es über die gelben Blüten, die im Teesieb lagen. Plötzlich roch es nach Sommer und Natur. Er nahm einen Schluck Kamillentee, setzte sich auf den Küchenstuhl und faltete seine Hände. »Lieber Gott, hilf mir. Ich darf jetzt nicht krank werden. Gib mir . . .« Er hörte, wie der Schlüssel ins Türschloß gesteckt wurde, und sprang auf.

Anna stand in der Küche. »Du darfst mich nie wieder so vor meinen Kunden blamieren. Ich habe heute nacht bei einer Freundin geschlafen.«

»Es ist mir völlig gleichgültig, was du tust. Eine Freundin – glaubst du, ich bin ein Idiot?« Joseph wurde unversehens blaß. »Ich bin krank«, sagte er und lief an ihr vorbei auf die Toilette. Er erbrach sich heftig.

Anna musterte ihn, als er hereinkam.

»Wirst du jetzt auch noch krank, direkt vor der Premiere?«

Er warf sich fröstelnd auf das Bett.

Später am Abend schaute Anna zu ihm hinein. Er hatte schweißnasse Haare, hohes Fieber und atmete schwer.

Sie ging hinaus, wrang ein Handtuch aus und trocknete ihm die Stirn. Er wachte auf und sah sie mit fiebrigem Blick an. »Entschuldige« hauchte sie.

Er nahm ihre Hand. »War es nur eine Freundin?« flüsterte er.

Anna nickte, und er schlief weiter – mit ihrer Hand in seiner.

Schritte, er hörte Schritte. Es war der übliche Alptraum. Er wollte laufen, konnte aber nicht, war wie gelähmt. Er wollte nach Anna rufen. Sie lag direkt neben ihm, aber er konnte sich weder bewegen noch irgend etwas sagen. »Hilfe!« schrie er mit äußerster Anstrengung.

Anna schreckte auf. »Was hast du, Joseph? Du bist sehr krank. Ich muß einen Arzt rufen.« Sie stand auf und zündete das Licht an. »O Gott, du bist voller roter Pünktchen.«

Der Arzt kam und stellte Scharlach fest. Eine Kinderkrankheit, die für Erwachsene lebensbedrohlich sein konnte. Anna mußte in ihr altes Zuhause umziehen. Es war eine Epidemie, die bereits mehrere Leben gekostet hatte.

Anna ging erleichtert nach Hause zu ihrer Mutter. Juliane kam jeden Tag und schaute nach Joseph. »Er steckt mich schon nicht an. Wenn man nicht krank sein will, dann wird man es auch nicht.«

Joseph und Anna waren seit zwei Jahren verheiratet, aber Juliane hatte sie erst einmal besucht. Jetzt ging sie summend im Haus umher, räumte auf und schaute in Annas Schränke.

Joseph lag in seinem Bett und betrachtete sie. Seine

Haut hatte begonnen sich abzuschälen, so daß er sich lange, dünne Hautfetzen von den Armen ziehen konnte. Das Fieber hatte sich gesenkt, doch nachdem er acht Kilo verloren hatte, glich er einem Skelett.

Er erschrak, als er den Briefkasten klappern hörte. Bis jetzt hatte er noch kein Kündigungsschreiben vom Theater erhalten.

»Es gibt einen, der auf dich aufpaßt. Es ist wohl dein Vater«, sagte Juliane tröstlich und rückte ihren Stuhl ans Bett heran.

Sie reichte ihm das Tablett mit den belegten Broten. »Du mußt etwas essen.«

Sie betrachtete sorgenvoll seinen Hals, der mit seiner losen Haut vogelartig aussah.

»Wie steht es?« fragte sie plötzlich.

»Womit?«

»Mit dir und Anna.«

»Sie traut sich ja nicht hierherzukommen, und merkwürdigerweise bin ich erleichtert darüber. So brauche ich mich nicht damit zu befassen. Aber sie schreibt.«

Juliane gab Joseph ein Stück Fleischwurst. »Ihr paßt nicht zusammen. Das habe ich immer gesagt. Aber sie hat es leicht. Sie hat eine gesicherte Position und ist mit ihrem Geschäft verheiratet. Ich wäre auch gerne mit einem Geschäft verheiratet gewesen. Dann wäre einem vieles erspart geblieben.

Anna ist anders«, sagte Juliane plötzlich. Sie hatte die Tür von Annas Schrank geöffnet und sah hinein. »Du bist zu sinnlich für sie, wenn ich so sagen kann.«

»Von wem habe ich das nur?« fragte Joseph lachend.

»Ich glaube, du bist auf dem Weg der Besserung«, sagte Juliane und ging in die Küche.

Joseph rief ihr nach: »Warum hast du nicht wieder

geheiratet? War das meine Schuld? Hättest du gerne diesen Schlachter genommen?«

Juliane steckte den Kopf durch die Tür und lachte. »Niemals. Aber er war ein guter Mann, wenn auch ein ziemlicher Grützkopf.«

Sie wurde unvermittelt ernst und stellte sich vor Josephs Bett. Sie war eine stattliche Frau, glich aber mit den gefalteten Händen und dem offenen Gesichtsausdruck auf einmal einem kleinen Mädchen. »Als dein Vater starb, hat sich mein Körper verschlossen. Andere Männer kamen nicht in Frage. Ich habe es versucht, aber sie eigneten sich nicht. Für gar nichts.« Sie nahm die Schürze ab und stopfte sie in die Tasche. »Ich glaube, ich werde morgen nicht kommen. Du kommst jetzt gut allein zurecht. Ich gehe zu Anna und sage ihr, daß sie wieder nach Hause kommen kann.«

Joseph sah seine Mutter unruhig an. Irgendwas war mit ihren Augen. Er kannte diesen Ausdruck. Sie witterte etwas, in das sie sich einmischen mußte. »Willst du nicht vorher ihre Mutter anrufen?«

»Nein, ich halte nichts von Telefongesprächen«, sagte Juliane und griff nach ihrer Tasche.

Joseph ließ sich in die Kissen zurücksinken und trank nachdenklich seinen Kaffee.

# 5

Anna genoß die Pause in ihrer Ehe. Die Scharlacherkrankung kam wie gerufen. Sie sah Claire mehrere Male in der Woche. Claire war heftig verliebt in ihre neue Freundin und versuchte unablässig, Anna zu überreden, mit ihr nach Paris zu reisen.

»Was wird dann aus meinem Salon?« fragte Anna und bemerkte, daß Claire genau denselben Gesichtsausdruck wie Joseph annahm, wenn sie von ihrer Arbeit sprach. Es störte sie beide, daß Anna einen eigenen Bereich hatte. Doch sie spürte auch ihre eigene Freude, wenn sie die Irritation der anderen bemerkte. Sie war frei und spürte, daß es wichtig war, frei zu sein. Claire wurde zur Klette. Auch sie war eifersüchtig, noch viel stärker als Joseph. Aber niemand hatte sie zusammen gesehen. An den Orten, an denen sie sich aufhielten, verkehrte Josephs Familie nicht. Es waren zwei getrennte Welten, und niemand hätte sie einer so unnatürlichen Beziehung verdächtigt. Einfache Leute wie die in Josephs Familie glaubten immer, lesbische Frauen liefen nur in Männerkleidung herum. Ihre Claire dagegen sah aus wie eine richtige Dame.

Was für ein elegantes Treppenhaus die Korsbergs doch hatten, mit verziertem Eichengeländer, blank geputzten Türschildern und frisch gestrichenen Wänden mit weiß abgesetzten Feldern. Juliane stellte ihre Tasche ab und atmete durch. Korsbergs wohnten im dritten Stock. Sie nahm einen Spiegel aus der Tasche und stopfte das Haar ein wenig mehr unter den Hut.

Dann nahm sie die letzten Stufen und klingelte an der Tür.

Frau Korsberg öffnete selbst. Für einen kurzen Moment sah sie Juliane sprachlos an, dann faßte sie sich. »Ja, guten Tag, Frau Jensen. Das ist aber wirklich eine Überraschung. Mit Joseph ist doch hoffentlich alles in Ordnung? Anna ist in ihrem Salon. Aber das wissen Sie wohl. Kommen Sie doch herein.« Juliane nickte und schlängelte sich durch die Tür. Frau Korsberg sah sie fragend an. Juliane schwieg abwartend, bis sie ins Wohnzimmer gebeten wurde.

Frau Korsberg deutete auf einen kleinen Rokokostuhl. Als Juliane sich setzte, ächzte er unter ihrem Gewicht. Sie legte die Handtasche auf ihre Knie, deren Griff sie mit beiden Händen umfaßte. »Joseph ist nicht mehr ansteckend. Er wird bald wieder ganz gesund sein, so daß Anna nach Hause kommen kann. Was glauben eigentlich Sie, wie diese Ehe enden wird, Frau Korsberg?«

Frau Korsberg faßte sich schockiert an ihre Perlenkette und lachte nervös auf. »Ja, aber, Frau Jensen! Sie stellen vielleicht Fragen, und so aus heiterem Himmel! Das ist doch die Sache der jungen Leute. Da können wir uns nicht einmischen. Anna ist eine sehr selbständige junge Dame, und es versteht sich von selbst, daß sie nicht krank werden darf, weil sie doch gerade ihren neuen Salon eröffnet hat. Außerdem ist Scharlach für Erwachsene eine sehr ernste Krankheit. Die jungen Leute sind so anders heutzutage, Frau Jensen. Ich finde ja auch, Anna hätte zu Hause bleiben und sich um Joseph kümmern sollen. Aber er wollte es doch schließlich selbst so. Er kommt ja auch finanziell nicht allein über die Runden, oder, Frau Jensen? Wissen Sie was, jetzt mache ich uns eine Tasse Kaffee.«

Juliane nickte wortlos. Sie ärgerte sich, daß sie hierhergekommen war. Aber jetzt gab es keinen Weg zurück. Es lag etwas in der Luft. Das sah sie Annas Mutter an. Frau Korsberg flatterte davon. Juliane hörte ihre Schritte den langen Korridor hinuntereilen. Das mußte eine große Wohnung sein, wenn der Weg in die Küche so weit war. Sie fühlte sich unterlegen. Es war ein fremdes Milieu. Sie schaute sich um. Eine merkwürdige Behausung: ohne Plüsch und ohne Troddeln. Das war wohl der neue Stil. Über dem Sofa befand sich eine geschnitzte Panfigur, die auf ihrer Flöte spielte. Sie strich über den Bezug des Rokokostuhls, der aus rotem Damast war. In einer Vitrine mit geschwungenen Beinen standen zahlreiche Nippsachen. Alle möglichen orientalischen Dinge, die Frau Korsberg offenbar sammelte. Fächer, kleine mosaikbesetzte Kästchen, Aschenbecher und Elefanten aus Ebenholz.

»Guudrun!« Frau Korsbergs Stimme gellte durch die Wohnung.

Sie eilte wieder herein. »Also die Dienstmädchen heutzutage! Gudrun ist neu und braucht mitten am Tag eine Stunde, um sich auszuruhen. Und gerade jetzt, wenn wir Kaffee trinken wollen, ist sie fort. Ich selbst gehe niemals in die Küche. Ich weiß nicht einmal, wo die Dinge sich befinden.« Frau Korsberg ließ sich hilflos aufs Sofa sinken und räumte ihr Nähzeug beiseite.

»In unserem Nähclub nähen wir eine Regimentsfahne. Eine sehr ehrenvolle Aufgabe. Eine der Damen ist mit einem Oberst verheiratet. Wir müssen da ganz genau sein, und dann dieser Goldfaden . . .«

Juliane sah sie streng an und schwieg. In der Stube entstand plötzlich eine peinliche Stille.

»Wollen Sie vielleicht ein Glas Madeira, Frau Jensen?«

Juliane nickte. Frau Korsberg erhob sich, holte eine Kristallkaraffe und zwei passende Gläser.

»Na, so mitten am Tag . . .« Juliane versuchte zu lächeln. Sie sah, daß Frau Korsbergs Hände beim Einschenken zitterten.

»Es ist schön, daß Sie zu Besuch gekommen sind. Aber ich finde, wir sollten uns nicht in die Ehe der jungen Leute einmischen. Ich bin wirklich sehr froh, Joseph zum Schwiegersohn zu haben.«

»Ja, weil er keine Kinder haben will!« sagte Juliane plötzlich scharf.

»Nun, so würde ich das nicht ausdrücken. Aber er ist ein junger Mann mit Ambitionen und hat mit Anna so viele gemeinsame Interessen. Aber alle Jungen müssen sich ja erst einmal die Hörner abstoßen.«

»Wo stößt sich Anna zur Zeit ihre Hörner ab?« fragte Juliane spitz, während sie sich ein wenig vorbeugte.

Frau Korsbergs ausgedünnte Augenbrauen schnellten nach oben. »Wie meinen Sie das, Frau Jensen? Unser Gespräch nimmt aber eine überraschende Wendung. Ich bin mir nicht sicher, ob ich es fortsetzen möchte. Meine Tochter ist eine sehr tugendhafte junge Dame. Sie macht sich nicht viel aus gewissen Aspekten der Ehe. Das hat sie von mir. Glauben Sie wirklich, sie würde sich mit einem Liebhaber einlassen, wo sie es darüber hinaus so schwer hat, die tierischen Neigungen Ihres Sohnes unter Kontrolle zu halten? Ja, Frau Jensen, jetzt spreche ich auch geradeheraus, das hat sie mir anvertraut. Es hat doch keinen Zweck, sich so zu erregen. Auch ich habe das Recht, mein Kind zu verteidigen.«

Frau Korsberg war aufgestanden. Juliane leerte ihr Glas und machte keine Anstalten zu gehen. Mit einem Mal ging es ihr besser. Jetzt war sie in ihrem Element. Sie zog ihr Taschentuch aus dem Ärmel, tupfte ihre Oberlippe und steckte es wieder ein.

»Anna hat eine gute Freundin, die sich auf ihrem Niveau bewegt und sie versteht. Manchmal braucht man eine Pause von der Ehe, sowohl geistig als auch körperlich.«

Juliane begann zu lachen. »Eine Freundin? Das können Sie mir nicht weismachen, Frau Korsberg. Ich werde meinem Sohn raten, sich so bald wie möglich scheiden zu lassen, denn gleich und gleich gesellt sich gern. Dabei denke ich nicht nur an das Finanzielle, sondern auch an das, was sich im Kopf abspielt, und bei meinem Sohn, das versichere ich Ihnen, ist in dieser Hinsicht alles in bester Ordnung.« Juliane tippte sich vielsagend an die Stirn. Sie nahm ihre Tasche, strich ihren Rock glatt und trat ganz dicht an Frau Korsberg heran, die erregt zu ihrem Nähzeug gegriffen hatte.

»Grüßen Sie Ihre Tochter, und sagen Sie ihr, daß ich sie und ihre ›Freundin‹ im Visier habe.« Juliane griff mit zwei Fingern nach der goldbestickten Fahne. »Zu Hause hatten wir auch eine Fahne, als mein Mann noch lebte, aber die war rot. Leben Sie wohl, Frau Korsberg.«

Später aß sie bei Thora zu Abend und berichtete von ihrem Besuch bei Korsbergs. In Anbetracht des aufregenden Tages schenkte Thora ihr ein großes Glas Cognac zum Kaffee ein. Juliane wärmte ihn und schnupperte hin und wieder an dem großen Glas, während sie erzählte. Thora hatte ihre Brüder und Schwägerinnen zusammengetrommelt, damit diese sich über die Entwicklung der Dinge unterrichten konnten. Sie saßen in einer Reihe und hatten ihre Blicke starr auf Juliane geheftet.

»Du hättest da nicht hingehen sollen. Joseph wird sehr

zornig werden, wenn er davon erfährt. Und was ist mit Anna?«

»Natürlich mußte sie hingehen. Überleg doch, wie krank Joseph war.« Viggo ließ für einen Moment Floras Hand los, um seiner Mutter eine Tasse Kaffee einzuschenken.

»Irgendwas geht da vor, und ich lade euch alle zum Lunch ein, wenn wir herausgefunden haben, was es ist.«

»Darauf freue ich mich schon. Aber es muß frischer Räucherlachs sein, Schwiegermutter«, sagte Kalle mit seinem merkwürdig hohen Falsettlachen.

Er saß mit abgewandtem Rücken am Schreibtisch und war wie gewöhnlich mit seinen Kontrollabschnitten und Spielsystemen beschäftigt.

Juliane stellte ihr Cognacglas ab, und alle starrten Kalle an, der sich umgedreht hatte. Er hatte die Beine von sich gestreckt, rieb sich die Hände und betrachtete lachend seine Schwiegerfamilie.

Juliane sah ihn überrascht an. »Weißt du, wer ihr Liebhaber ist?«

»Da kommt ihr nie drauf«, sagte Kalle lachend und warf die Hände in die Luft.

Thora und Juliane tauschten Blicke. Er wußte aber auch alles, dieser Mann. Kalle Schmidt glitt durch die Stadt wie ein Aal. Der Strohhut saß elegant und schräg auf dem Kopf. Er kannte die letzten Neuigkeiten und hatte immer Tips parat, setzte seine Füße mit der Vorsicht eines Seiltänzers und balancierte zwischen Legalität und Illegalität. Von dem Tag an, als Kalle das erste Mal bei ihnen übernachtet hatte, war Juliane auf das Unausweichliche eingestellt gewesen. Aber soweit war es bis jetzt nicht gekommen. Kalle war hier und dort, allzeit zu Diensten, immer in Bewegung, großzügig gegenüber Freunden und der

Familie. Oberflächlich betrachtet ein Kindskopf, aber auch gefährlich. Kalle hatte immer irgendwo seine Finger im Spiel.

»Wer ist es?« fragte Juliane. Die Brüder und ihre Freundinnen rückten auf ihren Stühlen nach vorne. Thora schaute seufzend ihren Mann an. »Sag es doch, Kalle!«

»Nein, was seht ihr alle neugierig aus!« Er nahm eine Zigarette aus dem Etui, klopfte sie leicht auf die Handfläche, steckte sie bedächtig auf eine lange Spitze, zündete sie an, stieß den Rauch aus und vertrieb ihn mit einer wedelnden Handbewegung.

»Annas Liebhaber heißt Claire.«

Thora sah ihn wütend an. »Das ist überhaupt nicht komisch, Kalle. Es ist schlimm für Joseph, also erzähl es uns jetzt, wenn du etwas weißt.«

Kalle brach erneut in Gelächter aus und wischte sich die Tränen aus den Augen. »Ach nein, es ist einfach zu komisch. Anna ist ins feindliche Lager übergelaufen. Sie hat eine Geliebte, die Claire heißt. Claire ist in der ganzen Stadt bekannt. Sie ist wie eine Spinne, und jetzt hat sie ein Auge auf unsere kleine, empfindsame Frau Korsberg geworfen. Sie tanzen Tango und Cakewalk miteinander, daß die Leute vor Empörung fast in Ohnmacht fallen.«

»O Gott, aber wie machen die das eigentlich?« fragte Thora erschrocken.

»Tja, deine Mutter kannst du jedenfalls nicht danach fragen«, sagte Kalle lachend, während er Juliane anschaute.

Sie war wie gelähmt. »Das darf Joseph niemals erfahren«, sagte sie und stand auf. »Gib mir meinen Mantel.« Viggo sprang auf und holte den schwarzen Mantel und den geblümten Hut.

»Du hättest ihr das nicht sagen dürfen. Sie wird die arme Anna in Stücke reißen«, sagte Thora besorgt.

»Könnt ihr denn kein bißchen Spannung ertragen?« fragte Kalle und rieb sich amüsiert die Hände.

Anna erhob sich aus Claires Bett. Sie hätte gern schon alles hinter sich gebracht. Sie hatte genug von Claire und begann sich Sorgen zu machen, ob die Leute schon über sie redeten. Sie durfte ihrem Salon nicht schaden.

Ihre Mutter hatte ihr von Julianes Besuch berichtet. Anna war schockiert, beruhigte sich aber damit, daß Juliane niemals herausfinden würde, was vorgefallen war. Sie entschied sich jedoch, wieder zu Joseph nach Hause zu fahren. Er war auch an der Zeit. Sie hatte keine Angst vor Juliane, aber die Affäre mit Claire war einfach zu weit gegangen. Claire kontrollierte sie Tag und Nacht. Sie versuchte, sie umzudrehen. Anna vermißte zudem ihre alten Freundinnen und Freunde, mit denen sie einfach zusammensitzen und ihren Spaß haben konnte. Sich vorzustellen, als eine von ihnen abgestempelt zu werden. Das war sie auch nicht. Sie hatte keine entsprechenden Neigungen. Sie schämte sich plötzlich dessen, was mit Claire vorgefallen war, verspürte den Drang, nach Hause zu gehen und sich zu waschen, Joseph an ihrer Seite zu wissen, seine Hand zu halten, mit ihm zu lachen, seine Stimme zu hören, sich geborgen zu fühlen. Worauf, im Himmel, hatte sie sich nur eingelassen?

»Ich verkrafte es nicht, wenn du zu ihm zurückgehst, Anna. Was willst du noch von dieser Ehe? Er hat überhaupt nicht dein Niveau. Denk daran, was wir alles zusammen erleben und welche Reisen wir unternehmen könnten. Du weißt, daß ich Geld von meiner Mutter geerbt habe. Du mußt überhaupt nichts tun. Ich werde mich schon um dich kümmern.«

Claire drehte sich um und schlang die Arme um Anna. Anna umarmte sie nicht, sondern ließ die Arme hängen. Claire schüttelte ihre Schultern, strich ihr die Haare aus der Stirn und sah sie eindringlich an.

Unvermittelt ließ sie von ihr ab. »Anna, du bist bei ihm zu Hause gewesen, ich sehe es dir an. Ihr wart zusammen, ich spüre es.« Sie stieß sie von sich und schlug weinend nach ihr.

Anna lief ins Schlafzimmer, nahm ihre Kleider und zog sich geschwind an. Claire riß ihr die Sachen herunter, warf sie auf den Boden und trampelte darauf herum.

»Du kleine Schlampe. Du willst mich nur ausnutzen wie all die anderen Huren. In euch ist kein Funken Aufrichtigkeit, alles nur Lügen, die ihr mir einflüstert, während ich mich euch hingebe. Ihr verdient die dämlichen Männer, mit denen ihr herumlauft, verdient es, auf dem Rükken zu liegen und von irgendeinem brutalen Idioten durchgefickt zu werden, den ihr nur genommen habt, weil ihr nicht alleine klarkommt oder weil ihr Angst davor habt, als alte Jungfern zu enden. Ich hasse euch.«

»Wenn du uns so haßt, warum gibst du dir dann so viel Mühe, uns ins Bett zu kriegen? Weißt du, was du bist, Claire? Du bist pervers, du brauchst nur jemanden, der hinter dir und deinem Geld her ist. Ich jedenfalls habe herausgefunden, daß du keinen Deut besser bist als die Männer. Du brauchst doch nur jemand, der dich bewundert und bestätigt. Du bist noch schlimmer als ein Mann, weil du ein Spiegelbild haben willst, jemanden, der so ist wie du. Einen siamesischen Zwilling, das ist es, was du suchst. Aber ich will meine Freiheit. Joseph respektiert zumindest, daß ich ein selbständiges Wesen bin. Außerdem ist das hier ein Versehen. Ich brauchte nur ein wenig Zuwendung. Ich bin nicht so wie du, sondern eine normale Frau, damit du es weißt.«

Anna zog ihren Rock hoch und kämpfte mit den Häkchen, weil ihre Hände zitterten.

Claire saß auf dem Boden und hielt sich die Hände über den Kopf, als erwarte sie einen Schlag. Dann sprang sie auf. »Hau ab!« zischte sie. Sie war weiß um den Mund, nahm die chinesische Porzellanlampe und hielt sie drohend in die Luft.

Anna rief: »Das tust du nicht, Claire!«

»Raus, du kleines Luder!«

Anna hastete aus der Tür und schaffte es, sie zuzuknallen, bevor die Lampe in Stücke ging.

Claire lehnte mit dem Rücken an der Tür, während sie Anna die Stufen hinunterlaufen hörte. Fünf Wochen. Dieses Mal hatte sie daran geglaubt. Zuerst war sie von Annas Schönheit ergriffen gewesen, hatte sich in sie versenkt, sie angebetet und in der Nacht wachgelegen und sie bewundert. Am Tag, wenn Anna sich im Salon befand, war sie umhergestreift wie in einem Traum. Es war die absolute Besessenheit, eine Passion gewesen. Sie roch Anna, schmeckte Anna, dachte an sie und plante ihre Zukunft.

Um sechs Uhr pflegte sie Anna vom Salon abzuholen. Sie konnte es fast nicht erwarten. Schon um vier wurde sie unruhig und eifersüchtig auf die letzten Kunden. Es bereitete ihr physischen Widerwillen, daß Annas hübsche Hände die der Männer, ihr Haar und ihren Bart berührten.

Wenn sie nach Hause kamen, badete sie Anna wie eine Puppe und rieb sie mit Mandelöl ein. Sie hatte ihr neue Kleider gekauft. Was hatte das nicht alles gekostet: die seidene Unterwäsche, die kostbaren bestickten Seidenstrümpfe aus Paris, die schmalen Stiefel aus Ziegenleder.

Claire errötete plötzlich. Sie hatte Anna auch die Perlen ihrer Mutter gegeben. Ob sie die zurücksenden würde? Nein, sicherlich nicht.

Wie konnte sie nur so dumm sein? Warum wurde sie ständig ausgenutzt?

Mit hämmerndem Herzen ging sie auf und ab. Warum mußte es so enden? Jedesmal. Weil es ihr eigenes Geschlecht war? Nein, es gab ja auch Frauen, die Opfer der Männer waren. Sie hatte sie wirklich geliebt. Annas Worte schwelten in ihr. Sie waren unerträglich. Claire weinte, hielt sich die Hände an die Ohren und schrie. Erschreckt hielt sie sich den Mund zu. Wurde sie verrückt?

Allein. Sie hatte niemand, niemand, mit dem sie reden konnte. Die letzten fünf Wochen hatte sie sich mit Anna eingeschlossen. Ihr Herz begann erneut so heftig zu pochen, daß es weh tat. Ihr Hals schnürte sich zusammen; sie bekam fast keine Luft mehr. Sie öffnete ein Fenster und rang zitternd nach Atem. Unten auf der Straße gingen die Leute spazieren und betrachteten die Schaufenster. Einige hatten sich untergefaßt. Sie stand außerhalb. Sie wollte plötzlich nach ihnen rufen, bekam aber keinen Ton heraus. Claire lief ins Wohnzimmer. Sie mußte krank geworden sein. Es kam ihr vor, als befände sie sich in einer Glaskugel. »Hilf mir«, sagte sie weinend, »hilf mir.« Sie eilte ins Badezimmer. Mit zitternden Händen tastete sie nach ihren Schlaftabletten. »Ich muß schlafen, einfach schlafen, dann geht es mir morgen besser.« Sie weinte, spürte Übelkeit, erbrach ein wenig, nahm sechs Schlaftabletten, spülte sie hinunter und legte sich ins Bett. Sie umarmte zitternd ihr Kissen.

Morgen wollte sie ein neues Leben beginnen, ein Leben ohne Gefühle. Man konnte schon mit anderen zusammen sein, mit ihnen ins Bett gehen, sie ausnutzen, so wie sie ausgenutzt worden war. Wenn man sich nur nicht verliebte, nur nicht abhängig wurde. Dann wartete die Freiheit. »Ich werde um meine Freiheit kämpfen und will bei mir selbst anfangen. Ich bin es, die sich befreien muß.« Eine Welle der Angst stieg in ihr empor. Sie war außer sich und konnte den Weg zu ihrem gewohnten Ich nicht mehr finden.

»Ich werde mich befreien.« Diesen Satz mußte sie aufschreiben. Claire griff nach dem Bleistift, der auf dem Nachttisch lag. Die Tabletten taten ihre Wirkung. Es prickelte um ihre Lippen. Nur schlafen, einfach schlafen, schlafen. Ihr Arm fiel hinunter und der Bleistift auf den Boden.

# 6

»Das ist er! Da kommt er!« riefen die ersten aus der Menge. Joseph streckte sich, um besser sehen zu können. Da war er, der Zeppelin. Er segelte tatsächlich über die Dächer, weit oben am blauen Septemberhimmel. Wie eine riesige, silberne Zigarre flog er in großen Bögen über die Stadt. Joseph hatte einen Klumpen im Hals. Das, was er hier sah, war die Zukunft. Dort oben saßen Menschen. Das Luftschiff hieß Hansa und wurde von Ferdinand Graf von Zeppelin gesteuert. Es flog faszinierend schnell, achtzig Kilometer in der Stunde, und führte Ballast in Form von Wasserstoff, ein Röhrentelefon und einen schnurlosen Telegrafenapparat mit sich, der über eine Distanz von zweihundert Kilometern funktionierte.

»Das Luftschiff, es lebe hoch!« riefen die Leute. Einige winkten mit ihren Hüten und Taschentüchern. Der Rathausplatz war brechend voll. Die Hansa drehte noch eine Runde, flog eine Kurve und verschwand über den schimmernden Dächern. Es wurde still. Die Leute sahen sich etwas verlegen an. Es war alles so schnell gegangen. Einige versuchten, dem Luftschiff im Laufen zu folgen, mußten es aber aufgeben. Schließlich standen sie in Trauben zusammen und diskutierten über das Erlebnis.

Ich lebe in einer Zeit, in der die unglaublichsten Dinge geschehen, mitten in einer neuen Zeit, sagte Joseph zu sich selbst. Es konnte einem richtig schwindelig werden, wenn man daran dachte, vor allem im Moment, wo ihm alles mißglückte. Seit seiner Krankheit war seine Stimme angegriffen, und er konnte es bei den Proben nur mühsam verbergen. Solange es um den Fliegenden Holländer ging, hatte er die Unterstützung der anderen gehabt. Aber jetzt fingen neue Proben an. Rung wollte beide Stimmen getrennt hören. Zuerst die Männer, dann die Frauen. Er hatte ein unglaubliches Gehör, das die geringste Veränderung im Klangbild wahrnahm. Manchmal suchte er sich eine Stimme heraus, die er allein singen hören wollte. Vielleicht würde es heute ihn treffen. Er räusperte sich nervös. Sein Lehrer sagte, man dürfe sich nicht räuspern, sondern müsse die Stimme einfach in den Kopf bringen. Mi, mi, muh, muh. Er beugte den Kopf nach vorne und versuchte seiner Stimme Klang zu verleihen. Ein Herr tippte sich mit dem Stock vielsagend an seine Melone, als er an Joseph vorbeiging.

Von der Erkrankung hatte er immer noch kleine Schwellungen am Hals und unter den Armen zurückbehalten. Er hatte sich in der Bibliothek ein medizinisches Lexikon ausgeliehen, doch nachdem er ein paar Seiten hinter sich hatte und feststellte, daß alle möglichen Symptome auf ihn zutrafen, traute er sich nicht weiterzulesen, was Anna amüsierte.

Alle sagten, er sei sehr dünn geworden. Die Haut spannte sich straff über den Wangenknochen, und die Rippen traten hervor.

»Es wird doch wohl keine Tuberkulose sein«, äußerte Juliane eines Tages. Die übrigen Familienmitglieder sahen sich entgeistert an. Sie war schon sonderbar. Und das in Josephs Gegenwart. Als er abwehrte, sagte sie bloß: »Ja, du siehst schließlich so aus.«

»Mir fehlt nichts, ich brauche nur ein wenig Sonne, außerdem huste ich nicht«, hatte er sich verteidigt.

Die Brüder sahen ihn besorgt an. Vielleicht war etwas Wahres dran. Wenn er nun doch Tuberkulose hatte? Joseph bemerkte ihre Blicke. »Laßt euch das Neueste über Olaf Poulsen erzählen. Ich stand vor seiner Garderobe und hörte, wie der Garderobier sich erregte. ›Warum müssen Sie soviel essen, Herr Poulsen? Jetzt müssen wir das Kostüm schon wieder weiter machen.‹

›Das liegt nicht daran, daß ich so viel esse, sondern daß ich so wenig scheiße‹, entgegnete Poulsen.« Die Brüder und Juliane amüsierten sich. Die Befangenheit war wie weggeblasen. Daß Leute, die so berühmt waren wie Olaf Poulsen, sich so ausdrückten. Doch dann hatte Anna gesagt: »Ich hasse diese Art Geschichten.« Juliane murmelte, daß sie sich in ihrer Familie immer über natürliche Dinge amüsiert hätten. Aber es gäbe wohl auch solche, die sich mehr für das Unnatürliche interessierten.

Joseph erinnerte sich plötzlich an die Bemerkung seiner Mutter. Die anderen hatten sonderbar reagiert. Anna war kreidebleich geworden, während die Brüder hektisch das Thema wechselten und Joseph deutlich spürte, daß diese Bemerkung eine unterschwellige Bedeutung hatte. Unnatürlich und natürlich: Er versuchte der Bedeutung der Wörter auf den Grund zu kommen wie bei einem Rätsel. Er mußte seine Mutter einmal danach fragen, doch jetzt schob er den Gedanken von sich.

Er dachte an das Luftschiff, während er die Hauptstraße hinunterging. Hansa, ein hübscher Name. Der Zeppelin hatte geglänzt und sich rasch und mit großer Leichtigkeit bewegt. Es war wie ein Zeichen, ein Gruß aus der Zukunft gewesen. Vielleicht eine wichtige Nachricht.

Er spürte, daß er von einer großen Unruhe erfaßt wurde, und erinnerte sich daran, wie früher einmal mehrere Kinder im heimischen Hof einen großen Kater eingekreist hatten. Wenn er versuchte auszubrechen, hatten sie ihm mit den Händen den Durchgang versperrt. Schließlich hatte der Kater die Ohren angelegt, war an einem der Kinder hochgesprungen und hatte sich festgekrallt, bis der Kreis sich öffnete. Der Junge weinte und hatte eine lange Kratzwunde am Arm. Vielleicht bedurfte es nur eines entscheidenden Sprungs, um herauszukommen und auf Reisen zu gehen, fort von seinem Milieu, fort von Christianshavn, dem Theater, den Intrigen und dem Kampf ums Weiterkommen. Ein ungleicher Kampf. Es kam nicht nur darauf an, eine schöne Stimme zu haben. Man mußte Leute mit Geld und Einfluß kennen, sonst kam man niemals vorwärts. Was konnte man schon ausrichten, wenn man von niemandem bemerkt wurde?

Er lehnte seine Schultern gegen das Tor und warf einen letzten Blick in den klaren Septemberhimmel mit den treibenden Wolken. Der Himmel sah aus wie immer. Als hätte es die Hansa nie gegeben, keine Spur, nichts. Doch er hatte sie mit eigenen Augen gesehen. Plötzlich fühlte er sich gestärkt und in besserer Laune. So war es oft gewesen in seinem Leben. Er bemerkte irgend etwas, das ihn in eine bestimmte Richtung schob, eine kleine Zufälligkeit, die er anfangs nicht richtig zu deuten wußte, der er aber gelernt hatte zu folgen.

»Glauben Sie daran, daß man sein Schicksal selbst in der Hand hat?« fragte er Elna Eriksen, die auf dem Treppenabsatz stand und in ihrer abgewetzten Notenmappe kramte. Sie wurde feuerrot, und Joseph bereute seine Frage. So hatte er das nicht gemeint.

»Das weiß ich nicht, Herr Jensen. Ich habe mich das

selbst schon gefragt. Zumindest hat man das Recht, davon zu träumen«, entgegnete sie mit ernstem Blick. Was für hübsche blaue Augen sie hatte, die merkwürdigerweise mit dichten, dunklen Brauen einhergingen. Sie wirkten charaktervoll in dem hellen Gesicht. Eigentlich war sie kein Mädchen, nach dem man sich umdrehte; sie wirkte ganz durchschnittlich. Doch sah man genauer hin, dann hatte sie was Besonderes. Etwas Intensives und auf unschuldige Weise Erotisches. Joseph schaute sie lange an, während er sie im stillen charakterisierte. Keiner von ihnen sagte ein Wort. Die weiblichen und männlichen Chormitglieder kamen die Treppe herauf. Elna und Joseph reihten sich ein und nickten sich verlegen zu.

Die Probe verlief gut. Heute war er bei Stimme. »Zuerst die Bässe«, sagte Rung. Joseph schaute den Dirigenten an. Er brauchte nicht einmal zu zählen und setzte präzise ein. Die Stimme klang tief, kräftig und weich. Joseph spürte, daß die anderen ihn auch zur Kenntnis nahmen. Rung ebenso, er konnte es sehen, er konnte es hören. Oh, wie er sich nach einem anerkennenden Blick oder Wort gesehnt hatte! Rung klopfte ab. »Ausgezeichnet, ausgezeichnet.« Er nickte in Josephs Richtung, der glücklich den Blick senkte. Seine Knie zitterten, und ihm war schwindelig. Dann sah er auf. Elna Eriksen beugte sich aus der Reihe der Mezzosopranistinnen vor. Sie lächelte und nickte anerkennend. Joseph schaute verlegen weg. Das war beinahe zu viel. Seit so langer Zeit hatte er nach ein wenig Anerkennung gelechzt. Nach einem kleinen Stoß in die richtige Richtung. Überall stieß er auf Kritik. Zu Hause bei Anna wurde ihm stets das Gefühl vermittelt, er sei nicht gut genug, nicht fein genug und nicht schnell genug. Auch die Familie in Christianshavn zeigte sich ungeduldig. Wenn er es in seinen jungen Jahren geschafft hatte, am

Theater engagiert zu werden, warum kam er dann nicht vorwärts? Vielleicht war er doch nicht so gut, wie sie geglaubt hatten. Und spielte er dort nicht den feinen Herrn und tat so, als sei er etwas Besseres? Nur Johan, sein ältester Bruder, nahm wirklich Anteil an Josephs Enttäuschungen. Seine Phantasie, was Josephs Zukunft betraf, kannte keine Grenzen. Joseph liebte ihn, reagierte aber verärgert, wenn er merkte, daß Johan bei seinen Bemühungen, ihn aufzumuntern, über das Ziel hinausschoß.

»Hör doch auf, Johan! Wenn du sagst, daß ich berühmt werde und bald eine Solopartie singen werde, machst du das Ganze nur noch schlimmer.« Johan hatte betrübt den Kopf geschüttelt. Er war mit Albert und Dora bekannt, die verheiratet waren und lange im Chor gesungen hatten. Als Joseph eines Tages bei ihnen vorbeischaute, sprachen sie gerade von Johan. Joseph hatte mitbekommen, daß sie seinen Namen erwähnten, und jetzt schwiegen sie und sahen betreten aus. Dann erfuhr er, daß Johan erzählt habe, Joseph würde bald eine Solopartie singen. Joseph war vor Scham den Tränen nahe, als er das hörte. Sie beeilten sich zu sagen: »Wie sonderbar, daß Johan dein Bruder ist!« Joseph wußte, was sie meinten, und entgegnete rasch: »Johan ist ja auch nur mein Halbbruder.«

Eines Abends stand Johan plötzlich vor der Tür in der Ingerslevsgade. »Ich muß mit dir darüber reden, daß du zu Dora und Albert gesagt hast, ich sei nur dein Halbbruder.« Joseph stand in der Tür. Johan faßte seine Jacke. »Wie konntest du das tun?«

Joseph flüsterte: »Entschuldige, Johan, aber es stimmt doch, oder?« Johan hatte getrunken, und Joseph nahm ihn mit ins Wohnzimmer. »Ich wollte dich nicht verletzen, Johan. Ich halte sehr viel von dir. Es kam mir einfach in den Sinn, und es entspricht doch der Wahrheit«, verteidigte er sich. Doch er hatte es gesagt, um sich abzugrenzen. Manchmal schämte er sich ihretwegen und empfand seine Familie aus Christianshavn als schwere Bürde, die er nie loswurde.

Johan vergrub sein Gesicht in den Händen und weinte, so daß die Schultern zuckten. Joseph war entsetzt und strich verlegen durch das helle Haar, das von Brillantine verklebt war. »Entschuldige, mein Bruder, ich werde es wieder gutmachen, wenn ich kann. Manchmal versteht ihr das nicht. Es ist schwer zu erklären.«

»Wir dürfen uns niemals in den Rücken fallen, Joseph. Du darfst dich nicht von uns abwenden«, sagte Johan und trocknete sich mit dem Ärmel die Oberlippe.

»Das tu ich auch nicht. Leg dich ein bißchen hin, Johan. Du hast zu viel getrunken. Möchtest du was essen?«

»Ist sie da?« fragte Johan plötzlich erschrocken.

»Nein, Anna ist fortgegangen.«

»Gott sei Dank«, sagte Johan schluckend und folgte Joseph unsicher in die Küche.

Joseph machte ihm ein Brot mit Preßwurst. »Jetzt reden wir nicht mehr darüber, in Ordnung? Ich habe mich entschuldigt.«

Johan nickte schweigend, schaute weg und aß. Für Joseph war es lange her, daß er Johan gesehen hatte. Er vermißte ihn.

Als die Probe beendet war, beeilte sich Joseph wegzukommen. Er nickte Elna zu. Vielleicht war sie davon ausgegangen, daß er sie begleitete. Doch er hatte keine Lust. In ihm war kein Platz für andere Gefühle als die Freude, daß er seine Stimme wiedererlangt und Rung von ihm Notiz genommen hatte. Jetzt, da Anna wieder zu Hause war, konnten sie von vorne anfangen. Vielleicht hatte die Pause ihrer Ehe gutgetan. Anna war im Bett eine völlig andere geworden, nachdem sie für einige Wochen getrennt waren. Irgendwas war mit ihr geschehen.

Heute abend wollte er darüber nachdenken. In letzter Zeit hatte es so viele Probleme gegeben, daß er keine Lust hatte, darüber nachzudenken, was die Änderung verursacht haben könnte. Es konnte ja auch daran liegen, daß sie ihn vermißt hatte. Davon wollte er zumindest ausgehen, und wenn sie einen Liebhaber gehabt hatte, dann hatte sie ihn verlassen, um zu ihm zurückzukehren. Aber der Gedanke war völlig absurd. Das paßte nicht zu ihr; er hatte sie niemals mit anderen Männern flirten sehen. Anna war noch Jungfrau gewesen, als sie sich kennengelernt hatten. Das andere war eine Schweinerei: eine Frau mit jemandem zu teilen. Hatte er vielleicht irgendwo einen Nebenbuhler? Er wies den Gedanken von sich. Das war doch eine merkwürdige Neigung von ihm, immer das Schlimmste anzunehmen. Und das an einem solchen Tag, der so gut verlaufen war und an dem er vielleicht auch einen Wink erhalten hatte, daß alles gut werden würde. Jetzt wollte er nur positiv denken. Er holte tief Luft, straffte den Rücken und ging schneller.

Es war vier Uhr geworden. Die Sonne stand tief. Jetzt würde bald der Winter kommen. Er seufzte. Alles fiel ihm schwerer im Winter. Die Bäume nahmen langsam Herbstfarben an. Der September war immer sein Lieblingsmonat gewesen. Die Luft war klar und kühl, und es gab einige herrliche, goldene Sonnenuntergänge.

Wenn er nur fort könnte. Doch er mußte abwarten, bis sie ein Auge auf ihn warfen. Tenna Frederiksen hatte vier Jahre auf ihr Debüt warten müssen, und alle sagten, selbst heute, wo sie die großen Partien sang, sei sie noch unterbezahlt.

Es geschah wohl an solchen Tagen wie dem heutigen, daß die eigene Stimme auffiel, man zum Chef gerufen wurde und erfuhr, man solle debütieren.

Joseph richtete sich auf. Der Wind blies kalt. Er mußte auf seine Stimme achtgeben. Das schlimmste war, daß einen das Theater wie in einem Schraubstock gefangenhielt. Es gab so vieles, das man nicht tun durfte, wenn man engagiert war. Im letzten Jahr hatte er bei einigen Matineen gesungen, und auch die Engagements in Kurhotels hatten etwas abgeworfen. Von diesen Einnahmen, ergänzt durch das Honorar, das er als Chormitglied der Matthäuskirche erhielt, lebte er jetzt. Aber er durfte nicht auf Varietéveranstaltungen singen. Das Theater forderte alles und gab nichts zurück.

Er wußte, daß es schwierig war. Auf keinen Fall wollte er so enden wie die alten Chormitglieder, die glaubten, im Theater eine ganz besondere Rolle zu spielen. Eine Art Beamtenschaft mit einer eigenen kleinen Hierarchie, die kritisierte und über die »Großen« herzog. Die entschied, welche Talente unterstützt und welche zu Fall gebracht werden sollten. Alle, die ihre eigenen Träume begraben und sich murrend oder leidend in die Rolle gefügt hatten, die ihnen zugewiesen worden war, bildeten den Morast des Theaters. Unablässig kamen neue Chefs mit neuen Idealen und neuen Methoden, doch in Wirklichkeit hing auch ihr Schicksal von diesen alten Chormitgliedern ab. Joseph wußte nicht, was sie von ihm hielten. Sie waren jetzt wohl auf ihn aufmerksam geworden.

»Joseph, bist du's?« Joseph stand plötzlich vor seinem Schwager Charles. »Na, du siehst ja schon besser aus. Wir haben uns große Sorgen um dich gemacht, Rigmor und ich.« Charles war kleinwüchsig und amüsant, hatte lokkige Haare und einen Zwicker. Er hatte eine gute Stellung als Faktor in einer Druckerei. Er war fleißig und gewissenhaft und tat alles, was seine Frau Rigmor sagte. Er bewunderte Joseph, weil er der erste Mann in der Familie war, den die Frauen in der Korsbergschen Familie nicht mit Tränen, Migräneanfällen oder Schweigeperioden terrorisieren konnten. »Wollen wir nicht zu Bernina gehen und etwas essen?«

»Nur ein Glas Portwein, Charles, ich esse zu Hause.«

Sie setzten sich an einen kleinen Tisch. Charles sah Joseph an und lachte. »Als du krank warst, habe ich in einem medizinischen Lexikon nachgeschlagen. Weißt du, was dort stand? Daß man daran denken sollte, das Spielzeug des Patienten zu waschen.« Charles kicherte. »Wie heißt sie noch gleich, Joseph?« Joseph schüttelte lachend den Kopf. Charles langte über den Tisch und tätschelte ihm die Hand. »Schön, dich wiederzusehen, Schwager. Wie geht's deiner verrückten Frau? Ist sie zu Hause an ihrem Platz? Ein paar tolle Mädels haben wir da abbekommen. Hätten wir uns die Mütter genauer angeschaut, wären wir gleich wieder verschwunden, was, Joseph?«

Joseph trank aus. Charles sah ihn beunruhigt an. »Ich bin doch wohl nicht ins Fettnäpfchen getreten, Joseph? Sie ist doch nach Hause gekommen, oder?« Joseph nickte.

»Sie hätte dich wirklich nicht im Stich lassen dürfen, als du krank warst. Das findet Rigmor auch. Aber Anna ist mit ihrem Salon verheiratet. Das ist diese neue Frauensache. Am Ende wird sie noch nach London abhauen und Suffragette werden. Hast du gehört, daß die im Moment eingesperrt werden? Das muß widerlich anzusehen sein, wenn sie von den Polizeibeamten direkt auf die Brust geschlagen werden.« Charles wippte auf seinem Stuhl, während er an seinem Portwein nippte.

Joseph stand auf. »Wir sehen uns am Sonntag bei der

Schwiegermutter. Sie richtet ein Wiedervereinigungsfest aus. Ich gehe jetzt nach Hause.«

Charles drückte herzlich seine Hand und seufzte, als Joseph hinaus auf die Straße trat. Guter alter Joseph. Hoffentlich erzählte ihm niemand etwas von Annas Affäre. Das wäre einfach zuviel. Wenn es doch wenigstens ein Mann gewesen wäre. Als Rigmor und er von der Angelegenheit erfuhren, hatte das die merkwürdigste Wirkung auf sie gehabt. Sie hatten sich morgens, mittags und abends geliebt, eine ganze Woche lang, als wollten sie einander beweisen oder sich einfach darüber freuen, daß sie anders veranlagt waren. Aber jetzt mußte damit Schluß sein. Er hatte schon Schmerzen an der Eichel. Es juckte und brannte. Das lag vermutlich an der Überanstrengung und hoffentlich nicht an etwas anderem. Charles bezahlte und beeilte sich, nach Hause zu kommen.

Joseph ging schneller. Als er durch Christiansborg kam, begann er zu laufen. Es drängte ihn, sich zu bewegen, wieder zu sich selbst zu finden, sich gesund zu fühlen. Er nahm die Treppe in drei Sätzen und steckte den Schlüssel ins Schloß. Anna erhob sich von ihrem Stuhl und legte die Vogue beiseite. »Was ist passiert? Bist du den ganzen Weg gelaufen?«

Er umfaßte ihre Taille und hob sie hoch. »Meine Stimme ist wieder da, Anna. Die Probe war phantastisch. Frederik Rung hörte mich und schaute mich an. Er sagte, es sei ausgezeichnet gewesen. Vielleicht darf ich ja bald debütieren. Es war so ein herrlicher Tag.«

Anna lachte. »Wollen wir nicht ausgehen und feiern? Uns so einen richtig lustigen Abend machen? Wir könnten uns ›Die schöne Helena‹ im Casino anschauen. Alle sagen, es sei eine wunderbare Vorstellung. Von der Bühne ist eine

Brücke bis ins Publikum gebaut worden. Die Schauspieler spazieren direkt durch die Zuschauer, und sie tragen die prachtvollsten Kostüme. Ach, Joseph, wie wär's? Wir waren schon so lange nicht mehr richtig aus.« Anna schlang die Arme um ihn und sah ihn an.

Er hatte keine Lust. Er hatte den Kopf voller Zukunftsgedanken und freute sich so über seine wiedererlangte Stimme. Er wollte einfach mit seiner Freude allein sein. Anna wollte immer, daß etwas geschah. Alles war hektisch, so atemlos. Er kam sich fortwährend bedrängt vor. Keine Ruhe, keine richtigen Gespräche. Die ganze Zeit an der Oberfläche. Sie mußte sich zeigen, Aufmerksamkeit auf sich ziehen, ein Ziel des Klatsches sein. Und dann die Menschen, mit denen sie zusammenkam, die sich immer extrem gaben und alle möglichen Laster zur Schau stellten. Warum hatte sie nie ein Gespür dafür, wann er Ruhe oder ein vertrauliches Gespräch mit einem Freund brauchte? Joseph hatte niemals einen echten Freund gehabt, dem er wirklich vertrauen konnte. Er hatte von der neuartigen Vorstellung gelesen, daß die eigene Frau auch ein Freund sein konnte. Aber Anna war immer irgendwo anders, wenn er die Arme nach ihr ausstreckte.

Er betrachtete ihr kleines, herzförmiges Gesicht, den roten, glänzenden Mund mit dem exakt gezeichneten Amorbogen.

Sie glich einer zarten Porzellanpuppe. Unversehens ergriff ihn ein zärtliches Gefühl für sie. Vielleicht war sie nur ein bißchen dumm. Er mußte lachen. Sie lachte plötzlich ausgelassen. »Ich bin so froh, daß du mitkommst. Geh und mach dich fertig. Wir werden das attraktivste Paar im Theater sein. Warte nur, bis du mein Kleid siehst, mit einer tollen Draperie bis zu den Füßen, und meinen großen Hut mit dem orientalischen Schal.«

»Vielleicht gibt es keine Karten mehr«, sagte Joseph hoffnungsvoll, während er mit seinem steifen Kragen kämpfte. Er haßte ihn. Obwohl er sechsundzwanzig Jahre alt war, hatte er ständig Pickel im Nacken. Immer, wenn er diesen Kragen getragen hatte.

Anna drehte sich zu ihm um. »Schau mich an, sehe ich gut aus?« Sie sah wunderbar aus; das pfirsichfarbene Crêpe-Satin-Kleid hörte über den Knöcheln auf.

»Ist das nicht ein bißchen kurz?« fragte Joseph und drehte sich mühsam den Kragen zurecht.

»Aber nein, so trägt man es jetzt. Die Kleider werden kürzer und kürzer. In zehn Jahren werden sie wohl gerade noch übers Knie gehen.«

»Das wird interessant«, sagte Joseph lachend. »Dann bekomme ich endlich Rikkes und Josephines Beine zu sehen. Als ich klein war, saß ich immer unter dem Tisch, um einen Blick auf ihre Beine zu erhaschen. Ich dachte, sie hätten andere Beine als Männer. Vielleicht welche, die zusammengewachsen waren. Sie bewegten sich ja ganz anders, meine Tanten, mit durchgedrückten Rücken, beinahe so, als ob sie auf Rädern und Schienen vorwärtsglitten. Einmal habe ich Rikkes Kleid hochgehoben, so daß ich ihre Stiefel sehen konnte. Ich habe dermaßen eine verpaßt bekommen, daß ich fünf rote Streifen auf der Wange hatte.«

Er sah plötzlich auf, während er sich die Krawatte band. Anna war gerade dabei, sich ihre neue Perlenkette anzulegen. »Wo hast du die her?« fragte er und riß sie ihr aus den Händen.

»Joseph, paß doch auf, du machst sie kaputt.«

»Wo hast du sie her?« rief er.

»Hör doch auf, die habe ich von meiner Freundin Claire.«

»Warum macht sie dir so teure Geschenke?« rief Joseph erregt. »Was geht hier vor?«

Joseph sah, daß Anna zum ersten Mal in ihrer Ehe knallrot wurde. Eigentlich wurde sie immer leichenblaß, wenn sie miteinander stritten. Jetzt stand sie da, mit rotem Kopf und zitternden Händen, und er beobachtete, wie ihr der Schweiß auf die Oberlippe trat.

Sein Herz hämmerte. Hier war etwas faul; er konnte es sehen, spüren, riechen. Hier ging es ums Ganze, hier näherte sich eine Katastrophe. Hatte die Mutter nicht irgendwas als unnatürlich bezeichnet? Er hatte Lust, einfach wegzulaufen, nur weg, weg. Sollte sie jetzt auch noch den einzigen schönen Tag zerstören, den er seit langem gehabt hatte? Er spürte, daß ihn die Raserei und das Gefühl der Erniedrigung beinahe überwältigten.

»Zieh das Kleid aus, das hat sie dir vielleicht auch geschenkt. Was zum Teufel habt ihr getrieben, als ich krank war? Bist du wirklich so eine? Und dich hatte ich auf ein Podest gehoben. Ich habe dich angebetet, Anna, weißt du das?« Seine Stimme überschlug sich. »Du bist aus einem anderen Milieu als ich. Du warst so sauber und fein und ich der erste. Aber das war ich vielleicht gar nicht. Vielleicht haben schon vorher häßliche, abartige Weiber bei dir gelegen.« Er schüttelte sie an den Armen hin und her. »Wie viele wissen davon? Sag es mir!« Er warf sie auf den Boden und schleuderte die Perlenkette gegen die Wand. Anna hielt sich zitternd die Hände über den Kopf.

Er zog sie an den Armen hoch und stieß sie auf das Bett. Dann legte er sich auf sie und hielt ihre Arme fest. »Jetzt erzählst du mir die ganze Geschichte. Ich will alles hören. Alles, verstehst du. Ich muß es verstehen, sonst werde ich es mein Leben lang nicht mehr loswerden, und soweit darf es nicht kommen, Anna. Das darf nicht sein, verstehst du?

Ich muß wissen, ob es meine Schuld ist, ob mit mir als Mann etwas nicht in Ordnung ist oder ob es an dir liegt.«

Anna riß sich los. »Mir ist übel«, sagte sie plötzlich und hielt sich die Hand vor den Mund.

»Du bleibst hier!« rief Joseph.

Sie beugte sich aus dem Bett, und das Erbrochene klatschte auf den Boden. Von ihrer Nase und ihrem Mund hingen lange Fäden hinab.

Joseph packte sie an den Haaren und trocknete ihr Gesicht an ihrem Unterkleid ab.

Sie weinte lauthals. Er schaute sich plötzlich um, als sei er aus einem Alptraum erwacht, ging in die Küche, kam mit einem Eimer und einem Feudel wieder und begann wortlos, den Boden aufzuwischen. Anna saß auf dem Bett, hielt ihre Beine umklammert und schaute ihm zu.

»Ich habe Claire wegen dir verlassen. Es ist aus zwischen uns.«

Joseph schaute sie ungläubig an. Er hatte bis zuletzt gehofft, daß er ungerecht und grundlos gewalttätig gewesen war. Dann hätte er sich jetzt entschuldigen und es bereuen können. Was hatte er nun von der Richtigkeit seiner Vermutung?

Er wrang den Feudel mechanisch ein weiteres Mal aus, nahm den Eimer, ging hinaus und goß den Inhalt in die Toilette, blieb für einen Moment draußen stehen und lehnte sich gegen die Wand. Alles drehte sich um ihn, die Tränen schnürten ihm die Kehle zu, er traute sich kaum zurückzugehen. Die Scham nagte an ihm. Alle hatten es gewußt, nur er nicht. Er hielt die Hände unter den Hahn, das Wasser lief in einem dünnen Strahl. Er starrte ihn an. Es war, als ob alles sehr, sehr langsam geschah. Er wusch sorgfältig seine Hände, spülte sich den Mund, spuckte aus und trocknete sich mit dem Handtuch das Gesicht ab.

Anna saß immer noch in derselben Stellung da. »Jetzt willst du dich sicher scheiden lassen, oder?«

Joseph setzte sich ans Fußende und betrachtete sie. »Ich will, daß du mir alles erzählst, obwohl ich mir nicht einmal sicher bin, ob ich so eine Schweinerei überhaupt hören will. Wenn ich dir jemals etwas bedeutet habe, dann erzählst du mir jetzt, warum du das getan hast. Falls aber alles nur gelogen war, daß du in mich verliebt warst und mir vertrautest, dann packst du jetzt deine Sachen, und ich will dich nie wieder sehen. Wir können nicht einmal mehr . . .«

»Freunde sein«, flüsterte Anna. Er verbarg sein Gesicht in den Händen und schluchzte. Anna saß bleich neben ihm und nahm vorsichtig seine Hand. »Es ist schwer, Joseph, es ist einfach so geschehen, niemand ist daran schuld. Claire war so elegant, so hübsch. Ich war einfach von ihr angezogen, und sie verliebte sich in mich. War beinahe verrückt nach mir. Ich habe immer von jemand geträumt, der so wild in mich verliebt sei, daß er mein wahres Ich gar nicht erkennen könne. So verliebt bist du niemals gewesen.« Plötzlich schaute sie Joseph anklagend an. Er antwortete nicht. Anna zog ihre Hand zurück und lehnte sich gegen die Wand. »Ich habe mir nie richtig was aus dem Geschlechtsleben gemacht, Joseph. Vielleicht ist das Mutters Schuld, vielleicht bin ich einfach so veranlagt. Ich muß mich zusammennehmen, wenn du mit mir ins Bett willst. Ich habe niemals einen anderen als dich gehabt, und ich glaube, ich mag es einfach nicht, einen Mann zu berühren, du weißt, was ich meine.« Sie errötete. »Sie aber liebkoste mich. Sie betete meinen Körper an. Alles war so schön, nicht roh, und zum ersten Mal spürte ich, daß ich dieselben Gefühle hatte. Ich weiß genau, daß es pervers ist. Vielleicht bin ich lesbisch. Aber ich glaube es eigentlich nicht. Ich glaube, und das tut mir am meisten weh, daß ich gar nichts bin.« Erneut begann sie zu weinen. Dann beruhigte sie sich und putzte sich die Nase. »Du hast gesagt, daß du gerne verreisen möchtest, Joseph. Fahr einfach. Wir können uns ja scheiden lassen, das ist wohl auch das beste. Aber können wir nicht trotzdem gute Freunde sein?« Sie beugte sich vor und sah ihm ins Gesicht. Er schaute an ihr vorbei und stand auf.

»Das Ganze geht mir ein bißchen zu schnell. Ich weiß nicht, ob ich dich weiter sehen möchte. Ich muß einfach jemanden finden, der mein Freund sein will und dem ich vertrauen kann. Ich glaube, ich möchte am liebsten allein sein, und das so schnell wie möglich. Ich sehne mich nach Freiheit. Am liebsten wäre mir, wenn du morgen ausziehen würdest.«

Anna sah ihn beunruhigt an. »Du tust doch nichts Unüberlegtes, Joseph?«

Er antwortete nicht, zog seinen Mantel an und ging.

In Johans Treppenhaus roch es nach Weißkohl. Joseph klingelte. Johan öffnete die Tür. Seine hellen Haare standen zu Berge, als hätte er geschlafen. Als er Joseph erblickte, lächelte er breit. »Bruder Joseph, bist du's? Das ist aber schön. Es ist doch alles in Ordnung?«

Joseph faßte ihn an den Schultern. »Zwischen Anna und mir ist es aus.«

Johan umarmte ihn. Valborg schaute sie verdutzt an. »Geh in die Küche, Valborg, und mach ein paar Pfannkuchen. Mein Bruder möchte mit mir sprechen.« Valborg verschwand folgsam in der Küche, und Johan zog für seinen geliebten Bruder den besten Stuhl des Hauses hervor.

# 7

»›Das Grundgesetz von 1849 bedeutete nicht, wie die meisten Leute glauben, die Abschaffung des Absolutismus, sondern die Überführung des Absolutismus in die Hand der Männer . . .‹ Was sagst du dazu, Juliane? Das sind doch wirklich die wahrsten Worte, die jemals gesagt wurden. Diesmal wird es schon klappen. Selbst die Rechten setzen sich jetzt für unser Stimmrecht ein«, sagte Rikke und faltete die Zeitung zusammen.

Juliane sah ihre Schwester über das Nähzeug hinweg an. »Du interessierst dich wohl sehr für diese Frauensache.«

»Ja, das tu ich, und ich verstehe nicht, warum du dich nicht mehr engagierst. Du könntest doch mit mir zu den Versammlungen gehen. Wir sind ein kleiner Kreis von Frauen . . .«

»Ich habe in einem kleinen Kreis von Frauen nichts zu suchen, Rikke«, sagte Juliane lachend, sah aber ihre Schwester auf einmal scharf an. »Die organisierten Frauen der Arbeiterbewegung, die haben mit deiner Frauensache nicht viel zu tun, was ich gut nachvollziehen kann. Was glaubst du eigentlich, was dein Dienstmädchen dazu sagt? Sie hat eine Rotznase und blaue Hände, weil sie in der kalten Kammer hinter der Küche schlafen muß, und du stehst da mit deinem Straußenfedernhut und predigst ihr von dieser Frauensache.«

Rikke errötete und kniff die Lippen zusammen. Juliane biß den Faden ab und räumte das Nähzeug weg. »Ja, und als wir neulich nach Thoras Abendessen nach Hause kamen, war das arme, anämische Mädchen immer noch wach und wartete auf seine Herrschaft. Ich könnte deine Frauensache akzeptieren, wenn sie für alle Frauen gelten würde. Aber ihr wollt euch auf den Demonstrationen nicht gemeinsam mit den Arbeiterfrauen sehen lassen. Davon halte ich gar nichts, Rikke. Ihr seid keinen Deut besser als die Männer, auf denen ihr fortwährend herumhackt.«

»Weil der Kampf der Arbeiterfrauen ein Klassenkampf ist, unserer ist ein Geschlechterkampf.«

»In Hosen seht ihr doch alle gleich aus«, sagte Juliane.

»Immer mußt du so grob sein, Juliane. Unser Kampf gegen die Männer ist das wichtigste Ereignis dieses Jahrhunderts.«

»Die Männer werden sich nie ändern. Darauf kannst du Gift nehmen, Rikke. Die Männer wollen nämlich gar nicht anders sein. Die sind einfach anders, und es ist reine Zeitverschwendung, sie verändern zu wollen. Die Frauen sollten lieber zusammenhalten, sich nicht soviel mit den Männern beschäftigen und versuchen, bessere Verhältnisse für ihre Geschlechtsgenossinnen durchzusetzen, die gezwungen sind zu arbeiten.«

»Daß man sich so was von seiner eigenen Schwester anhören muß! Du hast den Anschluß an die Zeit verpaßt, Schwester Juliane. Es sind Leute wie du, die uns die Arbeit so schwer machen. Weißt du, was du tust? Du fällst der Frauensache in Dänemark in den Rücken.«

»Ach, rutsch mir doch den Buckel runter«, sagte Juliane lachend und machte Rikkes verkniffenen Mund nach.

Rikke sprang wutentbrannt auf. »Das geht zu weit, Juliane.« Sie strich ihr Kostüm glatt, zog den Schlips gerade, der ihren neuen emanzipierten Aufzug komplettierte, und stürmte aus dem Wohnzimmer.

Juliane legte den Kopf in den Nacken und lachte lauthals, als sie die Küchentür krachen hörte. Rikke hatte die Hintertreppe genommen. Dann mußte sie schon ziemlich aufgebracht sein. Nicht auszudenken, wenn die Frau Malermeister dort jemand begegnete. Was für ein Skandal! Ach, wie schön, sich Luft gemacht zu haben.

Juliane erhob sich und trug das Kaffeetablett in die Küche. Auf dem muschelgemusterten Teller lag ein Stück vom selbstgebackenen Kranzkuchen. »Eigentlich sollte ich das sein lassen.« Sie betrachtete das Stück und fuhr sich über ihre breiten Hüften und den Bauch. »Ach, was soll's.« Sie schnappte es sich und stopfte das ganze Stück auf einmal in den Mund.

Das Sonnenlicht drang in einem blassen Streifen in die dunkle Küche. Die Fenster mußten geputzt werden, stellte sie fest. Aber nicht heute. Sie stand da und lauschte. Im Hof war Musik zu hören. Etwas aus »Die lustige Witwe«. Er spielte schön, der mit der Singenden Säge. Von einem Teller nahm sie eine 10-Öre-Münze und warf sie aus dem Fenster.

»Danke, erster Stock!« Sie lächelte und winkte dem Mann im Hof zu. Heute hatte sie einen ganzen Tag zur freien Verfügung. Heute kam keiner ihrer Söhne zum Essen, dann konnte sie sich das auch sparen.

Dies war vermutlich einer der letzten schönen Herbsttage. Es war erst zwei Uhr, sie konnte noch einen langen Spaziergang machen. Manchmal sehnte sie sich danach, bis zum Horizont sehen zu können. Sie wollte hinunter zum Hafen und über Kongens Nytorv wieder nach Hause gehen, dann konnte sie bei A Porta einen Kaffee trinken.

Es roch herrlich nach Teer und Meerwasser. Ein Straßenverkäufer leerte ein paar Heringskisten in einen Handkarren, der zu einem der Fischkutter gehörte. Die Heringe glitten langsam auf einen silbrig glänzenden Haufen. Der Mann griff nach den beiden Stöcken und zog mit dem Wagen davon. Sie hörte seinen Ruf: »Frische Heringe!«, als er sich vom Hafen entfernte. Sein Wagen rumpelte über das Kopfsteinpflaster. Ein altes Unbehagen stieg in ihr hoch, als sie das Geräusch vernahm. Das Rumpeln erinnerte sie an die Nacht, in der Simon, ihr erster Mann, ins Irrenhaus eingeliefert worden war.

Es war achtundzwanzig Jahre her, aber sie spürte noch immer das bedrückende Gefühl von Scham und Schuld, das immer da war, wie eine Narbe.

Es war wie eine notwendige Amputation gewesen, sonst wären sie und die Kinder zugrunde gegangen. Sie seufzte. Zumindest mit Otto hatte sie einige glückliche Jahre verbracht. Sie hatten sich geliebt, aber die Ehe war auch mühevoll gewesen.

Rikke hatte von der freiwilligen Mutterschaft und einer neuen Form der Ehe gesprochen. Im Grund waren sie komisch, all die Anstrengungen, die man unternahm, um das Unmögliche möglich zu machen, nämlich im Gleichklang mit einem anderen Menschen zu leben. Solche Gedanken behielt sie in der Regel für sich. Es gab vielleicht einen Menschen, der sie wirklich verstand: Joseph, ihr Sohn.

Sie beschleunigte ihren Schritt. Joseph und seine Scheidung. Thora und Kalle. All die Aufregung, die man immer mit den Kindern hatte. Niemals war man frei. Vom Zeitpunkt ihrer Geburt an waren sie immer gegenwärtig, am Tag mit ihren Bedürfnissen, nachts mit ihren Alpträumen. Sie waren längst erwachsen, und jetzt sorgte sie sich auch noch um ihre Enkel. Das hörte wohl niemals auf.

Am Kai lag ein großer Dampfer. Mehrere Leute schleppten Seesäcke und ramponierte Koffer über die Landungsbrücke, darunter auch Kinder. Sie sahen wie Auswanderer aus. Auf dem Kai hatten Familien ihre Taschentücher gezückt, einige Frauen weinten.

Juliane beobachtete sie, während sie ihre Hände in die Ärmel zurückzog. Es war kalt. Eine junge Frau war auf dem Weg zum Schiff hinauf. Sie blickte nach unten und Juliane mitten ins Gesicht. Juliane lächelte ihr aufmunternd zu. Sie waren mutig, die Auswanderer. Viele begaben sich zur Zeit auf die Reise. Vielleicht war es das, was man hätte tun sollen. Bald würde sie eine alte Frau sein. Was hatte sie aus ihrem Leben gemacht? Sie war Mutter. Ein Mädchen und fünf Jungen hatte sie zur Welt gebracht. Als wäre man Kapitän auf einem Schiff, das ständig ein Leck hatte. Manchmal schien es bereits zu sinken, doch bis jetzt hatten sie sich über Wasser gehalten. Sie lächelte und winkte der jungen Frau auf der Landungsbrücke zu. Sie stand unbeweglich da. Ein Mann schob sie weiter, und lächelnd hob sie die Hand zu einem verhaltenen Winken.

»Was für ein Leben«, seufzte Juliane. Sie spürte, daß sie eine ihrer Hitzewallungen bekam. »Jetzt ist man auch noch in den Wechseljahren. Ich glaube, ich will einen Liebhaber, bevor es zu spät ist.« Sie setzte den Hut auf, bohrte die Hutnadel in den Haarwust, schüttelte ihre Röcke, wiegte sich leicht in den Hüften und nahm Kurs auf den Sankt Annæ Plads.

Im A Porta wimmelte es von Menschen. Man bekam kaum einen Tisch. Eine Dame erhob sich. »Sie können hier sitzen.« Juliane setzte sich und bestellte den neuen »Wiener Kaffee«, der mit Schlagsahne im Glas und einer Medaille serviert wurde. Sie hatte einen Fensterplatz bekommen. Es war ein gemütliches Café.

Sie trank den warmen Kaffee durch die kalte, dicke Schlagsahne.

»Tante Jane, bist du's?« Es war Ingeborg, eine der vielen Töchter von Fine. Ingeborg war Julianes Lieblingsnichte, ein humorvolles und kluges Mädchen. Sie war stets dort, wo etwas passierte. Zum großen Ärgernis der Familie war sie eine der ersten weiblichen Fahrradfahrer gewesen. Jetzt war sie mit Knud verheiratet, einem kleinen, hellhaarigen Ingenieur mit hoher Tenorstimme. Juliane hatte ihr einen richtigen Mann gegönnt, aber Knud war schon in Ordnung, nett zu Ingeborg und fleißig.

Ingeborg setzte sich und lächelte. Sie hatte einen Überbiß und glich einem fröhlichen Kaninchen. »Ich muß dir was erzählen, Tante Jane. Knud bewirbt sich um eine Stelle in Chicago in Amerika. Wir können dort ein paar Jahre bleiben, und wenn wir gut zurechtkommen, bleiben wir ganz da. Mutter ist auch glücklich, dann ist sie mich los – typisch, nicht wahr? Nur Vater ist traurig.«

Juliane bestellte eine Tasse Kaffee und ein Stück Torte für Ingeborg und erzählte von Rikke und der Frauensache.

Ingeborg lachte. »Manchmal kann ich gar nicht verstehen, daß ihr drei Schwestern seid. Ihr seid völlig verschieden. Mutter ist so streng und ernst. Wenn ich einmal Kinder bekomme, werde ich niemals so hart zu ihnen sein, wie Mutter es zu uns war.«

»Ach, sie hat's auch nicht immer leicht gehabt, und aus euch sind doch sechs ordentliche Mädchen geworden«, verteidigte Juliane ihre Schwester.

»Ja, aber Rikke mit ihren hochfliegenden Plänen. Sie waren bestimmt auch nicht immer nett zu dir, Tante Jane.«

Juliane lachte und tätschelte ihrer Nichte die Hand. »Mich als Schwester zu haben, ist auch kein Kinderspiel. Manchmal war es richtig peinlich. Doch obwohl wir uns streiten und verschieden sind, halten wir zusammen, das weißt du.«

Ingeborg nickte und rührte in ihrem Kaffee. »In der Familie geschieht eine Menge im Moment, nicht wahr? Was ist mit Joseph, läßt er sich von Anna scheiden?«

Juliane nickte. »Ja, ich glaube, es wird das beste sein. Sie passen nicht zusammen. Er eignet sich nicht richtig für die Ehe. Das hat er von mir. Er soll lieber seine Karriere im Auge behalten. Ein Sänger kann sich keinen Klotz am Bein leisten.«

Ingeborg schaute ihre Tante an. »Aber mit Thora und Kalle ist doch alles in Ordnung? Stell dir vor, er hat jetzt endlich ein richtiges System entwickelt.«

Juliane stellte die Tasse ab und sah Ingeborg überrascht an. Ingeborg errötete, als sie den Blick der Tante bemerkte. O Gott, jetzt hatte sie wieder etwas Dummes gesagt. »Sprich weiter, Ingeborg. Was ist mit dem System?«

»Nichts Besonderes. Nur etwas, das ich aufgeschnappt habe. Vielleicht paßt das jetzt nicht richtig. Ich glaube, ich muß gehen, Tante Jane.« Sie stand zögerlich auf. Juliane zog sie am Kleid. »Setz dich hin. Ich will keine Andeutungen. Was hast du von Kalle gehört?«

»Nur, daß er endlich das System gefunden hat, mit dem er die Bank in Monte Carlo sprengen kann. Überall hat er davon erzählt. Ich kenne einige, die ihm Geld gegeben haben, damit er für sie spielt, Leute aus dem Fahrradclub. Aber, Tante Jane, das ist auch nichts anderes, als das, was ein Buchmacher bei den Pferdewetten in England tut. Er ist wirklich clever«, beruhigte sie Ingeborg.

»›Clever‹, das ist ein neues Wort«, sagte Juliane nachdenklich, während sie ihre Tasche hervorholte.

»Ja, es bedeutet ›geschickt‹«, erklärte Ingeborg.

»Dem werd ich helfen mit seiner Geschicklichkeit«,

sagte Juliane, legte zwei Kronen auf den Tisch und erhob sich.

»Aber, Tante Jane«, sagte Ingeborg bestürzt.

Doch Juliane war schon verschwunden.

»Was ist denn los, Mutter?« fragte Thora besorgt. Der Gesichtsausdruck ihrer Mutter signalisierte ihr, daß dies kein Höflichkeitsbesuch war. Thora hatte ihren Kleinsten auf dem Arm.

»Wo ist Kalle?«

»Der ist vorgestern zu einer Geschäftsreise nach Nizza aufgebrochen. Oh, Mutter, es ist so phantastisch. Endlich hat er ein System entdeckt.«

»So, hat er das?« rief Juliane. »Er ist dabei, das Geld unschuldiger Leute zu verspielen. Er wird im Kittchen enden, und du sitzt in der Patsche.«

Thora schob ihre Mutter ins Wohnzimmer und setzte den Kleinen ab, der begeistert versuchte, an seiner erzürnten Großmutter emporzukrabbeln. Sie gab ihm einen Klaps, so daß er wieder auf den Boden purzelte. Thora hob ihn auf.

»Aber Mutter, das letzte Mal hat er so viel gewonnen. Denk daran, wie sehr er dir geholfen hat. Ohne uns wärst du nicht zurechtgekommen. Es gibt so viele, die ihm diesmal vertrauen. Halb Christianshavn beteiligt sich an dem System.«

»Warum hab ich arme Frau nur so eine naive Tochter bekommen?« rief Juliane und warf erregt die Arme in die Luft.

»Beruhig dich doch, Mutter. Laß uns einen kleinen Likör trinken.«

Thora holte die Chartreuse-Flasche aus dem Schrank und füllte zwei geschliffene Kristallgläser. »Prost, Mutter.

Wenn Kalle wieder da ist, kaufen wir uns eine Villa in Østerbro; dann kannst du bei uns wohnen und es dir richtig gutgehen lassen.«

»Kalle wird ein bescheidenes Zimmer hinter schwedischen Gardinen bekommen. Und dann wirst du vielleicht lernen, die bösen Ahnungen deiner Mutter nicht in den Wind zu schlagen«, entgegnete Juliane und leerte ihr Glas.

Es vergingen zwei Monate, bevor die Familie etwas von Kalle hörte, und es waren keine guten Nachrichten. Juliane lag viele Nächte lang wach. Sie weinte im stillen, verbarg ihren Kummer jedoch vor ihren Kindern. Wenn sie einander trafen, zeigte Juliane ihren üblichen entschlossenen Gesichtsausdruck.

Kalle hatte das gesamte Geld verloren und versuchte es jetzt mit »Geschäften« in Jütland, um sich das geliehene Geld zurückzuverdienen. Niemand wußte, ob ihm das gelingen würde, ohne der Betrügerei bezichtigt zu werden. Thora und Juliane brachten das Tafelsilber ins Pfandhaus. Die neuen Möbel aus der eleganten Wohnung waren verkauft worden, um die Miete bezahlen zu können, und Thora ging schweigend und rotäugig umher. Juliane verbrachte den größten Teil des Tages bei ihrer Tochter und versäumte keine Gelegenheit, über ihren Schwiegersohn herzuziehen.

»Ich will nicht, daß du Kalle fortwährend runtermachst. Er hat auch seine guten Seiten. Du solltest ihn sehen, wenn er am Abend die Kinder ins Bett bringt. So ruhig und so sanft. Er ist es auch, der das Abendgebet mit ihnen spricht«, sagte Thora, während sie ihre Augen tupfte.

»Er hat wahrhaftig Hilfe nötig. Sonst weiß ich nicht, wie er das schaffen will. Und du, mein Mädchen, mußt mit der Heulerei aufhören und dir eine Arbeit suchen. Vielleicht kannst du ja wieder in Fräulein Thomsens Nähstube anfangen. Alle brauchen in dieser Saison neue Abendkleider. Es heißt, daß die neue Pariser Mode dieses Jahr orientalisch geprägt ist, mit Turbanen, farbigen Tüchern und Abendkleidern, die mit Straß und Perlen bestickt sind.«

»Du willst bestimmt einen Turban tragen. Ich finde, du solltest dich lieber etwas altersgerechter kleiden«, rief Thora plötzlich aufgebracht.

Juliane erhob sich beleidigt. Sie haßte es, an ihr Alter erinnert und vor allem wegen ihres Geschmacks und ihrer Freude an modischer Kleidung kritisiert zu werden.

»Ich kleide mich, wie es mir paßt. Dein Mann macht dich ja schon ganz hysterisch. Aber eines sage ich dir: Sollte er sich eines Tages aus dieser Klemme befreien, dann werde ich mich ein wenig zurückziehen. Auch als Großmutter will man sein eigenes Leben haben, das versichere ich dir. Also verschone mich, wenn er das nächste Mal ein neues System ausprobiert.« Julianes fleischige Hände machten eine abwehrende Handbewegung.

Thora verschwand weinend im Schlafzimmer, und Juliane polierte das Christian-der-Achte-Sofa und die Medaillonstühle, die einzigen Möbel, die es in dem großen Wohnzimmer noch gab.

Sie trat drei Schritte zurück und bewunderte ihr Werk, dann schaute sie nach oben und betrachtete die Bildnisse Christians des Zehnten und Alexandrines, die in Mahagonirahmen über dem Sofa hingen. Unter dem Bild des neuen Königs stand sein Wahlspruch: »Mein Gott, mein Land, meine Ehre«.

»Ach ja, ach ja«, seufzte Juliane und schüttelte das Poliertuch im offenen Fenster aus.

Anna war ausgezogen. Joseph öffnete den Schrank. Ihr Morgenmantel hing noch darin. Sie mußte ihn vergessen haben. Er nahm ihn heraus. Er duftete nach ihrem Parfüm. Er schmiegte sein Gesicht an die weiche Seide, zog den Ärmel hervor und roch an der Öffnung. Nichts als Parfüm. Anna hatte fast keinen Frauenduft.

Er strich den Morgenmantel glatt und hängte ihn wieder in den Schrank. Sie hatte alles mitgenommen, was ihr gehörte, seine Dinge jedoch dagelassen. Da hatte er Glück gehabt. Er setzte sich und seufzte befreit auf.

Sie konnten erst in einem Jahr geschieden werden, da es nicht um Untreue ging. »Jetzt lebe ich getrennt«, sagte er laut in der stillen Stube. »Getrennt.« Es klang elegant, weltläufig. Er konnte sich gut vorstellen, für lange Zeit getrennt zu leben. Das war wie eine Versicherung. Man war interessant, hing aber nicht am Haken.

Er stand auf und nahm das Kuvert von Annas Anwalt zur Hand. »Charakterliche Divergenzen«, stand da. Er las den Brief ein weiteres Mal. Sie verlangte keine Unterhaltszahlungen. Sie war immer noch ein guter Kamerad.

Er schloß das Kuvert mit dem rotbraunen Lacksiegel und ging in die Küche.

Er nahm die kleine, bauchige Bratpfanne und setzte sie auf den Gaskocher. Ein Spiegelei auf kaltem Hackbraten mit gedünsteten Zwiebeln, dazu eine Scheibe Roggenbrot und ein kühles Porter.

Im Wohnzimmer legte er eine weiße Decke auf den Eßtisch. Er strich sie glatt, steckte eine Kerze in den Leuchter, zündete sie an, nahm eine der Topfpflanzen von der Fensterbank und stellte sie auf den Tisch.

Dann rieb er sich die Hände. Ja, so sollte es sein. Die Decke sollte den ganzen Tisch bedecken. Er konnte Leute nicht ertragen, die ihr Tischtuch nur über den halben Tisch legten, wenn sie allein waren. Das bewies ihre geringe Selbstachtung und ihre Kleinlichkeit.

Er briet das Spiegelei sorgsam, legte es auf das Fleisch, schmierte das Roggenbrot, öffnete das Porter und goß das dunkle, schäumende Bier ins Glas.

»Prost, Joseph, und viel Glück in der Freiheit.« Er trocknete sich mit der Serviette den Mund, und ein erwartungsvoll kitzelndes Glücksgefühl breitete sich in ihm aus.

# 8

Juliane nahm eine Nadel aus dem Haar und betrachtete das Kuvert. Eine deutsche Briefmarke klebte darauf. Es kam von Joseph, also war er gut da unten angekommen. Sie steckte die Haarnadel unter die Umschlagkante und riß den Brief auf. Gott sei Dank, ein langer Brief. Sie betrachtete die hübsche Schrift mit den hervorspringenden großen Buchstaben. Sie wollte den Brief genießen, sich eine Tasse Kaffee machen und ihn mehrere Male lesen.

Sie faltete ihn sorgfältig auf dem Nähtisch zusammen und ging in die Küche. Es vergrößerte stets die Freude, wenn man sich selbst noch mit einer kleinen Wartezeit quälte.

Mit dem Jungen war viel passiert in den letzten Jahren. Nach der Scheidung war er so schrecklich ruhelos und ganz besessen von Fernweh gewesen. Er sprach von nichts anderem, dachte an nichts anderes, als zu verreisen, und mit seiner drängenden Energie hatte er allen Bekannten die Türen eingerannt, um zu erfahren, ob ihm jemand zu einer Reise verhelfen könne. Er hatte Glück gehabt. Durch die deutsche Reisegesellschaft hatte er Kontakt zu dem vornehmen Kurort Baden-Baden aufnehmen können. Er sollte die Kurgäste unterhalten und eines der großen Hotels bei den Vergnügungsveranstaltungen beraten.

Am Theater hatten sie gesagt, er könne wieder bei ihnen

anfangen, wenn er nach Hause käme. Aber man konnte ja nie wissen. Wenn er nur nicht in Schwierigkeiten geriet. Juliane setzte sich auf ihren Lieblingsstuhl, nahm einen Schluck Kaffee und faltete den Brief bedächtig auseinander.

*Baden-Baden, den 3. März 1913*

Liebe Mutter,

ja, jetzt bin ich endlich im großen Ausland. Ich denke viel an Euch alle und frage mich, wie es Euch geht. Ich hoffe, die unglückselige Situation für Thora und Kalle hat sich gebessert. Die Fahrt hierher war sehr anstrengend, weil ich im Sitzen schlafen mußte. Ich fürchtete, meine neuen Kleider könnten zerknittern, denn ich wollte bei meiner Ankunft im Hotel doch nicht allzu derangiert aussehen.

Auch dachte ich, sie würden mich ja vielleicht vom Bahnhof abholen, und dann sollten sie doch sofort erkennen, daß ich es war, der Sänger, und nicht irgendein Handwerksbursche auf der Walz.

Ich aß den gesamten schönen Proviant auf, den du mir mitgegeben hattest. Was für ein herrlicher Kalbsbraten! So ein gutes Essen wie du macht wirklich keiner. Im Zug gab es Holzbänke; als ich in Baden-Baden ankam, konnte ich kaum die Beine strecken. Ich sah wirklich aus, als ob ich noch säße.

Du kannst Dir nicht vorstellen, wie anders die Frauen in Deutschland aussehen. Hier im Kurhotel sind sie natürlich elegant, aber in Hamburg sehen sie »greulich« aus, wie Onkel Helbig sagen würde. Sie tragen wollene Röcke, und große schwere Stiefel, und ihr Gesichtsausdruck ist sehr männlich.

Ich kam wohlbehalten in dem äußerst vornehmen Hotel

an. Mein Zimmer befindet sich im Dachgeschoß und ist etwas kalt, aber anständig und sauber. Die Decke ist zu kurz und so schwer wie Zement. Ich vermisse mein schönes Bett in der Ingerslevsgade. Wann werde ich es wohl wiedersehen? Das Hotel ist so elegant, Gold und Marmor überall. Jeden Tag um drei treffen sich die Kurgäste in der Wandelhalle. Dann spazieren sie umher, während sie ein Glas Wasser mit Karlsbader Salz zu sich nehmen, das eine nützliche Wirkung auf ihre Verdauung haben soll. Es ist geplant, daß ich die Leute unterhalte, wenn das Zigeunerorchester aufgehört hat. Ich soll Lieder und Schnulzen singen und werde von einem Trio begleitet. Mein erstes Konzert findet morgen statt. Das gedruckte Programm liegt bei. Du kannst es der Familie zeigen. Hier gibt es viele attraktive alleinstehende Damen, aber du brauchst dir in dieser Hinsicht keine Sorgen zu machen, denn nach meinen Erfahrungen in der Ehe bin ich gegen Frauen geimpft. Irgendwie bin ich auch dankbar. Es hätte sehr viel schlimmer kommen können. Anna hätte mich finanziell ruinieren können, aber das tat sie nicht. Das mußt du ihr lassen, und ich werde es ihr nie vergessen.
Ich bin etwas nervös, weil ich morgen singen soll. Der Hoteldirektor sagte mir, er fände es schön, wenn ich romantische Lieder sänge, die vom Militär handelten. Ich glaube, ich werde bereits heiser. Heute nacht werde ich mein Kamelhaarhalstuch tragen. Hier unten im Süden ist bereits Frühling. Im Kurpark wachsen schöne Tulpen, Frühlingsblumen und Mimosen, und auch die Bäume beginnen bereits auszuschlagen. Denk jeden Tag um drei Uhr an mich, denn dann stehe ich nervös auf der kleinen Bühne in der großen Kurhalle.

Herzliche Grüße an Euch alle von Joseph

Juliane las den Brief noch dreimal, dann legte sie ihn in die Kommodenschublade. Die ganze Familie würde sich am Freitag zu Josephines Geburtstag treffen. Sie konnte den Brief beim Kaffeetrinken vorlesen. Das würde sowohl Josephine als auch Rikke ärgern. Die Passage mit Anna würde sie auslassen. Über diese Ehe war schon genug geredet worden. Sie ging unruhig durchs Wohnzimmer. Normalerweise war sie um diese Zeit bei Thora, doch im Moment war die Atmosphäre etwas frostig, und Juliane hatte beschlossen, sich ein bißchen zurückzuziehen. »Fernweh ist mir auch nicht ganz fremd«, seufzte sie. Wenn man doch nur der Rolle als Mutter und Großmutter entfliehen und alle Sorgen hinter sich lassen könnte: Kalle und Thora, Joseph, Johan mit seiner Trinkerei, Wilhelm, der sich plötzlich Hals über Kopf in die Ehe stürzen will, und Viggo, der immer noch an ihr klebte, obwohl er schon längst erwachsen war. Wenn man doch nur seine Hülle abstreifen könnte, um wieder frei zu sein, nur ein einziges Mal einen Liebhaber, einen warmen, harten Männerkörper an sich pressen könnte.

Sie setzte sich in den Schaukelstuhl und schaukelte kräftig vor und zurück, dann stand sie entschlossen auf. Wenn man etwas erleben wollte, mußte man selbst dafür sorgen. Es wäre doch merkwürdig, sollte sie keinen netten Mann finden. Beschwingt und mit wachen Augen spazierte Juliane eine Stunde später in den ersten warmen Frühlingsstrahlen durch den Frederiksbergpark.

Bei Kalle und Thora war es still. Sie hatten nicht richtig miteinander geredet, seit Kalle nach Hause gekommen war. Kalle saß auf seinem Lieblingsstuhl im Erker. Er konnte stundenlang dasitzen und den vorüberziehenden Verkehr betrachten. Viggo hatte ihn einmal gefragt: »Was schaust du eigentlich an, wenn du da sitzt, Kalle?« Kalle hatte gelacht und geantwortet: »Hier bekomme ich die Ideen für meine ›Nummern‹.« Die Bemerkung machte in der Familie die Runde. Jetzt sitzt er wieder da, dachte Thora beunruhigt. Sie deckte den Tisch, während er sie betrachtete. Ihr Rücken und Nacken wurden steif, der bohrende Kopfschmerz begann sich festzusetzen.

»Wenn sie doch nur etwas sagen würde, anstatt einfach vor sich hin zustarren.« Kalle blätterte langsam in der Pferdezeitschrift. Die flache, trockene türkische Zigarette hing im Mundwinkel. Verflixt noch mal, daß es damals nicht geklappt hatte! Er war sich so sicher gewesen. Eiskalt war er sich an dem Abend in Monte Carlo vorgekommen.

Zeitweise war er nervös und sein Mund trocken gewesen, bevor das Spiel begonnen hatte. Ein erfahrener Spieler hatte ihm einmal den Rat gegeben, hinauszugehen und zu onanieren, bevor man seinen Einsatz machte. Das beruhige die Nerven. Doch der Gedanke, sich vor dem Spiel selbst zu berühren, ekelte ihn. Wenn er spielte, schien der Körper zu verschwinden und nur die kitzelnde Erregung zurückzulassen.

Er wußte genau, wann das Blatt sich gewendet hatte. Es war, als die alte Frau mit den Rubinen erschien. Sie war mindestens achtzig Jahre alt und weiß gepudert. Um ihren faltigen Mund war der Lippenstift in einem breiten Streifen verwischt. Ihre Augenbrauen hatten ihn verwirrt. Wie bei einem Zirkusclown waren sie nach unten gezogen. Sie hatte ihren Gigolo dabei, einen hübschen jungen Mann im Frack, der ihre Perlentasche hielt, ihr die Spielmarken gab und ihre Zigaretten anzündete.

Ihr altmodisches, brüchiges Seidenkleid war von derselben rubinroten Farbe wie das schwere Kollier, das um ihren faltigen Hals hing. Es wurde geflüstert: »Die Rubin-

Dame ist hier. Sie spielt heute mit hohem Einsatz.« Sie schaute Kalle an, und er spürte, daß ein Nerv in seiner linken Wange zuckte.

Als er sie erblickte, wußte er sofort, daß sie Unheil bedeutete. Er sah, wie ihre klauenartige Hand nach dem Croupier tastete, der irritiert einen Schritt zur Seite machte. Er kannte die alten, weiblichen, passionierten Spieler. Es brachte Glück, wenn sie die Gelegenheit nutzten, um an seinen Hosenschlitz zu fassen.

Immer wieder versuchte Kalle sich zu erinneren, was eigentlich vorgefallen war. Es erschreckte ihn, daß er eine Art Gedächtnisverlust hatte. An sie konnte er sich ganz detailliert erinnern, doch ansonsten war alles schwarz.

Das nächste, an das er sich erinnerte, war, daß er vom Konsulat aus nach Hause telegrafierte. Die Uhr und sein Gepäck hatte er als Pfand im Hotel zurückgelassen.

Als er nach Hause kam, war er kreuz und quer durch Jütland gefahren und hatte versucht, Geld zusammenzukratzen. Sein Onkel, ein Papierfabrikant aus Odense, hatte gezwungenermaßen für Kalle gebürgt, nachdem dieser mitteilte, er werde sonst eingebuchtet.

Er würde sich das Geld schon bald zurückverdienen. Darum ging es nicht. Die Möbel waren im Leihhaus, dafür hatte Juliane rasch gesorgt.

Thora nahm die Gießkanne und begann die Blumen zu gießen. Es ärgerte ihn, daß sie zuviel in den Topf mit den Kräutern schüttete; das Wasser lief über und auf die Fensterbank, doch sie ging einfach zum nächsten Topf weiter und machte keine Anstalten, es aufzuwischen.

Seit er nach Hause gekommen war, hatten sie nicht richtig miteinander geredet. Sie ging ihm einfach aus dem Weg. Wenn er sie nachts berühren wollte, lag sie stocksteif da und drehte den Kopf weg.

Der Kleinste begann zu weinen. Kalle faltete die Zeitung auseinander. Nie hatte man seine Ruhe, und wenn nicht Juliane dagewesen war, glich die Wohnung einem Schweinestall und roch warm und säuerlich nach nassen Windeln. Thora konnte den ganzen Tag verträumen.

Er betrachtete sie. Thora war draußen gewesen und hatte den Jüngsten geholt, den sie jetzt auf der Hüfte trug, so wie sie alle seine kleinen Brüder getragen hatte. Sie war krumm geworden, sah aber immer noch süß aus, blond und zart und mit sanftem Mund.

Kalle spürte, wie das schlechte Gewissen in ihm wuchs. Sie hätte einen anderen als ihn verdient gehabt. Einen, der richtig gut zu ihr wäre. Vielleicht sollte er sie verlassen, damit sie die Chance hatte, einen anderen zu finden. Er würde sich wohl niemals bessern. Doch wenn er sich davonmachte, würde sie vermutlich jemand finden, der ihm glich oder noch schlimmer war. Das war bei dieser Art Frauen immer so. Die suchten förmlich danach.

Er faßte einen Entschluß, atmete tief durch und ging zu ihr. »Thora, es tut mir alles sehr leid, was ich dir und den Kindern angetan habe. Ich werde es nie wieder tun. Ich komme schon wieder auf die Beine. Du weißt, daß ich fleißig und cleverer als die anderen bin. Einmal wird es schon klappen, und dann bekommst du alles, was du dir wünschst.«

Er zog sie an sich. Sie stand unbeweglich da und zitterte, ohne zu weinen. Dann schaute sie zu ihm auf. »Ich glaube nicht mehr an dich, Kalle. Du bist krank. Aber wenn du mich und die Kinder nicht mehr hast, dann gehst du vor die Hunde.«

Kalle drehte sich um und sank mit vors Gesicht gehaltenen Händen auf einen Stuhl. Thora setzte sich auf seinen Schoß und hielt ihn fest. Er drehte beschämt den Kopf, doch sie hielt ihn in ihren Armen und begann mechanisch das alte Wiegenlied zu summen, das sie für ihre kleinen Brüder gesungen hatte.

»Am heutigen Tag trägt der Bassist Joseph Jensen deutsche und skandinavische Lieder vor. Das Konzert findet um 15 Uhr in der Kurhalle des Hotels ›Der kleine Prinz‹ statt.« Joseph hatte das Plakat ein ums andere Mal gelesen. Vor zwei Tagen war es aufgehängt worden. Er schaute in den Saal, ging hinein und stellte sich hinter eine der Säulen. Bald sollte er auftreten.

Das Trio beendete seine erste Nummer. Herr Fassbach, der die erste Violine spielte, sah vielsagend zu Joseph hinüber, der immer noch hinter der Säule stand. Seine Knie zitterten. Wie sollte er bloß auf die Bühne gelangen, ohne zu stolpern? Jetzt sollte er singen. Was machte er eigentlich hier? Das war doch ein völlig wahnwitziges Unternehmen: zu singen, damit bei den Zuhörern die Verdauung besser funktionierte. Bedeutete das für einen Künstler nicht die absolute Prostitution? Sein Herz begann heftig zu pochen, sein Mund war trocken. Es würde sicherlich ein Skandal werden. All die vornehmen Menschen! Sein Frack war geliehen. Er durfte sich nicht umdrehen. Von hinten sah er völlig lächerlich aus. Die Frackschöße reichten bis auf den Boden. Es sah aus, als habe er keine Beine. Verteufelt auch, daß man so klein war! Und was wäre, wenn er sich jetzt klammheimlich umdrehen und aus dem Staub machen würde? Der Geiger zeigte ungeduldig mit dem Bogen auf ihn. Joseph war wie gelähmt, doch dann nahm er sich zusammen, verneigte sich leicht in Richtung der umstehenden Kurgäste, faßte sich ein Herz und stieg auf das Podium. Wie vornehm doch alle aussahen! Die Damen in Frühlingskleidern oder Kostümen, einige mit Pelzbesatz.

Die Herren trugen noble Freizeitanzüge, steife Hemdkrägen und breite Krawatten mit Perlennadel. Joseph betrachtete ihre Schuhe. Die Schuhe der Wohlhabenden faszinierten ihn, handgenäht, glänzend und gepflegt, wie sie waren. Das Trio begann mit der Einleitung. Die Stimmen im Saal wurden lauter, als sollte die Musik absichtlich übertönt werden; die großen Damenhüte mit den Samtblumen wippten. Joseph begann zu singen. Es sauste in seinen Ohren. Er kämpfte darum, seine Stimme und die Atmung unter Kontrolle zu bringen. Gott sei Dank war er bei Stimme. Das erste Lied machte Eindruck. Die Gäste, die vorne standen, applaudierten und warfen sich vielsagende Blicke zu. Zwei Damen schauten Joseph anerkennend an. »Man sieht gar nicht, daß er Skandinavier ist. Und die Stimme ist sehr männlich.« Als Joseph sein kleines Konzert mit »In der Ferne« beschloß, applaudierten die Kurgäste enthusiastisch, angeführt von einer kleinen Gruppe Musikliebhaber, der deutlich anzumerken war, daß Joseph sie begeistert hatte. Die Damen nickten sich zu. »Ein schönes Repertoire.« Joseph stieg vom Podium und lächelte ihnen unsicher zu. Er begann heftig zu schwitzen und tupfte sich rasch mit seinem Taschentuch ab. Die Damen eilten ihm entgegen. Hoffentlich redeten sie nicht so lange auf ihn ein. Sie sollten nicht bemerken, daß er kein Deutsch sprach. Die Liedtexte hatte er mit seinem Lehrer einstudiert. Aber er sprach die Wörter aus, ohne ihre Bedeutung zu kennen.

»Es war ein großes Vergnügen, Ihnen zuzuhören.«

Joseph machte eine leichte Verbeugung und sagte: »Danke schön.«

Eine der Damen nahm ihre Lorgnette und musterte ihn anerkennend von Kopf bis Fuß. »Sind Sie schwedisch?« fragte sie interessiert.

»Nein, danke schön«, entgegnete Joseph verbindlich, entfernte sich rückwärts, verbeugte sich abermals mit dem charmantesten Lächeln, das ihm zur Verfügung stand, und verschwand erleichtert hinter einer Fächerpalme. Die Damen schauten ihm konsterniert nach.

»Künstler sind oft sehr schüchtern«, sagte eine Frau und nickte mütterlich in Richtung von Josephs wehenden Frackschößen.

Er sah sich um. Gott sei Dank waren sie nicht mehr zu sehen. Er glühte vor Scham. Warum war er nur solch ein Einfaltspinsel? Er mußte diese Sprache lernen. Doch das, was sie gesagt hatte, stand nicht im Sprachführer. Er mußte auf sein Zimmer gehen und es nachschlagen. »Sind Sie schwedisch?« hatte sie gesagt. Vielleicht bedeutete das: »Sind Sie schwitzig?« Nein, das würde eine richtige Dame niemals fragen. Vielleicht hatte sie sich erkundigen wollen, ob er erschöpft war. Das Wort klang vielleicht nur so ähnlich wie schwitzig. Joseph wühlte fieberhaft in seinem Koffer. Wenn er das Wort fand, konnte er vielleicht wie zufällig vorbeispazieren und korrekt antworten. Er setzte sich und blätterte in dem kleinen, in Wildleder gebundenen Sprachführer mit dem Golddruck. Er fand die richtige Bedeutung. »Ich bin Däne und fühle mich in Deutschland sehr wohl.« Er wiederholte den Satz vor dem Spiegel, dann eilte er aus der Tür und hinunter in die Kurhalle. Er hielt nach den Damen Ausschau, doch sie waren verschwunden. Ein Herr in schwarzem Frack mit Samtrevers blieb stehen. Er erhob sein vom Karlsbader Salz trübes Glas Wasser in Josephs Richtung. »Ausgezeichnet gesungen, junger Mann!« Joseph legte die Hände auf den Rücken. »Ich bin Däne und fühle mich in Deutschland sehr wohl.« Der Herr klopfte ihm auf die Schultern. »Machen Sie weiter so, junger Mann.« Joseph lächelte und verneigte sich. Der Herr schlenderte nachdenklich weiter, leerte sein Glas und ging zu der Tür hinein, auf der »Direktion« stand. Der Hoteldirektor erhob sich höflich.

»Sie müssen die Auftrittsdauer des jungen Dänen ausweiten. Er hat den Geschmack der Gäste genau getroffen. Es scheint, daß er ein hervorragendes Verständnis für den neuen deutschen Geist besitzt. Sie können die Auftritte des Zigeunerorchesters entsprechend kürzen. Die schmuddeligen Kerle nehmen sich gegenüber den weiblichen Gästen ein bißchen viel heraus.«

Der Hoteldirektor verbeugte sich. »Selbstverständlich, Herr Minister.«

»Wenn du in eine neue Stadt kommst, dann besuche zuerst den Friedhof. So erfährst du ein wenig von den früheren Einwohnern.« Den Rat hatte Onkel Helbig ihm gegeben. Joseph öffnete die schmiedeeiserne Pforte zum Friedhof von Baden-Baden und betrat den knirschenden Kiesweg.

Die Grabstellen waren schöner geschmückt als zu Hause, mit Rosenkränzen und blumengeschmückten Bildern. Er sah weiße Tauben und prächtige Grabsteine aus schwarzem Marmor mit goldenen Inschriften.

Es duftete nach Buchsbäumen und feuchter Frühlingserde. Eine alte Frau mit Strickjacke und gepunktetem Kleid wässerte ein Grab mit einer Zinkkanne. Sie nickte und murmelte »Grüß Gott«. Joseph ging umher und betrachtete die Grabsteine. Dann setzte er sich auf eine kleine Bank und stützte die Hände auf seinen neuen Spazierstock.

Er atmete tief durch. Wie schön und friedlich war es in dieser Stadt. Jeden Tag unternahm er Spaziergänge in der Umgebung. Er ließ sich das gute Hotelessen an seinem eigenen Tisch schmecken. Den Kurgästen wurden Menüs mit bis zu sechs Gängen serviert. Er aß eine Stunde früher und bekam eine Suppe sowie das Hauptgericht, manchmal auch ein Stück Kuchen zum Kaffee, was ihm sehr gelegen kam. Erst jetzt kam er richtig zur Ruhe. Das Leben zu Hause in Kopenhagen war immer so beschwerlich gewesen. Die Angst vor Arbeitslosigkeit und Krankheit, der Verlust der Stimme, Mutter und die ganze verrückte Familie. Immer wenn alles gutzugehen schien, geschah etwas Fürchterliches. Er dachte an Anna. Plötzlich vermißte er die alte Unruhe und Nervosität; er rief sich die schmerzhaften Momente in Erinnerung, um der Entstehung des Schmerzes auf den Grund zu gehen. Sie hatten nicht zusammengepaßt. Er hielt ihren Erwartungen nicht stand, hatte es nie getan. Aber woher sollte man das auch wissen, wenn es um die erste Frau ging, mit der man zusammengewesen war. Gott wußte, ob ihn das impotent gemacht hatte. Im Augenblick hatte er keine Lust auf eine Frau. Morgens hatte er auch keine Erektion. Joseph rutschte unruhig auf der Bank hin und her. Wenn sie sich doch nur einen Liebhaber genommen hätte, aber eine Frau: das war demütigend und unbegreiflich. Er registrierte zu seiner Verwunderung, daß ihn die Angelegenheit weniger belastete als früher. Im Grunde war sie ihm gleichgültig. Wirklich gleichgültig. Er konstatierte es ungläubig, erhob sich erleichtert, summte vor sich hin und setzte beschwingt seinen Weg fort. Die alte Frau, die auf allen vieren Unkraut jätete, schaute ihm nach. Joseph ging die elegante Hauptstraße hinauf. An einer Ecke war ein Café. Dort konnte er ein Glas Bier trinken. Ein großer Krug gutes, schäumendes deutsches Bier kostete fast nichts. Er setzte sich an einen kleinen Tisch am Fenster. Ein Kellner eilte herbei und wischte den Tisch mit einer

Serviette sauber. Er trug einen Kaiser-Wilhelm-Bart mit pomadisierten Spitzen und exakter Trennlinie in der Mitte. Die Haare waren schwarz und glänzten pomadig.

Lavendelduft umgab ihn wie eine Wolke. Er ging an die Theke, hinter der eine stämmige deutsche Kellnerin mit hellroten, fleischigen Armen sorgfältig das Faßbier ausschenkte. Ihre Brüste lagen wie zwei bleiche Brotlaibe im Ausschnitt ihres stramm geschnürten Dirndls. Joseph vergrub seinen Mund im üppigen Schaum und trank. Ein junger, ärmlich gekleideter Mann betrat das Café und blickte sich suchend um. Der Kellner glich einer aufgepflanzten Lanze. Seine Miene hatte sich verändert. Das Kinn war etwas nach vorn gerutscht. Er hielt die Arme hinter dem Rücken und wippte auf den Fußballen. Der junge Mann sieht aus wie ein Arbeiter, dachte Joseph. Der Kellner wies ihm einen Tisch an der Tür an. Der Mann bestellte etwas Käse und ein Bier. Der Kellner entfernte sich. Der Mann schlug eine Zeitung auf. Joseph bemerkte, daß seine Hände zitterten. Er war hungrig; so zitterte man nur, wenn man hungrig war. Der Kellner brachte den Käse und das Bier. Der junge Mann starrte das Essen wie hypnotisiert an. »Zuerst will ich sehen, ob Sie auch bezahlen können«, sagte der Kellner, während er den Teller hoch in die Luft hielt. Joseph wurde zornig. Was tat er da? Man servierte immer zuerst das Essen und bat hinterher um Bezahlung. Der junge Mann suchte in seinen Taschen und erhob sich zögerlich. Der Kellner schaute Joseph triumphierend an. Ordentliche Leute mußten gegen ein solches Gesindel zusammenhalten. Der Mann war bereits an der Tür. Joseph sprang auf. »Warten Sie, ich bezahle.«

»Davon kann keine Rede sein. Der Herr hat in unserem Etablissement nichts verloren«, entgegnete der Kellner.

Der Mann nickte Joseph dankbar zu und verschwand

aus der Tür. Joseph warf das Geld für sein Bier auf den Tisch und lief ihm nach.

Der Mann hatte es eilig. Joseph lief an seiner Seite. »Hier, Geld für ein Essen.« Der Mann schüttelte den Kopf und schob seine Hand weg, doch er lächelte dabei. Joseph hielt ihn fest. Plötzlich war es wichtig, mit ihm zu sprechen. Seit einem Monat hatte er mit keiner Menschenseele mehr geredet. Der Mann blieb stehen.

Als Joseph in seinem schlechten Deutsch, begleitet von dramatischen Armbewegungen, zu sprechen begann, fing der junge Mann unversehens zu lachen an. Joseph zuckte hilflos mit den Schultern, breitete die Arme aus und lachte mit. Gemeinsam gingen sie die Straße hinunter. Joseph blieb vor einer Kneipe stehen und zog den jungen Mann mit hinein. Er bestellte Würstchen mit Spiegelei. Der junge Mann gab sich Mühe, langsam zu essen. Joseph betrachtete verständnisvoll die Schweißtropfen, die sich auf der Stirn des Mannes bildeten, während er aß. Wenn es länger als drei Tage her war, seit er etwas Richtiges gegessen hatte, würde er sich übergeben.

Der Mann wischte die Speisereste sorgsam mit einem Brötchen auf, seufzte und streckte die Hand über den Tisch. »Danke. Ich heiße Walther Reissiger.«

»Joseph Jensen aus Dänemark«, sagte Joseph und schüttelte seine Hand.

Joseph lehnte sich über den Tisch. Ein Mensch, mit dem man reden konnte, wenn man nur deutlich sprach und vielleicht entsprechend gestikulierte. »Seit drei Wochen bist du der erste Mensch, mit dem ich spreche. Bevor ich Sänger wurde, war ich Arbeiter. Am Theater in Kopenhagen wäre ich beinahe nicht engagiert worden, weil sie mich Arbeitersänger nannten. Einmal stand ich auf der schwarzen Liste, bekam keine Arbeit und hungerte.« Er sah Walther fragend an, ob er ihn verstanden hatte. Er nickte. Joseph wurde es warm vor Freude. Guter Junge. Es war schön, ihn essen zu sehen.

Sie redeten zwei Stunden lang, bevor eine lange Pause entstand. Walther schrieb eine Adresse auf eine Karte. »Dort kannst du mich immer erreichen, und wenn ich nicht da bin, wissen meine Kameraden, wo ich mich aufhalte.«

»Ist das eine Gesellenunterkunft?« fragte Joseph.

»Eine Art Vereinigung«, sagte Walther lächelnd.

Joseph steckte den Zettel in die Tasche und drückte ihm die Hand. »Wir sehen uns.« Er lief den gesamten Rückweg zum Kurhotel. Er hatte einen Freund gefunden.

Das Kurhotel »Der Kleine Prinz« entwickelte sich zu einem der beliebtesten Hotels in Baden-Baden. Es gehörte nicht zu den größten und vornehmsten, doch es verwöhnte seine Gäste und hatte nach und nach ein internationales Publikum angezogen. In den letzten Jahren war es in der europäischen Oberschicht Mode geworden, mindestens einmal im Jahr einen deutschen Kurort aufzusuchen.

Joseph streifte durch das Hotel wie ein wandelnder Fotoapparat. Innerlich machte er Schnappschüsse der Gäste und der Atmosphäre. In dem einen Monat, den er bisher im Hotel verbracht hatte, hatte er die unglaublichsten Dinge erlebt, die er genauestens in seinen Briefen an Juliane berichtete.

Eines Morgens kam Joseph in die Badeabteilung, die sich unter der Kurhalle erstreckte. Vor lauter Dampf, der sich undurchdringlich und nach Schwefel riechend in den dunklen Gängen ausbreitete, konnte man fast nichts erkennen. Die Holzschuhe der Masseure klapperten. Die Badedamen spülten den Boden und die Patienten ab; außerdem gab es für die Damen wie auch für die Herren ein Bassin, in dem man im kalten Brunnenwasser gemächlich hin und her ging, während die Badedamen mit Kalt- und Warmwasserschläuchen für Wechselbäder sorgten.

Plötzlich vernahm er ein schmerzhaftes Stöhnen, das in Schreie überging. »Hilfe, Hilfe!« Er zuckte erschrocken zusammen. Die Schreie kamen aus einem Raum hinter einer Eisentür. Er nahm den Griff und drückte die schwere Tür auf. Vor ihm lag ein menschlicher, weißlich-gelber Pudding, der an einer Maschine festgegurtet war. Zwei Lederriemen massierten einen Oberschenkel. Es handelte sich anscheinend um eine Frau, doch aufgrund ihres blaurot angelaufenen Gesichts war er sich nicht sicher. »Helfen Sie mir, halten Sie die Maschine an, der Handgriff ist abgefallen. Meine Krankenschwester holt gerade Hilfe.« Einer der Lederriemen hatte sich verklemmt und scheuerte mit viel zu großem Druck. Joseph war wie gelähmt, während Übelkeit in ihm aufstieg. »Ich sterbe, ich sterbe!« schrie die Frau, deren Gesicht krampfartig zu zucken begann. Joseph lief um die Maschine und riß an allen möglichen Griffen. Wenn nur Viggo hier gewesen wäre, der kannte sich aus mit so was. Schließlich trat Joseph panisch und mit letzter Kraft gegen die Maschine. Der Antriebsriemen sprang ab, und das Rad drehte kreischend durch, während die Frau ihr Bein zu befreien versuchte. Joseph zog an einem Handgriff an der Wand und brachte die Maschine zum Stillstand. »Befreien Sie mich«, stöhnte die Dame und zeigte auf einen braunen Ledergurt, der einen Teil ihres Bauchs eingeschnürt hatte.

Joseph errötete. »Soll ich nicht lieber die Krankenschwester rufen?« fragte er.

»Nein, Sie Dussel. Oh, ich komme hier nicht raus . . .« Die Frau wand sich und zerrte an einem der Riemen. Joseph beugte sich über sie und versuchte mit spitzen

Fingern den Riemen anzufassen, ohne der Frau dabei zu nahe zu kommen. Endlich glückte es ihm. Joseph starrte auf den Boden, um nicht das unangenehm weiße Fleisch ansehen zu müssen. Da ertönte ein Schrei – die Krankenschwester stand in der Tür. Sie hielt sich die Schürze vor das Gesicht. »Sie glaubt, es handelt sich um eine Vergewaltigung«, sagte die dicke Frau lachend. Joseph hatte den Gürtel gegriffen und gelöst. Jetzt stand er da und wischte seine Hände an der Hose ab.

Die Frau erhob sich, der Bauch rutschte an seinen Platz, und sie hüllte sich in ein Badetuch. Dann ging sie zur Krankenschwester, streckte ihren Ringerarm vor und schüttelte sie. »Sie hätten mich ermorden können, wenn nicht dieser nette, hilfsbereite junge Mann vorbeigekommen wäre. Ich werde dafür sorgen, daß Sie gefeuert werden. Und Sie, junger Mann, sollen Ihre gute Tat nicht bereuen. Mein Mann ist sehr einflußreich. Wer sind Sie, junger Mann?«

»Joseph Jensen, Sänger aus Dänemark.«

»Ach ja, Sie sind der, der die Nachmittagsmatineen bestreitet. Sie werden Ihre gute Tat und Ihr Feingefühl nicht bereuen. Ich habe gemerkt, daß Sie erröteten. Sie haben vielleicht noch nie eine Frau ohne Kleider gesehen«, sagte die Frau und kitzelte Joseph mit ihrem hellroten Wurstfinger unter dem Kinn.

Er verbeugte sich. »Jetzt darf ich Sie Ihrer Krankenschwester überlassen.« Dann hastete er aus der Tür. Das Schluchzen der Krankenschwester hörte er wie ein schwaches Echo.

Am Nachmittag bestieg er mit bangen Ahnungen das Podium. Und richtig: Unmittelbar vor der Bühne stand Frau Pudding am Arm ihres Ehemanns. Sie luden Joseph zum Essen ein, so daß er sechs Gänge samt Champagner und eine anstrengende Konversation über sich ergehen lassen mußte. Während des Essens spürte er plötzlich zu seinem großen Schrecken den prallen Fuß der Frau an seinem. Sie stieß ihn aufmunternd an und ließ ihre Zehenspitzen in sein Hosenbein gleiten. Joseph schwitzte und wand seine Beine um den Stuhl. Das mußte ein Irrtum sein. Doch als er sah, daß die Frau einladend den Mund spitzte, wurde er von Panik ergriffen.

Erst um halb elf zog das Paar sich zurück. Die Frau verabschiedete sich mit einem zögerlichen Händedruck und schaute ihm starr ins Gesicht.

»Wenn ich jemals etwas für Sie tun kann, junger Mann, dann scheuen Sie sich nicht«, sagte der einflußreiche Herr und reichte ihm seine Visitenkarte. Joseph verneigte sich und ging aufgewühlt zu Bett. Eine Stunde später fuhr er aus dem Schlaf. Die Frau würde sicher versuchen, bei ihm einzudringen. Er stand auf, schob die Kommode vor die Tür und legte sicherheitshalber auch den Riegel vor. Mit dem Schlüssel allein wäre wenig anzufangen gewesen. Der Türbeschlag hing baumelnd herunter, und das Schloß würde unter ihren Riesenkräften sofort aufspringen.

Beruhigt legte er sich hin und sprach sein Abendgebet. Als er mitten in der Nacht ein Klopfen und Geräusche an der Tür vernahm, war er dankbar, daß er den siebten Sinn seiner Mutter geerbt hatte. Die Kommode stand fest und unverrückbar auf ihren vier Kiefernholzbeinen vor der Tür.

Als Joseph am nächsten Morgen erwachte, blieb er lange im Bett liegen und dachte an Walther Reissiger, den jungen Mann, dem er begegnet war. Er hatte eine interessante Ausstrahlung und einen intensiven Blick, der sich unmittelbar auf sein Gegenüber richtete. Er hatte gesagt, er sei bei irgendwelchen Versammlungen in der Stadt.

Sicher etwas Politisches. Es war deutlich zu spüren, daß es in Deutschland gärte. Joseph hatte die Zeitungen gesehen. In den großen Städten gab es bei Arbeiterdemonstrationen Zusammenstöße mit der Polizei. In Baden-Baden jedoch, wo nur die Offiziere in der Stadt herumstolzierten, hatte man so etwas noch nicht erlebt. Alle blickten zu ihnen auf. Im Hotel hatte eines Tages ein Essen für einen Offiziersclub mit Begleitung stattgefunden. Die Damen hatten uniformartige Kleider und eine kleine Reitgerte unter dem Arm getragen. Es schien fast so, als sei das Militär in Deutschland ein eigener Adelsstand. Und am Nachmittag registrierte er deutlich, daß es die Soldatenlieder waren, die den größten Beifall fanden. Mit der Zeit hatte er auch gelernt, die richtigen Register zu ziehen. Manchmal wählte er sich eine Dame aus dem Publikum und wettete im stillen, wie lange es dauerte, bis er sie zu Tränen rühren würde. Er war sonderbar: Zu Hause weinten sie wegen der Lieder, die von unglücklicher Liebe handelten. Hier wurden die ersten Taschentücher gezückt, wenn er die Stimme sanft senkte und vom sterbenden Soldaten sang: »Doch ferne, wo er zu Hause, da sitzet beim Abendbrot ein Vater voll banger Ahnung und sagt: ›Gewiß, er ist tot.‹«

Joseph erblickte die Kommode vor seiner Tür, sprang aus dem Bett und rückte sie wieder an ihren Platz. Er hatte das Bedürfnis, mit jungen Leuten zu sprechen. Dieser Ort hatte etwas Ungesundes an sich. Hier ging es ausschließlich um Pflege und Genuß. Er dachte an die Frau und schob den Gedanken an ihre dicken, hellroten Schenkel angeekelt von sich. Ihm war heute anders zumute als gewöhnlich; er verspürte Hunger und eine leichte Unruhe. In der Manteltasche fand er den zerknüllten Zettel mit Walthers Adresse.

Er mußte wohl ein paar Tage verstreichen lassen, sonst könnte es aufdringlich wirken und so aussehen, als würde er ihm nachlaufen. Joseph strich den Zettel sorgfältig glatt und legte ihn in seine Brieftasche. Übermorgen wollte er die Adresse aufsuchen und sich nach ihm erkundigen.

Es würde ihm auch guttun, mit jemand deutsch sprechen zu können. Doch wenn es etwas Politisches war, für das Walther sich engagierte, wollte er sich unter keinen Umständen hineinziehen lassen.

# 9

Hier mußte es sein. Joseph war vor einem alten, schmalen Fachwerkhaus stehengeblieben. Die Stockwerke mit ihren hervorspringenden Holzbalken lagen übereinander. Vor den Fenstern befanden sich hölzerne Läden und vor dem mittleren Fenster ein Balkonkasten mit einer Traube feuerroter Geranien. Joseph dachte an Julianes Fensterbrett. Auch sie hatte Geranien. Doch zu Hause wuchsen sie nicht so üppig. In jedem Topf befand sich nur eine. Juliane versetzte sie, je nachdem, wo sie am meisten Licht bekamen. Bekamen sie nicht genug Sonnenlicht, welkten die Blätter und fielen eines nach dem anderen ab. Im Schwarzwald war alles so fruchtbar. Die Turmuhr der Kirche schlug elf. Auf der Straße waren fast keine Leute. Joseph schaute auf seinen Zettel. Es war weder eine Klingel noch ein Klingelzug zu sehen. Er öffnete die Tür und trat in den dunklen Gang. Dort befand sich eine steile Treppe. Das Haus war alt, und die Stufen waren ausgetreten. Es roch sauber und nach Firnis, wie am ersten Schultag nach den Ferien. Joseph ging an den Türen mit den polierten Messingschildern vorüber. Schmidt, Fasterding. Ganz oben war eine Tür, an der eine Karte mit vier Heftzwecken schief befestigt war: Walther G. Reissiger. Joseph klopfte an. Walther öffnete. Es dauerte einen Augenblick, bis er Joseph erkannte und lächelte. »Ah, bist du doch gekommen.«

Joseph trat ein, steckte die Hand in den Mantel und holte eine in braunes Packpapier eingeschlagene Flasche hervor. »Ein bißchen Heilwasser. Direkt aus den Thermen.«

Walther nahm die Flasche etwas verlegen entgegen. »Das wäre doch nicht nötig gewesen.«

Sie standen eine Weile da und schauten sich an. Walther holte einen Stuhl für Joseph, der seine Hose hochzog und sich auf die Kante setzte.

Walther saß auf dem Bett. Er nahm ein kleines Metallkästchen mit weißem Zigarettenpapier sowie eine Tabakdose, rollte sorgfältig zwei Zigaretten und gab Joseph eine.

»Nein, danke, ich rauche keine Zigaretten, sondern nur Zigarren. Ich bekomme sie von den Gästen«, sagte er entschuldigend und ärgerte sich über sich selbst. Warum entschuldigte er sich dafür, daß er nur Zigarren rauchte? Er drehte sich um und betrachtete Walthers Tisch, der vor dem kleinen Fenster stand. Auf ihm lagen Bücher, Zeitungen und Magazine.

»Studierst du?«

»Nein, ich interessiere mich einfach für Politik, Geschichte und Philosophie.«

Joseph ging zum Tisch hinüber und sah sich die Bücher an. Er nahm sie in die Hand und studierte die Titel. Sein Herz begann zu pochen. Hatte er doch richtig vermutet, der Mann war Sozialist, vielleicht auch Anarchist. Die Bücher sahen verdächtig aus.

»Bist du in der Gewerkschaft?«

Walther blickte auf seine Zigarette, die er in der offenen Hand hielt. »Das kann man so sagen. Aber ich bin hier, um in Ruhe schreiben zu können. Ich schreibe Artikel für das Arbeiterblatt. Das ist nicht gerade eine Goldgrube; außerdem finde ich kaum eine Arbeit.«

»Bist du auf der schwarzen Liste?«

»Ich würde sagen, es gibt ein paar Orte, an denen mein Ruf nicht der beste ist«, entgegnete Walther lachend.

Joseph nickte verstehend und setzte sich. Er hatte das Gefühl, daß in Deutschland vieles gärte. Es gab viele Schichten, nicht nur die glatte Oberfläche, die er im Hotel zu Gesicht bekam. Er mußte in Erfahrung bringen, worum es eigentlich ging.

»Wollen wir ein Tauschgeschäft machen? Du bringst mir Deutsch bei, leihst mir Zeitungen und Bücher und verbesserst mich, wenn ich Unsinn rede. Und ich spendiere dir dafür zweimal in der Woche im Wirtshaus ein Fleisch- oder Kartoffelgericht.«

Walther streckte die Hand aus. »In Ordnung, aber Fremdsprachen lernt man eigentlich am besten auf dem Kopfkissen«, sagte er lachend.

»Auf dem Kopfkissen?«

»Ja, hast du etwa noch keine deutsche Freundin?«

Joseph schüttelte den Kopf. »Ach, das hat keine Eile. Ich bin gerade erst geschieden worden.«

Er bemerkte, daß diese Mitteilung auf Walther einen gewissen Eindruck machte.

»Können wir nicht gleich anfangen?« fragte Joseph eifrig. Walther stand auf und nahm ein Buch vom Tisch.

»Lies mal eine Seite. Dann schließen wir das Buch und du erzählst mir, was du verstanden hast.«

Joseph errötete. »Ich glaube, das kann ich nicht. Ich muß schon immer raten, was du zu mir sagst. Und wenn ich antworte, baue ich einfach die dänischen Wörter etwas um und verdeutsche sie ein wenig.«

»Versuch es trotzdem. Lies die beiden letzten Strophen dieses Gedichts«, sagte Walther und hielt ihm einen Band hin.

Joseph nahm das Buch, räusperte sich und folgte den einzelnen Zeilen mit dem Finger: »Auf die Berge will ich steigen, wo die dunklen Tannen ragen, Bäche rauschen, Vögel singen, und die stolzen Wolken jagen. Lebet wohl, ihr glatten Säle, glatte Herren, glatte Frauen. Auf die Berge will ich steigen, lachend auf euch niederschauen.« Joseph schwieg. »Das ist schön. Wer hat das geschrieben?«

»Heinrich Heine«, sagte Walther. »Kennst du ihn?«

Joseph schüttelte verlegen den Kopf.

Eine Zeit mit viel Nebel begann. Das Wetter hatte sich plötzlich geändert. Man konnte kaum die Hand vor den Augen erkennen. Es schien, als wäre der Dampf der Badeabteilung des Kurhotels in die Landschaft entwichen. Die Pfade der großen Kiefernwälder, die die Stadt umgaben, waren nicht zu betreten. Alles war kalt und klamm. Die Kurgäste waren mißmutig, blieben auf ihren Zimmern und verließen das Hotel nur mit einem Tuch vor dem Mund.

Joseph verbrachte beinahe jeden Nachmittag mit Walther. Zum ersten Mal hatte er einen Freund, mit dem er sprechen konnte. Er mußte sich zusammennehmen, um ihm nicht jeden Tag die Tür einzurennen. Nicht auszudenken, wenn der Mann glaubte, er sei schwul. Doch er fehlte ihm, wenn sie nicht zusammen waren. Sie glichen einander und teilten dieselben Meinungen über Leben und Tod. Es war so, als hätte er einen Seelenverwandten gefunden. Joseph hatte aus Dänemark ein Wörterbuch geschickt bekommen, das bereits völlig verschlissen war. Er büffelte Tag und Nacht, um mit Walther reden zu können und die Zusammenhänge zu begreifen.

Walther hatte eine Arbeit als Korrektor in einer Druckerei gefunden. Wenn er nicht arbeitete, unternahmen sie Spaziergänge in der feuchten, nebligen Landschaft. Niemals begegneten sie jemand; niemand wagte sich hinaus. Alles war still, und es duftete nach Kiefern und feuchter Erde. Joseph schmiedete Zukunftspläne. Er hatte immer noch nichts von Anna erzählt. Doch eines Tages sollte Walther alles erfahren. Walther hatte mit seiner Familie gebrochen. Joseph hatte auch oft Lust verspürt, mit seiner zu brechen. In drei Wochen würde er nach Hause zurückfahren, nach Dänemark, und dann mußte er der Familie von seinen Erlebnissen berichten, während seine Mutter zufrieden im Hintergrund thronen würde, als hätte er alles ihr zu verdanken.

»Verstehst du. Mutter und meine Familie erwarten sehr viel von mir. Immer haben sie mir erzählt, ich sei anders als sie. Doch indem sie mich aufbauen, steuern sie mich auch. Ich komme mir vor wie eine Marionette, an deren Fäden sie ziehen. Ich liebe und hasse sie zugleich. Sie haben mich unablässig so bedrängt, daß ich völlig vergessen habe, wer ich selbst bin. Niemals zuvor bin ich richtig allein gewesen. Wenn ich daran denke, nach Hause zu fahren, bekomme ich Angst, freue mich aber gleichzeitig auf merkwürdig schamvolle Weise.«

Walther sah ihn an. »Du wirst sie niemals loswerden, Joseph. Weil du sie im Blut hast. Aber wenn sie dich belasten, mußt du dich von ihnen befreien.«

Walther engagierte sich in der deutschen Arbeiterbewegung. Es war unglaublich, was dieser Mann bereits bewirkt hatte. Joseph hatte die Briefe selbst gesehen und die Artikel mit eigenen Augen gelesen. Es war erstaunlich: Er war so jung, drei Jahre jünger als Joseph, und bereits ein Mann, dessen Meinung zählte. Walther war auch ein guter Zuhörer. »Erzähl mir von deinem Vater und von dem Tag, an dem du eine Rede im Fælledpark gehalten hast und gefeuert wurdest.«

Joseph stand auf einem Stein am Waldweg und hielt die Rede, die er im Fælledpark gehalten hatte. Walther applaudierte. »Du bist ein guter Redner, Joseph. Du hast etwas, das die Menschen zum Zuhören bringt. Leute wie dich brauchen wir überall auf der Welt. Aber vor allem in Deutschland. Ich habe eine Nachricht unserer Organisation erhalten. Ich muß nach Berlin. Dort liegt etwas in der Luft. Komm doch mit. In einem Monat wirst du gut Deutsch sprechen. Du könntest unser Mann in Skandinavien werden.«

Mehrere Wochen war Joseph von Walther wie besessen. Juliane schrieb beunruhigte Briefe. Warum ließ er nichts von sich hören? Wenn er nicht mit Walther beisammen war, phantasierte er davon, was sie alles unternehmen könnten. Das beste waren die Diskussionen. Joseph war es, als sei er stumm gewesen. Jetzt war ihm eine Sprache gegeben worden. Die deutsche Sprache besaß so viele wunderbare Wörter. Er dachte fast niemals an den Gesang und die Musik. Die waren in den Hintergrund getreten. Früher hatte er nie an seine Karriere und das Theater denken können, ohne Bauchschmerzen zu bekommen, nervös zu werden und sich vor den Erfordernissen zu ängstigen, zu befürchten, er könne ihnen nicht genügen. Ein anderer Joseph wuchs in ihm heran, doch das erschreckte ihn auch. Was sollte er mit dem neuen Joseph anfangen? Er stand am Beginn einer Sängerkarriere. Er war gut; das wußte er. Erhielt er seine Chance, würde er den Durchbruch schaffen. Es überraschte ihn, daß ihm gar nicht mehr soviel daran lag. Auch beunruhigte ihn inzwischen die Tatsache, daß Walther für ihn eine so große Bedeutung bekommen hatte. Fast könnte man glauben, ich sei verliebt, dachte er beklommen.

In Walthers Zimmer packte Joseph seinen Brotbeutel

aus. In ihm befand sich ein ganzes Landbrot. Es war in der Mitte aufgeschnitten und mit zwei großen Würstchen und Senf gefüllt. Sie aßen und tranken, während Walther Joseph mit seinen brennenden Augen fixierte. Kapitel für Kapitel erzählte er von Deutschlands Geschichte, während Joseph ihn anblickte und so lautlos wie möglich aß, um ihn nicht zu stören. Walther entwarf ein Bild von Deutschland, das Joseph fremd war. Er begann sich zu sorgen. Er war dabei, sich in irgendwas hineinziehen zu lassen. Walther war kein gewöhnlicher junger Sozialist. Er war gefährlich.

Als Joseph am Abend in seinem Bett lag, konnte er nicht schlafen. Er träumte unruhig und schreckte schweißgebadet aus dem Alptraum seiner Kindheit auf: der große Engel, der drohend über seinem Bett schwebte. Ein Traum der Erstarrung, in dem er wach, aber unfähig war sich zu rühren.

Er stand auf, ging auf die Toilette, nahm einen Schluck lauwarmen Wein aus einer Flasche, die er im Schrank aufbewahrte, und setzte sich auf das Bett. Er dachte an Walther und sah sich dabei selbst inmitten einer Schar von Arbeitern. Ja, einer Schar. Er eignete sich nicht für das Kollektiv. Männliches Gehabe hatte ihn stets abgestoßen. Die sich plötzlich erhebenden Stimmen. Der Drang, sich auf die Schultern zu schlagen, fest die Hand zu drücken, den Ton angeben zu müssen, Systeme zu ersinnen und auch die merkwürdige Neigung, alle Andersdenkenden bekehren zu wollen. Ob sie dem Sozialismus oder der Inneren Mission anhingen, spielte im Grunde keine Rolle. Das ist nichts für dich, Joseph, sagte er sich und legte sich hin. Wenn er nur bald ein Mädchen fand! Er legte sich ins Bett und zog sich die schwere Decke über den Kopf. Sie lag wie Zement auf seinem Bauch. Mit einem Mal konnte er die Fichten am Berghang erkennen. Der Nebel verzog sich langsam. Er malte sich aus, wie das Mädchen aussehen sollte. Und plötzlich spürte er, daß er zum ersten Mal seit vielen Wochen eine Erektion bekam. Er schlug die Decke beiseite und sah an sich hinab. Gott sei Dank, er war normal! Er deckte sich wieder zu, faltete die Hände über der Decke und fiel erleichtert in Schlaf.

Walther hatte versprochen, daß er irgendwann ein Nachmittagskonzert besuchen würde, sofern das Hotel ihm Einlaß gewährte. Joseph hatte ihm mit dieser Bitte schon lange in den Ohren gelegen.

Eines Tages lehnte er plötzlich an der Wand. Joseph entdeckte ihn erst, nachdem er bereits die erste Nummer gesungen hatte. Er traute sich nicht, Walther zuzunicken. Der Kellner, der mit raschen, entschlossenen Schritten umherging, würde dies sicher bemerken. Doch Walther hatte sich bereits geraume Zeit in der Kurhalle aufgehalten. Er hatte Joseph beobachtet, der in seinem neuen Gehrock und mit gestreiften Hosen herumspazierte und sich mit den Gästen unterhielt. Die Herren klopften Joseph auf die Schultern, die Damen nickten und gurrten, und Joseph leuchtete vor Pomade und Selbstsicherheit. Walther stand lange da und studierte seinen Freund. Er fühlte sich verraten. Wie konnte man nur ein solches Theater veranstalten, herumstolzieren, sich bei den Reichen einschmeicheln, über ihre Witze lachen, seine Zeit vergeuden, damit sie sich wohl fühlten, und in diesem ekelhaften, perversen Milieu vergnügt herumflattern? Walther spürte plötzlich eine düstere Eifersucht, die in das schwermütige, dumpfe Gefühl überging, betrogen und gedemütigt worden zu sein. Obwohl sie aus verschiedenen Ländern kamen, hatten sie sehr viel gemeinsam. Er weihte Joseph in seine Pläne ein, wollte ihn nach Berlin mitnehmen, wo es in einiger Zeit heiß hergehen würde. Demonstrationen waren verboten worden. Man hatte damit begonnen, die Sozialisten einzusperren. Mit der Arbeiterbewegung räumte man zur Zeit auf. Die Gewerkschaften standen geschlossen zusammen, doch mit dem Sozialismus verhielt es sich anders. Der gebärdete sich, als sei er nichts weiter als eine neue Spielart des Bürgertums mit einer starken Verwurzelung in alten deutschen Idealen. Als jätete man in einem Löwenzahnbeet und glaubte fortwährend, das gesamte Unkraut ausgerissen zu haben. Doch die Pfahlwurzel, der deutsche Militarismus, die Liebe zu Deutschland, reichte tiefer hinab und vergiftete den Boden. Walther wollte neue Wege beschreiten, ein neues internationales Deutschland der Arbeiter schaffen. Mit den richtigen Worten war das möglich. Er würde sie verfassen, und Joseph sollte lernen, sie richtig auszusprechen. Walther imponierte Josephs Auffassungsgabe und seine Fähigkeit, sich einen Überblick über psychologische Mechanismen zu verschaffen. Er, Joseph, wußte vieles über Menschen und Milieus. Er kannte die Sehnsüchte und Denkweisen der Leute. Außerdem konnte er formulieren und fand den richtigen Ton. Aber wie er so dastand in seinem anderen Milieu, wirkte er wie ein gewöhnlicher Zauberkünstler, der eine Illusion schuf. Wie ein Chamäleon war er offensichtlich in der Lage, seine Erscheinung der jeweiligen Umgebung anzupassen. Konnte man ihm vertrauen? Wohin gehörte er wirklich? Dies war ein anderer Joseph als der, den Walther kannte. Walther trat hinter eine der Säulen, als Joseph sein zweites Lied begann. Er sang schön und ergreifend; die Leute lauschten seiner schönen Stimme. Joseph trat näher an die Bühnenrampe, wendete sich Walther zu und versuchte, Augenkontakt zu ihm herzustellen. Vor einem Kristallspiegel stand einer der wachsamen Kellner. Er folgte Josephs Blick und entdeckte Walther. Wie ein Aal schlängelte er sich behende durch die Gäste, doch Walther bemerkte ihn und verschwand in der Menge, noch bevor der Kellner ihn erreicht hatte.

Als Joseph den letzten Programmabschnitt beendet hatte, verbeugte er sich rasch und beeilte sich, in die Stadt zu kommen. Walther war nicht zu Hause. Joseph hatte eine halbe Stunde an die Tür geschlagen. Fräulein Fasterding, die mit ihrer Familie darunter wohnte, steckte den Kopf heraus und rief: »Herr Reissiger ist gerade gegangen!« Joseph entdeckte ihn in einem Wirtshaus. Walther saß am Fenster.

»Hat er dich erwischt?« fragte Joseph außer Atem.

Walther schüttelte den Kopf. »Du singst gut, aber was hast du eigentlich da verloren? Verrätst du nicht das Milieu, aus dem du stammst?«

Joseph schaute Walther überrascht und verletzt an. Er senkte den Kopf und schwieg. Walther hatte seinen Stuhl vom Tisch abgerückt und wippte auf ihm hin und her. »Du bist wie ein Chamäleon. Du wechselst die Farbe mit deiner Umgebung. Du solltest selbst sehen, wie du um die vornehmen Herrschaften herumscharwenzelst. Wer zum Teufel bist du eigentlich – eine Art Illusionist? Du durchschaust doch das Ganze und kannst dir alles auch von außen ansehen. Du teilst meine Überzeugungen nicht, oder? Du hast nur eine Rolle gespielt, nicht wahr? Die Rolle als mein Freund. Außerdem hast du mir das Gefühl vermittelt, du seist mein Spiegelbild.« Walther sprach gedämpft und erregt, er war völlig außer sich.

Walthers Angriff hatte Joseph überrascht. Er war sehr besorgt gewesen, seinem Freund könne etwas zugestoßen sein. Walthers Worte waren ungerecht. Sie schmerzten ihn. Niemals hatte ihm jemand solche Vorwürfe gemacht.

»Ich muß Geld verdienen. Ich bin Sänger, und ein Sänger muß für sein Publikum auch Schauspieler sein.«

»Das meine ich nicht«, sagte Walther und schnitt mit dem Messer in das Spiegelei. Das Eigelb floß langsam in die Kartoffeln. »Aber wer bist du eigentlich? Woran glaubst du? Bist du Sozialist oder Schauspieler? Ich dachte, du wärst einer von uns. Einer, auf den wir zählen können. Ich hatte Pläne mit dir, weißt du. Doch für Speichellecker und Zauberkünstler ist bei uns kein Platz. Wir brauchen richtige Männer.«

Joseph betrachtete Walther, der bleich und erregt dasaß. Was der daherredete! Jetzt begriff er, was Walther wirklich war. Ein engstirniger Weltverbesserer.

»Du und deine Arbeiterbewegung. Glaubst du etwa, ich bin blind? Jetzt will ich dir mal was sagen, Walther, ehe du so richtig in Fahrt kommst. Weißt du, was in deinen Arbeitern schlummert? Ein deutscher Soldat. Selbst der roteste hegt eine kleine Schwäche für Kaiser Wilhelm und seinen ganzen militärischen Scheiß. Das siehst du selbst den Demonstrationen an. Sie weichen zurück und solidarisieren sich nicht mit der internationalen Arbeiterbewegung. Sie wollen am liebsten auf der anderen Seite sein, auf der Seite der Macht. Ich glaube, es wird einen Krieg geben. Ich spüre es. Die Mobilisierung schreitet mit voller Kraft voran. Wo werden deine Arbeiter dann stehen? Hinter ihrem Kaiser und Deutschland! Es ist unglaublich, dich predigen zu hören. In Deutschland besteht die Arbeiterklasse aus getarnten Imperialisten.«

»Halt die Schnauze!« flüsterte Walther und sah sich ängstlich um.

Josephs Baßstimme schallte durch das Wirtshaus. Die Leute ließen Messer und Gabel sinken. Ein Offizier hatte sich erhoben. Was ging an diesem Tisch vor? Hatte jemand den Kaiser beleidigt?

»Da siehst du's. Zu Hause kann ich über den König und den Ministerpräsidenten so laut reden wie ich will«, triumphierte Joseph und deutete auf den Offizier, der sich die Pickelhaube aufgesetzt hatte und ihnen entgegenkam.

»Dann fahr nach Hause in deine Idylle.« Walther stand auf, stieß den Tisch in Josephs Richtung und rannte aus dem Wirtshaus.

Joseph bezahlte beim Kellner, der dabei war, den Offizier zu beruhigen.

Es dauerte vierzehn Tage, bis er Walther wieder aufsuchte. Die weiße Karte an der Tür war verschwunden. Fräulein Fasterding kam von der unteren Etage herauf. »Herr Reissiger ist gestern abgereist. Sind Sie der dänische Sänger? Dann habe ich einen Brief für Sie.«

Sie gab Joseph einen Umschlag. Er riß ihn auf. »Liebes Chamäleon. Solltest du dich für eine feste Farbe entscheiden, dann kontaktiere mich unter der folgenden Adresse. Ich habe das Gefühl, wir werden uns wiedersehen. Dein Deutschlehrer Walther.«

Joseph ging die Treppe hinunter und grüßte mit dem Brief in der Hand das junge Mädchen.

Sie war sehr hübsch. Er blieb stehen. »Danke, Fräulein Fasterding. Kannten Sie Herrn Reissiger gut?«

»Nein, er sprach niemals mit irgend jemandem. Sie waren der einzige, der ihn besuchte. Bis gestern. Da kamen zwei Männer, und danach ist er abgereist.«

Ein großer rothaariger Mann betrat die Treppe. »Mit wem sprichst du da, Marlis?«

»Mit einem Freund von Herrn Reissiger, einem dänischen Sänger«, sagte Marlis und errötete.

»So, Sie sind also Däne und Sänger. Böse Leute haben

keine Lieder.« Herr Fasterding brach in dröhnendes Gelächter aus, das in asthmatisches Krächzen überging. »Dänen habe ich gern. Die sind lustig. Kommen Sie doch in unser Wirtshaus. Es macht Ihnen doch nichts aus, daß Marlis serviert, oder?«

Er tätschelte seiner Tochter den Hintern. »Ich habe sie angewiesen, immer nett zu den Gästen und ihrem alten Vater zu sein.« Er zwinkerte Joseph zu. Marlis schaute verlegen auf den Boden. Joseph sah sie an. Das arme Mädchen – so tüchtig und hübsch, und dann so einen Pascha zum Vater!

Er verbeugte sich zum Abschied. Als er über die Straße ging, hörte er, wie ein Fenster geöffnet wurde. Er schaute auf. Marlis stand am Fenster und winkte.

Joseph ging gedankenversunken zum Hotel zurück. Walther war abgereist. Einerseits war er erleichtert. Aber hatte Walther vielleicht recht gehabt? War er wirklich ein Chamäleon? Darüber mußte er nachdenken. Er verschränkte die Arme hinter dem Kopf und schaute an die Decke. Dort befand sich ein Feuchtigkeitsfleck. Er sah aus wie Deutschland. Was geschah, wenn ein Krieg ausbrach? Dann mußte er nach Hause.

## 10

»Steh doch auf, Vater. Du hattest versprochen aufzustehen und ordentliche Sachen anzuziehen, bevor er mich abholt.« Marlis stand unruhig hinter der Gardine und behielt die schmale Straße im Auge.

Matthias Fasterding erhob sich mühsam von dem roten Plüschsofa, suchte nach seinen Schuhen und versuchte seine geschwollenen Füße hineinzuzwängen.

»Hast du dich um Mutter gekümmert? Ich finde, es riecht.«

»Ja, hab ich. Wenn ich es nicht mache, macht es ja keiner.«

Matthias Fasterding latschte durch das Schlafzimmer. Er erschien in der Tür, während er mit dem steifen Kragen kämpfte.

»Oh, hast du das Kostüm angezogen? Heute schnappt die Falle zu, was? Der arme Mann.«

Marlis antwortete nicht. »Laß dir ja kein Kind andrehen«, sagte Fasterding und zog ächzend seine Jacke an.

»Es gibt Männer, die andere Dinge im Kopf haben als du«, sagte Marlis scharf. Sie zupfte ein paar welke Blätter von den Blumen und zog die Gardinenschnur gerade, damit sie genau in der Mitte des Fensters hing.

»Was macht ihr eigentlich während all dieser Spaziergänge in der Umgebung?« fragte ihr Vater.

»Wir unterhalten uns. Joseph ist ein vornehmer Mann. Er wird ans Theater in Kopenhagen zurückkehren. Unmittelbar, bevor er hierher kam, hat er sich scheiden lassen. Seine Frau hatte einen anderen gefunden.«

»Ein Hahnrei? Auch das noch. Das muß ein merkwürdiger Mann sein, der mit so was hausieren geht. Wenn mich das beträfe, würde ich zu niemand ein Sterbenswörtchen sagen. Schon gar nicht, wenn . . .« Fasterding reinigte seine Zähne, zog den Zahnstocher heraus und betrachtete ihn nachdenklich.

»Wenn was?« fragte Marlis.

»Wenn er wirklich auf etwas aus ist. Dann muß man den Damen eine romantische Geschichte erzählen. Oh, und dann tut man ihnen plötzlich so leid, und dann erlösen sie einen. Ach ja, man ist selbst mal jung gewesen.«

»Da kommt er. Also benimm dich ordentlich.« Marlis eilte zur Tür und öffnete sie. Fasterding rückte den Schlips gerade und erhob sich.

Joseph kam verlegen herein. Er hatte einen Blumenstrauß in der Hand. »Der ist für deine Mutter, Marlis.«

Marlis tauschte einen Blick mit ihrem Vater.

»Danke, wie nett von dir.« Sie nahm die Blumen und ging zum Alkoven. Der Vorhang war vorgezogen. Joseph stand hinter ihr, hielt die Hände auf dem Rücken und schaute sich um. Alles war sauber und ordentlich, doch roch es schwach, wie nach verdorbenem Fleisch. Marlis zog an einer Schnur, und der Vorhang glitt zur Seite.

In der Nische lag eine bleiche Frau, deren Haare zu einem Kranz geflochten waren. Ihr Kinn ragte hervor; der Hals war eingefallen. Ein Arm war skelettartig dünn, der andere hingegen geschwollen und blau. Sie entblößte ihre Zähne zu einem gequälten Lächeln. Ihr schneeweißes

Bettzeug war mit Stickereien und die Kissen mit Zierkanten versehen.

»Liegt sie nicht schön da?« fragte Marlis stolz.

»Marlis kümmert sich um ihre Mutter, als sei sie eine Porzellanpuppe«, sagte Fasterding. »Sie hat Krebs.« Joseph wurde übel von dem Geruch. Er schaute an die Wand, um die Kranke nicht anstarren zu müssen. Dort hing ein Gemälde. Ein kleines Mädchen in blauem Kleid betrachtete einen Kanarienvogel in einem Käfig.

»Joseph hat Blumen mitgebracht, Mutter.« Marlis beugte sich über die kranke Frau. Sie reagierte nicht. Als Marlis ihren Kopf drehte, fiel er zur Seite, während ihr der Speichel in langen Fäden aus dem Mund lief. »Zieh den Vorhang wieder vor, Marlis«, sagte ihr Vater mit einem Blick auf Joseph.

Marlis zog an der Schnur und drehte sich lächelnd um.

»Möchtest du ein Glas Wein, Joseph?«

Fasterding schlug Joseph auf die Schulter. »Und, hat Ihnen die Ochsenschwanzsuppe neulich geschmeckt?«

»Ja, danke.« Joseph begann zu schwitzen. Wenn sie sich doch einfach auf den Weg machen könnten. Ihm war schlecht. Fasterding öffnete eine Flasche Wein. »Setzen Sie sich, junger Mann.«

Joseph setzte sich auf den Stuhl. Marlis war hinausgegangen, um Gläser zu holen. »Ja, der Geruch ist gewöhnungsbedürftig«, sagte Fasterding stolz.

Joseph starrte auf den Tisch. Marlis stellte drei grüne Gläser mit gewundenem Fuß auf den Tisch.

»Gesundheit«, sagte Fasterding und leerte das Glas. »Marlis muß um sechs wieder zu Hause sein. Wir öffnen die Wirtschaft um sieben.«

Als sie auf die Straße traten, nahm Marlis Josephs Arm. Er blickte sie verliebt an. Sie war ein Geschenk. So jung, so frisch, und immer guter Laune. Wenn man sich vorstellte, was sie täglich zu ertragen hatte. Der Vater nutzte sie aus, und die Mutter – eine lebendige Leiche.

Joseph tätschelte liebevoll ihre Hand. Sie »gingen« jetzt seit vierzehn Tagen miteinander. Es war so romantisch mit Marlis. Sie gab ihm das Gefühl, ein richtiger Mann zu sein. Sie war so unkompliziert, und in Deutschland machte man sich wie in alten Tagen den Hof. Sicher war sie noch Jungfrau. Wenn man sie im Wirtshaus beobachtete, konnte man, aus dänischer Sicht, schon Zweifel bekommen. Die Männer hoben ihre Schürze hoch, und einige hauten ihr auf den Hintern. Doch ansonsten wurde sie allem Anschein nach nicht angerührt, und wenn man lange genug hinschaute, spürte man deutlich, daß die Männer sowohl vor ihr als auch dem Alten Respekt hatten.

Es war sonderbar, daß sie so beengt wohnten. Die Wirtschaft schien gut zu laufen. Marlis hatte erzählt, ihre Mutter schlafe in der Stube und sie und der Vater in einem Zimmer, das durch einen Vorhang unterteilt war. Merkwürdig, daß sie kein eigenes Zimmer hatte. Sie war doch 19 Jahre alt.

»Heute gehen wir in die Konditorei.« Joseph wollte sie verwöhnen, sich ihrer annehmen. Sie besuchten die Konditorei an der Hauptstraße. Dort gab es Marmortische, Palmen und schwarzgekleidete Serviererinnen mit weißen, gestärkten Schürzen. Bei schlechtem Wetter pflegten die Kurgäste ihre Vormittage in der Konditorei zu verbringen. Die Klientel war elegant. Man konnte Domino spielen und internationale Zeitschriften lesen, die an Haltern aus Mahagoni befestigt waren. Die heiße Schokolade servierte man mit einem Glas Eiswasser. Die Serviererin brachte

Josephs Lieblingskuchen, Schwarzwälder Kirschtorte mit Schokoladenboden und eingemachten Kirschen.

»Wo bleiben eigentlich all die Kuchen, die du ißt?« fragte Joseph lachend. Marlis schlug mit der Serviette nach ihm und legte die Kuchengabel hin.

Er betrachtete sie. Vielleicht hätte er so eine Ehefrau haben sollen. Einfach und unkompliziert. Würde er jemals wieder heiraten, sollte sie jedenfalls ein fröhliches Wesen besitzen. Er wollte auch ein Mädchen haben, das zu ihm aufblickte. Wie ärgerlich, daß er abreisen mußte. Vor vierzehn Tagen hatte er noch Heimweh gehabt. Wie die Dinge sich änderten! Sie hatten kaum noch Zeit, sich bis zu seiner Abreise richtig kennenzulernen. Jetzt kam es schon vor, daß er richtig scharf auf sie war und aufgewühlt nach Hause ging.

Er hatte das Gefühl, wieder jung zu sein. Manchmal schien es ihm, als lebe er sein Leben rückwärts. Er hatte als altes Kind begonnen, als Kind, das die Erwachsenen von Anfang an durchschaute. Niemand hatte ihm etwas vormachen können. Bevor er sechs Jahre alt war, hatte er alle durchschaut. Er hatte keine Kindheit gehabt, an die er gerne zurückdachte. Er hatte sich immer danach gesehnt, so weit zu kommen, daß er über sich selbst bestimmen und sein eigenes Leben führen konnte.

Doch nun litt er darunter, von seiner Familie so abhängig zu sein, daß er sich unablässig für sie verantwortlich fühlte. Damit rechneten sie übrigens auch.

Marlis und Joseph spazierten aus der Stadt hinaus. »Jetzt sehen sie uns nicht mehr«, sagte Marlis lachend und nahm seine Hand. Sie gingen anderthalb Stunden. Marlis kannte jeden Pfad. Joseph erzählte von seiner Zukunft als Sänger, von seiner Familie, seinen Gedanken und Idealen.

Marlis ging neben ihm her und machte sich so ihre Gedanken. Wenn er sie anblickte, nickte sie eifrig. »Sie hängt an meinen Lippen«, dachte Joseph vergnügt und genoß die Situation.

Marlis hatte für diesen Tag gewisse Pläne. Sie begann zu summen, während sie bergauf gingen. »Als ich klein war, habe ich hier gespielt. Mein Onkel und meine Tante besitzen dort drüben einen Hof.« Sie trat auf einen Pfad und zeigte in die Richtung. »Und dort ist meine Höhle.«

Joseph zog sie an sich und küßte sie auf den Mund. Sie hielt ihre weichen Lippen geschlossen, während sie rasch die Augen schloß. Was würde er wohl zuerst tun? Ihre Brüste berühren oder sie auf den Rücken legen? Sie entschied, daß er sich zunächst mit ihren Brüsten begnügen mußte. Solange er nicht sagte, daß er sie liebte, durfte er nicht unter ihren Rock fassen.

Joseph setzte sich auf den Boden und zog sie zu sich herunter. Er küßte sie erneut; ihre Unterlippe war weich und schmeckte süß. Sie hielt den Mund halb geschlossen. Vielleicht war sie noch völlig unschuldig. Er versuchte behutsam, ihren Mund mit seiner Zunge zu öffnen. Marlis hatte die Augen immer noch fest geschlossen. Männer waren doch alle gleich. Immer mußten sie es probieren. Plötzlich bekam sie gewaltige Lust, ihn herauszufordern und zu erregen. Sie begann ihn mit der Zunge zu küssen; ihr Mund wurde feuchter. Joseph war überrascht. Ihre Hand glitt zu seinem Nacken hinauf, während sie sich an ihn schmiegte. Sie nahm seine Hand und legte sie auf ihre Brust.

He, he, das war wirklich eine Frau, die wußte, was sie wollte! Das kam für Joseph ziemlich unerwartet. Beunruhigt schaute er sich um. Wenn nur niemand vorbeikam! Sie konnten doch nicht hier liegen und alle möglichen

Dinge treiben. Sie drückte ihr Knie zwischen seine Beine, während sie ihn küßte und herausfordernd ansah. Verlegen stand er auf. »Aber Marlis, was ist, wenn jemand vorbeikommt?«

Auch sie stand plötzlich auf und fing an zu laufen, während sie ihm zuwinkte. Er lief ihr nach, kam sich aber etwas albern vor. Warum war sie auf einmal so närrisch geworden?

Sie lief bis zum Waldrand. Er setzte ihr nach. Sie war verschwunden, wie von der Erde verschluckt. »Marlis, wo bist du?«

Da erklang hinter ihm ein Lachen. Er drehte sich um. Wo, zum Teufel, steckte sie nur? Er schaute nach unten, wo entlang eines Abhangs einige Büsche standen. »In meiner Höhle«, sagte sie lachend und schaute unter einem der Büsche hervor. Ihre Haare hingen an einer Seite hinab, und im Ausschnitt konnte er ihre runden Brüste erkennen, wenn sie sich bückte. Er lachte und krabbelte ihr nach. Marlis saß unter den Büschen, deren Blätter ein Dach bildeten. Zu seiner Überraschung entdeckte Joseph dort eine gehäkelte Decke aus farbigen Rechtecken. »Hattest du die Decke mitgenommen?«

Sie schüttelte den Kopf, schlang die Arme um seinen Hals und zog ihn zu sich auf die Decke, legte sich auf ihn und küßte Josephs Mund, Hals und Wangen.

»Zur Hiiilfe!« rief Joseph lachend und legte die Arme um ihre Taille. Hatte sie das etwa alles vorbereitet? Plötzlich fühlte er sich bedrängt. Worauf ließ er sich ein? Er sah Fasterdings fettes Gesicht vor sich, das Café, den Vorhang und die Mutter. Marlis begann siegessicher, Josephs Hemd und Weste aufzuknöpfen. Joseph griff sich ihr Hinterteil und überlegte fieberhaft, wie er ihr entgehen und gleichzeitig seine Männlichkeit beweisen konnte. Seine Erregung steigerte sich. Das war ja einfach unglaublich, was dieses Mädel hier anstellte! Niemals zuvor hatte er so etwas ausprobiert. Er zog seine Hose aus. Marlis streifte mit glühenden Wangen ihre spitzenbesetzte Unterhose ab. Sie stand plötzlich direkt vor ihm und nur noch mit dem Korsett bekleidet da, so daß er unmittelbar zu ihr aufschauen konnte. Ihm fiel ihre starke Behaarung auf. Anna hatte nur ein kleines dunkles Büschel über der Scheide, doch sie rasierte sich offenbar auch dort. Bei Marlis hingegen wuchsen dichte, buschige Haarlocken vom Nabel hinab in ein Dreieck.

Sie legte sich neben Joseph, zog ihn auf sich und spreizte die Beine. Er legte die Hand auf ihre Scheide und steckte prüfend den Finger hinein. Sie war bereits völlig naß. Marlis griff mit der Hand in seine Hose. Joseph hielt den Atem an. Was war das, was zum Teufel? Er erschlaffte, das spürte er. Entschlossen versuchte er, an etwas Schamloses zu denken, andere Gedanken auf Distanz zu halten, sich zu konzentrieren. Ihre Hand bewegte sich auf und ab und begann routiniert sein Geschlecht zu massieren. Um Gottes willen, jetzt verlor es jede Festigkeit und krümmte sich zusammen. Joseph schob ihre Hand weg. Die Röte schoß ihm ins Gesicht. Nein, nicht schon wieder. Wie peinlich! Er mußte krank sein. Panisch stand er auf. Marlis lachte und schaute verwundert sein Geschlecht an.

»Du mußt entschuldigen. Irgendwas scheint mit mir nicht zu stimmen. Das ist mir noch nie passiert«, sagte Joseph voller Scham und zog rasch seine Hose an.

Er schaute sie an. »Das ist mir schrecklich unangenehm. Entschuldige bitte! Ich glaube, es ist unmöglich. Ich muß jetzt gehen. Entschuldige.« Er klopfte seine Hose ab und eilte davon.

»Warte doch!« rief Marlis. »Das macht doch nichts, Schatz.«

Ohne sich noch mal umzudrehen, begann Joseph zu laufen. Er war sicher, ihr Lachen zu hören.

Als er nach Hause kam, goß er sofort Wasser in eine Schüssel und wusch sich mit der edlen, gelben Mandelseife, die er gerade gekauft hatte, am ganzen Körper.

Ärgerlich betrachtete er seine schöne Hose, die an den Knien grüne Grasflecke hatte. Die ließen sich bestimmt nicht mehr entfernen. Er setzte sich aufs Bett und verbarg das Gesicht in den Händen. Er hatte Heimweh. In vierzehn Tagen würde er seine Familie wiedersehen. Wenn er nach Hause kam, wollte er Johan fragen, ob er so was schon mal erlebt hatte. Johan würde sich nicht über ihn lustig machen. Marlis wollte er auf keinen Fall noch mal sehen. Das wäre ihm einfach zu peinlich. Heute abend mußte er singen. Wie sollte er das tun, wenn er so gar nicht in der richtigen Stimmung war? Das einzige, das er im Sinn hatte, war, sich aus dem Staub zu machen und eine Fahrkarte nach Kopenhagen zu kaufen.

Am nächsten Morgen war sein Fiasko schon etwas in den Hintergrund getreten. Es handelte sich einfach um ein Erlebnis, das er so schnell wie möglich vergessen mußte. Er begab sich in die Eingangshalle, um die Tageszeitungen zu studieren. Auf der Treppe blieb er stehen. Dort saß sie: Marlis Fasterding, in grauem Kostüm und mit Sonnenschirm. Mitten auf dem Korbsofa unter einer Fächerpalme. Die Hotelleiterin stand in der Portierloge und tat so, als ob sie Staub wische, während sie Joseph nicht aus den Augen ließ. Marlis erhob sich lächelnd, und Joseph spürte, daß er errötete, sein Hals trocken wurde und seine Knie zu zittern begannen. Marlis ging auf ihn zu und streckte die Hand aus. »Komm Joseph, laß uns einen Spaziergang machen. Ich muß dir etwas sagen.«

Joseph wünschte eine verzweifelte Sekunde lang, der Marmorboden würde sich unter ihm auftun, ihm würde schwindlig, er könnte in Ohnmacht fallen oder plötzlich ein Telegramm entgegennehmen.

Doch nichts davon geschah. Marlis nahm seinen Arm, und Joseph trottete gebeugten Hauptes mit ihr davon.

# 11

»Wo willst du hin?« Johan stand mit Valborg am Arm im kleinen Eingangsbereich.

»Nach draußen«, sagte Juliane und nickte ihm freundlich zu. »Es ist doch Sonntag.« Johan schnupperte erwartungsvoll. »In der Speisekammer ist gebratene Leber«, sagte Juliane, nickte und verschwand, ohne zu winken, die Treppe hinunter.

Valborg fummelte nervös an einem Knopf ihrer Jacke. Sie fürchtete sich vor ihrer Schwiegermutter und war davon überzeugt, sie habe übernatürliche Kräfte. Konnte sie Johan nicht geradezu nach Hause »denken«, wenn dieser auf Sauftour war? Wenn er länger als einen Tag verschwunden blieb, ging Valborg zu Juliane. Juliane gab ihr eine Tasse Kaffee, setzte sich an den Nähtisch im Erker und trommelte mit den Fingern, während sie ungehalten aus dem Fenster spähte.

Valborg saß mit ihrem Strickzeug in der Ecke und trocknete sich hin und wieder die Augen, während sie darüber nachdachte, was sie tun konnten, sollte Johan Hab und Gut versoffen haben. Sie traute sich nicht zu schluchzen, weil ihre Schwiegermutter sie dann mißbilligend ansah. Im Wohnzimmer war es still. Valborg hörte nur das Trommeln von Julianes dicken, ringbesetzten Fingern. Eine Stunde später hörten sie Johan singend die

Treppe hinaufkommen, und Juliane riß die Tür auf. Johan stand schwankend in der Tür und hatte verschiedene Verteidigungsreden vorbereitet.

Heute statteten sie Juliane einen späten Besuch ab, um sie ein wenig auszuspionieren. Die Brüder und Thora hatten sich in der letzten Zeit über ihre Mutter gewundert. Nie war sie zu Hause, und obwohl sich die Schwiegertöchter für gewöhnlich über das enge Verhältnis ihrer Männer zu Juliane beklagten, beunruhigte es sie, wenn sich Juliane zu stark absonderte. Das war sonderbar und besorgniserregend, wie ein überraschendes Unwetter mitten im Winter.

»Irgendwas führt sie im Schilde«, sagte Johan zu Valborg, als die Tür sich hinter seiner Mutter schloß. »Sollen wir ihr nachgehen?«

»Das merkt sie. Du weißt doch, daß sie Augen im Hinterkopf hat«, sagte Valborg.

Sie deckten den Tisch, stellten das Essen hin und aßen schweigend die Leber.

»Die ist aber nicht zart«, sagte Johan und legte ein Stück halb gekaute Leber auf den Tellerrand.

Juliane nahm die Straßenbahn nach Kongens Nytorv, stieg aus, schaute sich gründlich um und ging dann hinunter zur Tordenskjoldgade. Sie betrat ein kleines Geschäft. »Stickereien, Hohlsäume und Plissees« stand dort in enger, goldener Schreibschrift. Sie durchquerte den Verkaufsraum und schlug den Vorhang zum anliegenden Wohnbereich zur Seite.

Ein eleganter Herr in schwarzem Jackett mit Samtrevers und weißem, sorgfältig frisiertem Bart schlang die Arme um Juliane.

»Heute glaubte ich schon, sie würden mir folgen«, sagte sie lachend und nahm den Hut ab.

Der Geschäftsmann Theodor Jørgensen war Julianes neuer Freund. Sie waren einander bei einem Basar der Handwerkervereinigung begegnet, wo Theodor Jørgensens Kanevasmuster und orientalische Stickereien großen Anklang gefunden hatten.

Rikke und Josephine hatten auf der Wohltätigkeitsveranstaltung Apfelschnitze serviert und waren von Juliane unterstützt worden. Theodor war ihr sofort aufgefallen, und noch bevor das letzte Apfelstückchen verschwunden war, hatte sie seine Bekanntschaft gemacht. Jetzt kannten sie sich bereits seit drei Monaten, und niemand in der Familie hatte auch nur die leiseste Ahnung, daß ihre Mutter, Schwieger- und Großmutter mehrmals in der Woche ein Handarbeitsgeschäft in der Tordenskjoldgade aufsuchte, ohne sich im geringsten für Kanevas oder Hohlsäume zu interessieren.

»Warum eigentlich diese Geheimniskrämerei?« fragte Theodor etwas irritiert und schenkte Juliane ein Glas Portwein ein.

»Weil ich endlich einen Bereich haben möchte, in den sich die Kinder nicht einmischen.« Sie prostete ihm zu und nahm seine schmale, weiche Hand zwischen ihre starken Finger. »Außerdem würden sie die Konstellation nicht verstehen.«

»Welche Konstellation?«

»Na ja, so ein zarter Mann wie du und so eine alte, dicke Frau.«

»Eine reizende Person.« Er lachte und schüttelte den Kopf.

»Ja, das bist *du*. Immer elegant gekleidet und beinahe ein Künstler. Du entwirfst deine eigenen Muster. So jemand wie du ist ihnen fremd; sie würden dich nur für einen Spinner halten. Niemals würden sie entdecken, wie humorvoll, nett und zuvorkommend du bist.«

Sie blickte ihn verliebt an und berührte seine Wange. »Ich bin für sie immer Mutter und Vater zugleich gewesen. Sie haben mir eine Rolle zugewiesen, und ich muß sie spielen. Ich bringe sie zu einem ganz bestimmten Verhalten, und sie mich. Das ist wie ein Spiel, das niemals endet. Dafür ist bei uns daheim zu viel geschehen.«

Sie drückte seine Hand und schaute in seinen Schoß. Er erhob sich und schloß die Ladentür ab. »Erst wenn du da bist, ist wirklich Sonntag, Juliane.«

Theodor Jørgensens Wohnung ging zur Straße hinaus. Sie bestand aus einer Stube, einem Schlafzimmer, der Küche und einem Vorratsraum, der auch als Werkstatt diente. »Mein Atelier«, sagte er. Hier saß er und entwarf seine Muster. Sein Geschäft lief gut; orientalische Stickereien waren in Mode. Er verkaufte aufwendige Kanevasstickereien und Petit-point-Taschen; außerdem war er ein Meister im Perlenbesticken von Abendkleidern.

Er war zweiundsechzig Jahre alt und Junggeselle. Viele Jahre hatte er mit seiner Mutter zusammengelebt. Durch seine temperamentvolle und aufgeschlossene Art hatte er viele Frauen kennengelernt, doch niemals Lust zu heiraten verspürt. Seine Mutter war sein bester Freund gewesen. Sie reisten zusammen und hatten die gleichen Interessen: Kunst, Theater und Mode.

»Es hört sich vielleicht so an, als hätte Mutter all meine Freundinnen vergrault, um mich für sich allein zu haben. Aber so war es nicht. Ich hatte einfach am meisten Spaß mit ihr. Niemals hat sie sich in etwas eingemischt. Sie hätte es gerne gesehen, wenn ich geheiratet hätte. Im Grunde schämte sie sich wohl etwas darüber, daß ich Junggeselle war. Vielleicht befürchtete sie auch, ich könnte homosexuell sein. Doch wenn ich jemand kennenlernte, wurde ich der Beziehung nach kurzer Zeit überdrüssig. Entweder war es zu langweilig oder zu anstrengend.

Niemals ließen sie einen in Frieden. Ich muß mich in meiner eigenen Welt frei bewegen können, in meinen Farben, meinen Mustern und Phantasien. Ich muß meinem Drang, etwas Schönes zu schaffen, ungehindert nachgehen können. Nach Mutters Tod war ich wirklich einsam. Bis ich dich getroffen habe. Ihr seid euch ähnlich.«

»Das dachte ich mir. Jetzt soll ich auch noch deine Mutter ersetzen«, stöhnte Juliane. Sie lachten beide.

Juliane genoß es, ihn zu besuchen, bewundert und geliebt zu werden. Es hatte sie überrascht, daß er auch ein guter Liebhaber war. Am Anfang hatte sie ganz und gar nicht damit gerechnet, daß ihre Beziehung anders als freundschaftlich sein könnte.

Juliane schmiegte ihre Wange an seine. »Weißt du, was mir aufgefallen ist?« Er schüttelte den Kopf und zog sie an sich. »In meinem Alter bekommt eine Frau, die sich sonst vor gar nichts fürchtet, plötzlich Angst, eine lächerliche Figur abzugeben.«

Es war ihr immer noch peinlich. Wenn sie aus dem Bett aufstand, wickelte sie die Decke um sich, damit er nicht ihren Bauch und ihre dicken Schenkel sah.

»Ich möchte mich völlig verändern. Ich will wieder schlank sein, mehr lesen, und du mußt mir alles über Maler und Schriftsteller erzählen. Ich bin so ungebildet. Du beherrschst ja auch Sprachen.« Juliane nahm ein englisches Modemagazin von seinem Tisch. »Kannst du mir daraus vorlesen?«

»Dazu setzen wir uns aufs Bett. Ich habe uns einen Imbiß zurechtgemacht.«

»Aber Theodor . . .«, sagte Juliane schmunzelnd.

Auf Theodors Bett lagen cremefarbene Seidenkissen und darüber ein aufgespannter Himmel aus rotem Brokat. Er balancierte ein Tablett mit kleinen Sandwiches, Weißwein und einer Rose, die in einem silbernen Eierbecher stand.

»Stören dich eigentlich nie die Krümel im Bett?« fragte Juliane.

Sie setzten sich mit dem Tablett zurecht. »Lies jetzt!« bat Juliane ungeduldig.

Theodor nahm die Zeitschrift zur Hand. »Miß Julie Henderson trug ein elfenbeinfarbenes Satinkleid mit goldenem Gürtel. Es hatte aufgenähte Spitzen und war mit Simili und Perlen bestickt. Sie trug seidene Schuhe mit Spangen aus Filigran und einen Fächer. Ihr Haar war zu einem Chignon hochgesteckt und mit einer Straußenfeder verziert.«

»Die Schleppe am Hof darf nicht länger als drei Meter lang sein«, sagte Juliane. »Steht da auch etwas davon, was Königin Mary anhatte?«

Theodor schüttelte den Kopf.

»Dann lies mir die Gästeliste vor«, sagte Juliane.

Theodor lächelte. »Du kennst sie doch gar nicht.«

»Nein, aber die Namen sind so romantisch«, sagte Juliane und verschränkte die Arme hinter dem Kopf.

Als Theodor den letzten Namen vorgelesen hatte, war sie fest eingeschlafen.

# 12

Joseph hielt sich am Geländer vor dem Café Osborne fest, verharrte einen Moment und atmete durch. Puh! Ihm drehte sich alles. Drinnen im Café hatte er nichts bemerkt. Aber jetzt ... Das war auch kein Wunder, denn seit zwei Uhr nachmittags hatte er mit den Kollegen aus dem Chor zusammengesessen und getrunken.

Er richtete sich auf und bemühte sich, einen nüchternen Eindruck zu machen. Niemals hatte ihn jemand betrunken gesehen. Man mußte einen Schwips überspielen können, und er vertrug mehr als die meisten anderen. Das lag vielleicht an seiner guten Verbrennung; dünn war er immer noch. Wenn sie ihn am Theater aufziehen wollten, nannten sie ihn »Rabe« wegen seiner großen Nase und den schwarzen Haaren, die ihm immer in die Augen fielen. Er war nicht unzufrieden mit seinem Spitznamen. Er klang interessant.

Wie spät war es eigentlich? Er zog die Uhr aus der Westentasche und registrierte peinlich berührt, daß es halb eins war. Um Gottes willen, das gab wieder Ärger. Wie hatte er das nur vergessen können. Jetzt war es zu spät, um zu ihr zu gehen. Außerdem war er betrunken. Elna, seine Freundin aus dem Chor, saß zu Hause und wartete mit dem Abendessen auf ihn. Sie hatte sich bestimmt auf einen gemütlichen Abend gefreut, auf das gemeinsame Essen, ein wenig zu proben und dann ins Bett zu gehen. »Joseph, du bist ein Schuft. Das geht einfach nicht. Du mußt sehen, daß du wieder ins rechte Gleis kommst.« Er nahm sich selbst ins Gebet, während er nach Kleingeld für die Straßenbahn suchte.

Kein Geld mehr. Dann mußte er also in die Ingerslevsgade laufen. Es war kalt. Die Schuhe waren löcherig und seine Füße wurden langsam klamm. Er fror an den Zehen. Wenn er nur nicht wieder was mit dem Hals bekam. Man mußte immer auf die Stimme achtgeben. Er drückte das Kinn in den Mantel und schlug den Kragen hoch.

Als er nach Hause kam, war er beinahe nüchtern. Er wollte seine Sachen einfach auf den Boden fallen lassen und sich ins Bett werfen.

Doch er besann sich. So durfte er sich nicht benehmen. Langsam zog er die Kleider aus und hängte sie sorgfältig auf einen Bügel, putzte sich die Zähne und wusch seine Hände. Zufrieden mit sich selbst ging er ins Bett. Der Kopf fiel aufs Kissen; er hielt die Augen kurz geschlossen, dann stand er verärgert auf und starrte die Lampe an.

Warum mußte das Bett immer rechts herum spazierenfahren, wenn er betrunken war? Konnte es nicht einmal links herum gehen?

Er legte sich wieder hin und wartete. Vielleicht mußte er sich übergeben. Schließlich fiel er in Schlaf.

Als er aufwachte, war es ein Uhr. Er schreckte auf und nahm eine Dusche in dem kleinen Bad, in dem er beinahe in der Toilette stehen mußte, um in den Genuß seiner cleveren Einrichtung zu kommen: einen Gummischlauch mit Duschkopf, den er an den Wasserhahn angeschlossen hatte.

Er betrachtete sich lange im Spiegel, zog das untere Augenlid nach unten und schaute die Schleimhäute an.

»Die sind völlig gelb«, konstatierte er betrübt. »Du siehst aus wie eine Zigarettenkippe.« In letzter Zeit hatte er sich immer öfter bei Selbstgesprächen ertappt.

Es war jetzt zwei Jahre her, daß er aus Deutschland heimgekehrt war, und was war in der Zwischenzeit geschehen? Der Krieg war ausgebrochen. Davon spürte er in seiner Welt nicht allzuviel. Doch für ihn persönlich hatte sich nichts weiterentwickelt, und dieses Bewußtsein nagte an ihm.

Er konnte nicht mehr richtig fröhlich sein, denn es schien ihm, als könne er seine eigene Situation nicht mehr selbst beeinflussen. Er bewegte sich wie auf Schienen, die im Moment nach unten führten, darüber war er sich im klaren. Er machte sich eine Tasse Kaffee und schmierte sich ein Roggenbrot mit Kümmelkäse. Joseph hob die halbhohe Küchengardine vor dem Fenster etwas an. Draußen war es grau und dunkel. Die große Wohnanlage in der Ingerslevsgade war ziemlich neu, machte aber bereits einen schmutzigen Eindruck. Sie war eine von vielen neuen Komplexen mit modernen Wohnungen, von denen selbst die kleinsten über eine Toilette und fließendes Wasser verfügten. Unten im Hof spielten ein paar Kinder. Eine Hausfrau schleppte einen rot und blau gemusterten Axminsterteppich nach draußen. Mit Mühe warf sie ihn über eine Eisenstange und fing an, ihn auszuklopfen.

In den Eigentumswohnungen lebten vor allem junge Arbeiterfamilien. Die konnten sich vieles leisten. Zumindest mehr als die Arbeiterfamilien in seiner Kindheit.

Erneut dachte er ans Theater. Er mußte der Wahrheit ins Auge sehen. Im Chor war er nur einer von vielen. Niemand schenkte ihm besondere Aufmerksamkeit. Am Abend war er mit den Kameraden zusammen oder machte es sich bei Elna gemütlich. Er krümmte sich zusammen.

Nachdem er aus Deutschland heimgekehrt war, hatte er rasch die Verbindung zu Elna wieder aufgenommen. Die Beziehung zu Marlis Fasterding hätte ihn fast das Leben gekostet. Sie schrieb, schickte Pakete und hatte einmal sogar im Theater angerufen. Das hatte ein ziemliches Gerede nach sich gezogen. Die Erinnerung an sein schreckliches Fiasko machte ihm nichts aus. Ihr erster Brief hatte nichts anderes als Versicherungen enthalten, so etwas könne allen Männern passieren. Jetzt hatte er seine Niederlage also auch noch in hübscher Handschrift und geschwungenen, deutschen Buchstaben vor Augen. Das war zu demütigend. Er hatte natürlich nicht geantwortet, wurde aber über einen langen Zeitraum hinweg von Herzklopfen und Übelkeit befallen, wenn er die durch den Türschlitz eingeworfenen cremefarbenen Kuverts mit den deutschen Briefmarken sah, wenn er nach Hause kam.

Eines Tages fand Elna einen der cremefarbenen Umschläge. Sie, die immer nett und sanft war, sah ihn bloß betrübt an. »Ich möchte dich nicht bedrängen, Joseph, aber solltest du mir nicht erzählen, wenn du mit einer anderen Frau korrespondierst?« Er hatte nichts entgegnet, sondern sich einfach verhärtet, um aus dem Verhältnis herauszukommen, und zu seiner Verwunderung bemerkte er, daß Elna dies akzeptierte und nur noch verliebter in ihn wurde.

Elna hatte ein Kind, Christian, einen süßen und unkomplizierten Jungen, der vier Jahre alt war. Joseph mochte den Jungen und spielte gern mit ihm. Er wußte, daß Elna gewisse Hoffnungen hegte. Doch eines hatte er ihr von Anfang an klargemacht: Er wollte sich nicht binden. Dennoch war er manchmal in Versuchung geraten, sie zu heiraten, den Jungen aufzunehmen, ein ganz normaler Familienvater zu werden, ins Theater zu trotten und aus der Situation das Beste zu machen. Eines Tages würde wohl auch er seine Chance bekommen.

Zumindest hatte er ein festes Einkommen, und im Moment sprachen die Sänger davon, eine eigene Pension zu fordern.

Er durfte nur nicht aufgeben, noch nicht. Seine Gedanken hatten begonnen, sich vom Theater abzuwenden. Es mußte doch noch andere Möglichkeiten geben. Im Theater kam es ihm vor, als kämpfe er gegen einen Schlamm, in dem er immer tiefer versank. Wenn er sich die Älteren im Chor und der Kapelle betrachtete, bekam er es mit der Angst. Würde es ihm auch so ergehen? Endete man auf diese Art und Weise? Sie schlichen herum, redeten den Großen nach dem Mund, intrigierten und verschwanden, wenn sie Farbe bekennen sollten. Die älteren Sänger gaben sich Mühe, nicht aufzufallen. Als fürchteten sie, der Chef könnte plötzlich ihren Leichengeruch und ihre Überflüssigkeit bemerken. Das Theater war wie ein Dschungel. Manchmal vernahm man einen erstickten Schrei, doch wenn man sich umdrehte, um zu sehen, was passiert war, war alles still, und die Leute gingen ihrer Arbeit nach, als sei nichts geschehen. Es war nur eine weitere Entlassung, woraufhin die anderen vorübergehend kameradschaftlich zusammenrückten.

In der letzten Woche war er als Sprecher des Opernchors vorgeschlagen worden. Der Begriff »Arbeitersänger« klebte immer noch an ihm, das wußte er nur zu gut. Geschmeichelt hatte er ja gesagt, doch jetzt bereute er es. Gewerkschaftliche Arbeit stempelte einen ab. Wenn man sich dafür engagierte, kam man niemals ganz nach oben. Das war etwas für Underdogs. Aber er wollte den Berühmtheiten am Theater verdammt noch mal beweisen, daß er nicht klein beigab, obwohl Helge Nissen so gegen ihn intrigiert hatte, daß Joseph niemals das Debüt erhalten würde, das man ihm versprochen hatte.

Joseph rasierte sich. Das half. Die Trinkerei mußte ein Ende haben. Er band sich sorgfältig seine große Künstlerschleife unter dem Kragen und ging mit festen Schritten die Treppe hinunter.

Eines der Kinder hatte ein Asta-Nielsen-Plakat an die Wand geklebt.

Wie gut sie doch aussah! Er durfte nicht vergessen, Elna zur Entschuldigung einen Blumenstrauß zu kaufen.

Sie war heute nicht erschienen. Hoffentlich war alles in Ordnung. Sie hatte doch keine Dummheiten gemacht? Joseph wartete beunruhigt die Pause ab, dann ging er zu ihrer Freundin hinüber. Gerda hatte nichts von ihr gehört. Er bemerkte, daß die Damen Blicke tauschten, solidarische Blicke. Irgendwas lag in der Luft, das spürte er. Er hatte ihr die Blumen auf dem Weg zum Theater vor die Tür gestellt. Eine Karte mit seinem Namen steckte darin. Wenn nun irgendwas geschehen war, und man las seinen Namen . . . Man konnte in so vieles hineingezogen werden. Er war unkonzentriert und setzte zu früh ein. Der Dirigent klopfte ab. »Die Bässe sind nicht präzise.« Joseph duckte sich. »Wenn du nicht mal vom Blatt singen kannst, würde ich mir nicht soviel Mühe geben aufzufallen«, flüsterte hinter ihm eine Stimme. Wütend drehte er sich um. Doch er konnte nicht feststellen, wer geflüstert hatte. Die Sänger standen mit unbewegter Miene da und sangen. Nach dem Ende der Probe fragte er eine der Chordamen: »Ist Elna krank?«

»Das sollten Sie doch am besten wissen, Joseph Jensen«, entgegnete sie scharf. Sie drehte ihm demonstrativ den Rücken zu und nahm die bewundernden Blicke der anderen Damen entgegen.

Das beunruhigte Joseph. Oh, eine Abstrafung. Er sollte zu Kreuze kriechen. Die Chordamen schauten tuschelnd zu ihm hinüber.

Sollte er einfach nach Hause gehen und abwarten, bis sie schrieb oder ihn aufsuchte? Er hatte doch Blumen geschickt. Das mußte eine ausreichende Entschuldigung sein. Joseph ging langsamer und zwang sich zur Ruhe. Nein, es ging nicht. Wenn tatsächlich etwas geschehen war? Wer kümmerte sich dann um den Jungen? Er begann zu laufen, stürzte die Treppe hinauf und polterte gegen Elnas Tür. Sie öffnete sich langsam. Christian stand da und musterte ihn. »Wo ist deine Mutter?«

»Im Bett.«

Joseph stürzte ins Schlafzimmer.

Elna richtete sich auf. Sie sah schlaftrunken und verweint aus. Er umarmte sie erleichtert. »Kleine Elna, Gott sei Dank. Ich glaubte ...« Plötzlich bemerkte er ihr verwundertes Gesicht und hielt inne. »Ich dachte, du bist krank.«

»Bin ich auch«, sagte sie heiser. »Ich habe Halsschmerzen. Warum bist du nicht gekommen? Ich hatte hohes Fieber, du hättest mir so gut behilflich sein können. Meine Mutter konnte nicht auf Christian aufpassen.«

»Hast du die Blumen nicht bekommen?«

Sie nickte. »Doch, aber wo hast du gesteckt?«

Christian war hinter Joseph aufgetaucht und hing jetzt an seinem Hals.

»Ich war mit den anderen zusammen. Wir haben wohl ein bißchen viel getrunken.«

Elna stieß ihn von sich. »Wann wirst du endlich erwachsen, Joseph? Du trinkst zuviel im Moment. Das paßt nicht zu dir. Außerdem bist du zu schlecht vorbereitet. Die anderen sagen, du solltest ein bißchen aufpassen.«

Joseph setzte den Jungen auf seinen Schoß. Christian zog an seiner Jacke. »Spiel doch mit mir. Soll ich meine Mühle holen?«

»Gut, ich bin der Müller und komme mit meinem Pferdewagen und hole das Mehl ab.«

Joseph ergriff erleichtert die Gelegenheit, vom Thema abzulenken. Christian lief hinaus, um das Spielzeug zu holen. Joseph umarmte Elna und wollte ihren Hals küssen. Sie drehte den Kopf weg. »Nein, laß, ich steck dich nur an.« Unversehens setzte sie sich auf, so daß das Nachthemd über ihre hübschen, runden Schultern glitt. Ihre Haut war matt und sah stets so aus, als sei sie etwas sonnengebräunt. Joseph bekam gewaltige Lust auf sie und zog sie an sich.

»Kann Christian nicht zu den Nachbarn rübergehen, nachdem wir gespielt haben? Ich habe solche Lust auf dich.«

Sie sprang aus dem Bett und zog ihren Morgenrock an. »Ich schicke Christian zu den Nachbarn rüber. Aber ins Bett gehen wir nicht, falls du das glauben solltest. Wir müssen über etwas reden.«

Joseph legte sich deprimiert hin. Es sollte also geredet werden, immerzu sollte geredet werden. Er war der Erklärungen müde, der Begründungen, warum er ihr nicht in einem fort sagte, daß er sie liebe, warum er nicht über seine Gefühle sprach. Diskussionen über die Zukunft, Beschuldigungen, Vorwürfe. Frauen waren wie Taschendiebe, die im geistigen Eigentum anderer herumstöberten.

Christian protestierte, als er durch die Stube geschleift wurde. »Joseph und ich wollten spielen; ich will nicht.«

»Laß doch, Elna, es tut mir leid für den Jungen. Laß uns doch ein wenig spielen.« Es schmerzte ihn zu sehen, wie der weinende Junge kämpfte, um zu ihm zu kommen.

»Nein!« rief Elna wütend. »Jetzt reden wir miteinander.«

Christian wurde zur Nachbarin hinübergeschleppt, die das um sich tretende Kind mit verstehendem Blick in Empfang nahm und die Tür schloß.

Joseph erhob sich kampfbereit und vergrub seine Hände in den Taschen. Elna baute sich vor ihm auf. »Ich will nicht mehr, Joseph. Auch der Junge entwickelt eine zu enge Bindung zu dir. Dir ist es ja schließlich nicht ernst. Du willst nur alle Vorteile nutzen. Ich bin mit der Zeit eine Marionette für dich geworden. Ich erkenne mich selbst nicht mehr. Den ganzen Tag bringe ich damit zu, mir Gedanken zu machen, ob du am Abend kommen wirst oder nicht. Ob du gutgelaunt oder verstimmt sein wirst. Inzwischen denke ich schon mehr über deine Karriere nach als über meine eigene. Ich lebe dein Leben, will aber wieder meines und das von Christian leben.«

Sie sprach ruhig und besonnen. Joseph hatte eine Szene erwartet. Das Ganze machte ihn traurig. Er wandte ihr den Rücken zu und ging ans Fenster. »Willst du mich nicht mehr sehen?«

Es entstand eine lange Pause. Elna war gezwungen, sich hinzusetzen. Ihre Beine zitterten. Aber das durfte er auf keinen Fall sehen. Sie hatte nicht erwartet, daß er nur diesen Satz auf diese Art und Weise sagen würde. Er war beinahe darauf vorbereitet gewesen, so als käme ihm das sehr gelegen. Sie kämpfte mit den Tränen.

»Nein«, flüsterte sie.

»Ausgezeichnet, dann leb wohl, Elna.«

Er ging und schloß die Tür. Er war erschüttert und verwirrt, als er nach Hause kam. Plötzlich war es so still in der Wohnung. Joseph setzte sich in den Sessel und umklammerte die Armlehnen. »Wenn ich dich nicht habe, bin ich wirklich allein«, dachte er unglücklich. Er begann auf und ab zu gehen. Was war nur los mit ihm? Irgendein Übel mußte in ihm stecken, irgendwas verkehrt sein, daß er solche Schwierigkeiten mit den Frauen hatte. Immer ging es schief. Vielleicht lag es daran, daß er niemals richtig verliebt gewesen war. Konnte er sich überhaupt verlieben? Die große Leidenschaft hatte er niemals empfunden. Unter Umständen war das auch gut so, sonst verlor man seine Freiheit. Die war schließlich mehr wert. Doch es würde schwierig werden, Elna entbehren zu müssen. So viele Frauen hatte er nicht gekannt, und sie hatte ihm sein Selbstwertgefühl als Mann wiedergegeben. Sie verstanden sich gut im Bett, und sie wußte das. Auf einmal mußte er an Marlis denken, und die Schamröte schoß ihm bis über beide Ohren ins Gesicht. Er ging zum Regal hinüber, nahm ein Buch heraus, schenkte sich ein Glas Portwein ein, zündete sich eine Zigarre an, setzte sich in den Ohrensessel und legte die Beine hoch. Was gab es gegen einen frauenlosen Abend zu Hause eigentlich einzuwenden?

Drei Wochen hielt er es aus, ging ihr im Theater aus dem Weg, dachte Tag und Nacht an sie, versuchte sich unempfindlich zu machen, arbeitete und probte. Doch eines Nachts stand er auf und entschloß sich, ihr einen erklärenden Brief zu schreiben. Als es vier Uhr am Morgen geworden war, hatte er sechs Briefe entworfen. Alle landeten im Papierkorb. Er schraubte die Kappe des roten Füllfederhalters auf. Er kam einfach nicht weiter. Sollte er schreiben: »Liebe Elna, ich möchte gerne mit dir zusammen sein, bis ich die Frau finde, die ich wirklich liebe«? Zum Teufel noch mal, das ging natürlich nicht. Er stand auf und warf den letzten Briefbogen in den Papierkorb.

Dann ging er ins Bett und fand bis sieben Uhr keinen

Schlaf. Als er schließlich eingeschlafen war, schreckte er ruckartig auf, als es an der Tür klingelte. Es war neun Uhr. Vermutlich seine Mutter. Sie kam immer, wenn man nicht die geringste Lust verspürte, sie zu sehen. Joseph rollte sich aus dem Bett, stieß sich am Eßtisch die Zehen, hinkte zur Tür und riß sie fluchend auf. Da stand Elna, deren Augen hinter dem hohen Pelzkragen kaum sichtbar waren. »Ich habe es versucht, aber du fehlst mir zu sehr.« Sie warf sich ihm in die Arme. Joseph drückte sie an sich, hob sie hoch und trug sie ins Schlafzimmer. Langsam zog er sie aus, küßte sie sanft und betrachtete sie. Alles an ihr war rund und wohlgeformt. Nichts konnte ihn stärker erregen als der Anblick ihrer runden Gesäßbacken und der dunklen, gelockten Haare zwischen ihren Beinen; selbst ihre Schamlippen waren fest und rund. Er legte sich auf sie und spürte sein schlechtes Gewissen, als er in sie hineinglitt. Er schloß die Augen und verdrängte es. Sie erhob sich unter ihm auf alle viere, dehnte sich, streckte ihm ihre runden Gesäßbacken entgegen, drehte ihm ihr glühendes Gesicht zu und lächelte ihn glücklich an. Sie begann heftig zu keuchen, zuckte mit dem Kopf und ließ sich auf den Bauch fallen, als sie ihren ersten Orgasmus bekam. Joseph hielt sie eng umschlungen und flüsterte in ihren Nacken: »War das schön, meine kleine Geliebte?«

# 13

Juliane ging zum Eckschrank, öffnete die Tür und holte die Schnapsflasche heraus. Joseph war zum Sonntagslunch gekommen. »Ich muß mit Joseph über ein ernstes Thema sprechen«, hatte sie der Familie mitgeteilt, um zu vermeiden, daß, wie üblich, »zufällig« jemand vorbeischaute. »Es kommt selten vor, daß ich dich ganz für mich habe«, sagte sie liebevoll und legte ihre Hand auf seine, während sie einen großen Schnaps aus der grünen Flasche einschenkte.

Er hob sein Glas. »Prost, Mutter, morgen wird der Kampf stattfinden.«

Juliane betrachtete ihn stolz. »Prost, mein Junge. Ich bin stolz auf dich, und du darfst keinen Zoll zurückweichen. Das ist eine gute Sache. Aber paß auf, daß du nicht zu hitzig wirst. Wenn dein Vater in dir zum Vorschein kommt, dann zähle bis drei. Wenn du nachdenkst, bevor du etwas sagst, gewinnst du. Die Zeit ist reif für Veränderungen, und um die ist es schlecht bestellt am Theater. Die Leute brauchen Künstler, vor allem nach dem Kriege. Kannst du dich an die alte Chinesin erinnern, die Frau des Kapitäns, die weissagen konnte?«

Joseph nickte. Wie hätte er jemals sie und die mystische, dunkle Wohnung, die großen Chow-Chows mit ihren blauen Zungen und ihre Prophezeiungen vergessen können, die allen einen Schauer über den Rücken jagten?

Juliane setzte sich ihm gegenüber. Für sich selbst hatte sie nicht gedeckt. Nur ihre eigenen hohen Schnapsgläser aus Kristallglas standen auf dem Tisch. Die einzige Frau, die sich ihre eigenen Schnapsgläser hat anfertigen lassen, dachte Joseph und blickte sie lächelnd an.

»Sie sagte, du würdest ein ›Bestimmer‹ werden. Komischer Ausdruck, nicht wahr? Mein Sohn, der ›Bestimmer‹.« Juliane warf den Kopf zurück und lachte.

»Es werden schwierige Verhandlungen, Mutter. Und ich darf meine Kameraden nicht enttäuschen. Sie haben mich zum Chorsprecher gewählt, weil sie davon ausgingen, daß ich bei den Pensionsverhandlungen hart bleiben würde. Aber ich riskiere auch, mich unbeliebt zu machen und entlassen zu werden. Und was dann?«

Er hob sein Glas und sah seine Mutter fragend an. Sie nahm ihr Glas. »Wer es allen rechtmachen will, macht sich nirgends beliebt«, sagte sie und leerte ihr Glas in einem Zug. Joseph trank seinen Schnaps und lachte. Vorsichtig balancierte sie ein großes Hacksteak, auf dem ein Spiegelei lag, auf seinen Teller.

Er nahm die Flasche mit der englischen Sauce zur Hand und mußte sie ordentlich schütteln, bevor ein paar Tropfen herauskamen.

»Willst du einen Schuß?« fragte sie und griff nach der Angosturaflasche. Joseph schüttelte den Kopf. Sie träufelte ein wenig in ihr eigenes Glas; die roten Tropfen lösten sich auf und verliehen ihrem Schnaps eine bräunlichrote Farbe. Sie musterte ihn intensiv. Wie vornehm und wohlerzogen er doch aß und die Ellenbogen eng am Körper hielt. Das hatte er sicherlich in den besten Kreisen gelernt. Ihre anderen Kinder aßen anders. Das tat sie selbst wohl auch, dachte sie etwas schuldbewußt. Plötzlich lehnte sie sich über den Tisch.

»Geht es dir gut?«

»Ausgezeichnet, Mutter.« Er aß weiter. Jetzt wollte sie richtig loslegen, das spürte er.

»Könntest du deine Elna nicht mal mitbringen? Ich möchte sie und ihren Jungen gerne kennenlernen. Sie muß ja ein sehr geduldiger Mensch sein oder dich einfach sehr lieben, wenn sie immer noch an deine faulen Ausreden glaubt.«

Joseph wischte sich den Mund ab. »Ich habe einfach keine Lust, mich zu binden, Mutter. Ich bin dazu noch nicht bereit. Vielleicht habe ich eine Art Widerwillen gegen die Ehe entwickelt. Wenn ich mich so umschaue, sehe ich nicht eine Ehe, auf die ich neidisch bin. Und bei Einladungen betrachte ich oft die anderen Paare und denke auf dem Nachhauseweg, was für ein Glück ich doch habe, daß ich allein bin. Sei doch ehrlich, Mutter. Warst du denn so glücklich mit Berggren? Warst du glücklich mit Vater?«

Joseph schaute sie inquisitorisch an.

»Niemand ist die ganze Zeit glücklich. Aber es ist besser, kurze Augenblicke des Glücks zu genießen, als fortwährend vor Angst zu erstarren, sich anderen gegenüber zu öffnen. Es ist doch schöner, am Leben teilzunehmen, statt es nur zu betrachten.« Juliane faltete ihre Hände und richtete sich auf. Sie schaute ihn mit ihren intensiven blauen Augen an. Wieviel Kraft sie immer noch ausstrahlte. Eine weibliche Kraft, die einem Angst einjagen konnte. Als Sohn mußte man ihr entschieden gegenübertreten und feste Grenzen ziehen, sonst dominierte sie einen aus ihrer Überzeugung heraus, daß sie intuitiv schon wisse, was das beste für ihre Kinder sei.

Es war erschreckend, daß sie einen besser kannte als man sich selbst. Besonders wenn man eine Zeitlang das

Gefühl hatte, sich im Kreis zu drehen. Johan hatte es längst aufgegeben und wagte nicht, sich mit ihr anzulegen, wenn er betrunken war. Wilhelms Frau Emilie kämpfte tapfer, aber vergeblich gegen ihre Schwiegermutter an. Wilhelm machte sich einfach aus dem Staub, wenn eine Konfrontation bevorstand. Otto hatte kurzen Prozeß gemacht. Unmittelbar nach seiner Bäckerlehre war er nach Schweden gegangen, hatte dort Karin geheiratet und war erst einmal mit ihr zu Besuch gewesen. Das reichte, hatte Otto gesagt. Das jüngste Familienmitglied, Viggo, das »Puppenkind«, wie er scherzhaft genannt wurde, hatte zu seiner Flora ein gutes Verhältnis. Als er klein war, hatte er Juliane einmal gefragt: »Darf ich heimlich eine rauchen?« So lebten Viggo und Flora. Sie machen es sich im verborgenen gemütlich. Viggo liebte seine Mutter bedingungslos, und Flora akzeptierte das. Sie war souverän genug, um mit einem Lächeln zu sagen: »Viggo liebt seine kleine Mutter eben.« Juliane wurde zwar für gewöhnlich nicht als »klein« bezeichnet, aber dieses Wort war Floras persönliche Waffe, und sie wirkte. Juliane ließ sie in Frieden. Viggo arbeitete in Kalles Fahrradfabrik – eine unsichere Anstellung, die mehr als einmal am seidenen Faden gehangen hatte. Viggo, der stark legasthenisch veranlagt war, ließ sich nicht überall einsetzen. Inzwischen mußte man selbst als Handwerker lesen und schreiben können.

Viggo konnte keines von beidem, aber dumm war er nicht.

Thora versuchte hin und wieder vergeblich, gegen ihre Mutter zu rebellieren, hatte aber dennoch eine enge Bindung zu ihr, als ob sie die ganze Zeit wußte, daß sie sich in harten Zeiten aufeinander verlassen konnten. Gemeinsam bildeten sie das vielarmige Muttertier der Familie.

Juliane war als Großmutter genauso liebevoll wie als

Mutter, fröhlich, entschieden und raumgreifend. Kalle, Thora und Juliane bildeten ein merkwürdiges Triumvirat. Er ergab sich der weiblichen Übermacht in seiner Familie, profitierte aber auch von ihr. Die endgültige Verantwortung für seine Familie übernahm er nie. Mit beharrlicher Fröhlichkeit führte er sein Leben, tat das, was sein Talent und sein manisches Gemüt ihm eingaben.

Die zum Muttertier verschmolzenen Juliane und Thora äußerten sich nicht dazu, wenn Kalle die Familie mal wieder an den Rand des Abgrunds gebracht hatte. Das kam und ging wie Ebbe und Flut. Joseph fragte sich manchmal, ob Juliane, vielleicht unbewußt, Kalle in die Familie hineingezogen hatte, damit sie in dramatischen Situationen ihre weibliche Kraft demonstrieren konnte. Das Ganze glich beinahe einem Theaterstück, bei dem Juliane sowohl Regisseurin als auch die weibliche Heldin war. Der Rest der Familie diente als Publikum, das klatschte und den Atem anhielt.

Juliane lächelte ihren Sohn an. Er war ganz in Gedanken versunken. Joseph sah, wie das Lächeln in ihren Augen aufblitzte. Verwundert konstatierte er, daß sie so gut aussah wie schon lange nicht mehr. Er erinnerte sich daran, wie sie sich über sein Bett gebeugt hatte, als er klein war. Er spürte ihre Hand in seinem Nacken, wenn sie ihn tröstete und ihm ihre Liebe zeigen wollte. Er konnte sich nicht daran erinnern, daß seine Mutter ihn jemals geküßt hatte.

Plötzlich erhob sie sich, wie zum Signal, daß die Audienz beendet war.

Joseph konnte sich nicht losreißen. Wer hatte Juliane eigentlich beigebracht, ihre Mutterrolle so zu spielen wie sie es tat? War es ihre eigene Mutter, die Marketenderin, die während des Krieges von 1864 mit ihrem Planwagen auf den Landstraßen unterwegs gewesen war? Joseph beschlich die bange Ahnung, daß er sich hier auf verbotenem Terrain befand.

»Was für eine Frau war eigentlich Großmutter?«

Juliane drehte sich mit dem Tablett in den Händen im Türrahmen um und drückte die Tür mit dem Hinterteil auf.

»Das ist eine lange Geschichte, mein Junge. Eines Tages werde ich . . .« Es klingelte. »Mach nur auf«, sagte sie und schenkte Joseph ein sonderbares Lächeln. Joseph stand auf und öffnete. Draußen stand ein eleganter Herr mit weißem Oberlippenbart. Er hatte einen in weißes Seidenpapier eingeschlagenen Blumenstrauß in der Hand. »Guten Tag. Ist Frau Juliane Jensen zu Hause?«

Joseph starrte ihn an. Er hatte ihn nie zuvor gesehen.

»Theodor Jørgensen«, sagte der zierliche Herr und streckte die Hand aus. Joseph schüttelte sie. Der Mann verbeugte sich. Juliane nahm die Blumen und küßte Theodor Jørgensen leicht auf die Wange. »Guten Tag und willkommen, Theodor.« Sie drehte sich zu Joseph um, der sie mit offenem Mund angaffte. »Das ist mein Sohn, der Opernsänger Joseph Jensen. Joseph ist gerade Sprecher des Opernchors geworden; und das ist mein guter Freund, der Handarbeitsgeschäftsinhaber Theodor Jørgensen.«

Joseph faßte sich und grüßte. Der Mann wirkte sympathisch, gehörte aber offenbar zu der besonders kultivierten Sorte. Joseph betrachtete seine Mutter, die in all ihrer Pracht und Herrlichkeit dastand, elegant wie immer. Wo nahm sie das Geld nur her? Sie trug ein austernfarbenes Kleid, das um die Fußgelenke so eng war, daß sie kaum ihre Füße voreinandersetzen konnte. Der neueste Schrei aus Paris, angefertigt in Christianshavn.

»Tja, ich bin gerade bei meiner Mutter zu Besuch und

habe auch eine kleine Überraschung dabei, zwei Eintrittskarten für ›Die Königin des Films‹ in der Scala. Aber will man sie überraschen, wird man meist selbst überrascht«, sagte Joseph.

»Die schnappen *wir* uns!« rief Juliane lachend, winkte Theodor mit den Karten zu und trällerte eine Operettenarie.

Joseph verabschiedete sich und ging aufgewühlt die Treppe hinunter.

## 14

Der Chef, Graf Brockenhuus Schack persönlich, hatte einen Boten nach ihm geschickt. Joseph saß vor dem Büro des Direktors auf dem steifen schwarzen Sofa mit dem Roßhaarbezug. Er rutschte unruhig hin und her; die spitzen Haare stachen. Er hatte Magenschmerzen, der Dickdarm krampfte sich zusammen. Wenn er doch schnell auf die Toilette hätte gehen können! Nein, das wäre zu peinlich. Er durfte jetzt nicht gehen, sondern mußte aushalten. Er atmete tief durch und versuchte, seine Nerven unter Kontrolle zu bringen. So war es ihm in letzter Zeit oft gegangen: zuerst bekam er Magenschmerzen und dann Durchfall. Er hatte einfach zuviel zu tun. Bei der Maklerfirma Stiedl og Søn hatte er einen Nebenjob angenommen. Das war notwendig geworden, denn niemand konnte von der Sängergage, die das Königliche Theater bezahlte, existieren. In letzter Zeit hatte er ein paar große Geschäfte abschließen können, die ihm einiges eingebracht hatten. Er hatte eine echte Begabung für das Maklergeschäft, das behauptete zumindest Herr Stiedl. »Sagen Sie einfach Bescheid, wenn Sie fest bei uns arbeiten möchten, Herr Jensen. Sie sind ein helles Köpfchen, wenn ich so sagen darf.« Am Anfang war es nur ein Versuch gewesen. Am Theater waren seine Möglichkeiten begrenzt, und er fürchtete, dort nie mehr als ein einfaches Chormitglied zu sein.

Dann hatte er die Anzeige gelesen, war nach Hellerup gefahren, hatte die Stelle bekommen und war jetzt gut im Geschäft.

Nicht eine einzige Probe hatte er versäumt. Er konnte beide Aufgaben erfüllen, wenn er schnell genug war. Doch vor allem die Überlegung, wie er langfristig planen sollte, machte ihm zu schaffen.

War er Künstler oder Geschäftsmann? Man konnte doch nicht beides sein. Vielleicht war er nie ein richtiger Künstler gewesen. Er hatte Sehnsucht nach der Kunst, nach dem Schönen, Wahren und Guten. Was das bedeutete, wußte er genau. Einige wenige Male hatte er beim Singen ein beinahe göttliches Gefühl verspürt. Da war man von tiefer Dankbarkeit erfüllt und spürte, daß man von oben geleitet wurde. Als sei man erleuchtet. Das waren die Augenblicke, für die es sich lohnte zu üben und nochmals zu üben, sich vorwärtszutasten und der Angst auszusetzen: Schaffe ich es wieder? Würde es noch einmal gelingen? Man legte sich gegenüber den Kritikern und Intrigen ein dickes Fell zu. Doch gleichzeitig färbte das Milieu auf einen ab. Jeder sah sich als etwas Besonderes und glaubte an seine ganz spezielle Begabung. Jemand, der entdeckt und gefördert werden mußte. Dann kamen die Tage, an denen die Wahrheit sich offenbarte und man plötzlich begriff, daß man kein göttliches Talent, sondern nur ein durchschnittliches Chormitglied war.

So war es ihm in letzter Zeit oft ergangen. Elna versuchte, ihn zu stützen. Doch sie sagte immer dasselbe und tat immer dasselbe. Sie wußten genau, daß ihre Beziehung stagnierte, und hielten inzwischen aus Gewohnheit zusammen. Joseph wohnte in seiner Wohnung. Elna in ihrer. Den Abend verbrachten sie gemeinsam. Am Sonntag, nachdem Joseph in der Matthäuskirche gesungen hatte, unternahmen sie Ausflüge mit dem Jungen. Sie hatten aufgehört, über die Ehe oder das Zusammenziehen zu sprechen. Elna erprobte eine neue Methode, zu der ihre Freundinnen und ihre Mutter ihr geraten hatten.

»Du mußte es umgekehrt machen. Erwähne die Ehe mit keinem Wort; deute nicht an, daß du ein Interesse daran hast, mit ihm zusammenzuziehen. Sage auch nicht ›ich liebe dich‹ zu ihm, und mache ihm nicht zu viele Komplimente. Sei nett und lebendig und schau gut aus. Eines Tages wird er wissen wollen, ob du ihn immer noch heiraten willst. Und an dem Tag packst du ihn bei den Hörnern.« Sie hatten es nicht übel zusammen, Elna und Joseph. Sie teilten viele Interessen: Theater, Musik sowie dieselbe schwärmerische Einstellung zur Natur.

Doch nach und nach war ihre Beziehung nur mehr von Höflichkeit und Anstand geprägt gewesen. Sie gaben sich Mühe, einander nicht zu verletzen. Doch insgeheim bezichtigten sie einander grober Manipulationen.

Joseph schielte zur Tür des Direktors. Bewegte sich die Klinke? Nein, noch nicht. Worüber wollte der Chef mit ihm sprechen? Vielleicht durfte er endlich debütieren. Oder es betraf seine Eigenschaft als Chorsprecher. Die Verhandlungen waren gut verlaufen und gar nicht so dramatisch, wie er es sich vorgestellt hatte. Sie schienen schon im voraus darauf eingestellt gewesen zu sein, daß es keine andere Möglichkeit gab.

Es bestand ein großes Interesse am Theater. In Kopenhagen war immer was los. Die Revuen, Theater und Varietés waren jeden Abend ausverkauft. Die Leute amüsierten sich und gaben das Geld mit vollen Händen aus.

Die Tür öffnete sich. Joseph sprang auf, schlug die Hacken zusammen und verbeugte sich. Es war Olaf Poulsen, der herauskam. Er nickte kurz und verschwand mit einem merkwürdig schaukelnden Gang. Joseph setzte sich wieder hin. Olaf Poulsen hatte sich offenbar eine Rüge eingefangen. Der jüngste Skandal hatte bereits im ganzen Theater die Runde gemacht. Johannes Poulsen hatte für eine Produktion zwei farbige Statisten engagiert.

Am Theater hieß es, die beiden liebten es zu provozieren. Da es nie zuvor Farbige am Theater gegeben hatte, wußte man nicht richtig, wie man sich verhalten sollte. Zumindest in der Garderobe wollte man von ihrem Anblick verschont bleiben. Dennoch erschienen sie jeden Tag dort, lachten lauthals und grüßten respektlos die Schauspieler. Olaf Poulsen hatte sie schon lange auf dem Kieker gehabt, doch gestern war er explodiert. Anfangs war er mürrisch und schaute sie bösartig an, doch die Schwarzen lachten weiter und imitierten seinen Gesichtsausdruck, der an den einer Bulldogge erinnerte. Die übrigen Schauspieler schauten peinlich berührt in eine andere Richtung. Keiner wußte, wie man mit solchen Kerlen umgehen sollte. Sie konnten gefährlich sein. Doch dann war Onkel Olaf der Kragen geplatzt. »Raus mit euch!« rief er, indem er mit dem Stock auf sie zeigte. Ihr Dänisch war gut genug, um ihm zu entgegnen: »Halt's Maul, Fettsack!« Olaf Poulsen stürzte sich auf sie, boxte sie in den Bauch und fuchtelte im Versuch, sie zu ohrfeigen, mit den Armen. Sie warfen ihn zu Boden, wo er wie ein riesiges Insekt mit den Beinen strampelte. Schließlich überwältigte das Personal die beiden Farbigen und warf sie raus. Der Vorgang beherrschte die Titelseiten der Zeitungen, in denen unter anderem zu lesen war: »Die beiden Schwarzen stürzten sich mit ungebändigter Wildheit auf Herrn Poulsen.« Die Farbigen waren wohl entlassen worden. Doch Olaf Poulsen schien nach dem Gespräch mit dem Chef nicht gerade bester Laune zu sein.

Joseph zog seine Uhr aus der Westentasche. Eine Stunde, eine geschlagene Stunde saß er nun schon da. Ein Sekretär erschien und bat Joseph herein. Graf Brockenhuus saß hinter seinem großen Mahagonischreibtisch. »Kommen Sie herein, Joseph Jensen.« Er bot ihm mit der Hand einen Stuhl an. Joseph setzte sich auf die Kante.

»Sie sind mir aufgefallen, Herr Jensen, und ich habe mich ein bißchen über Sie informiert. Kürzlich war ich im Theater und hörte Sie den Wächter im ›Maskenball‹ singen. Sie haben eine ausgezeichnete Stimme. Sie könnten den Sarastro in der ›Zauberflöte‹ und den Großinquisitor in ›Don Carlos‹ singen, aber was soll ich Ihnen sagen? Sie sind zu klein.«

Joseph schnellte auf seinem Stuhl in die Höhe. Er war geschockt. Sollte dies seine Entlassung bedeuten? Der Graf studierte seine Hände, während er weitersprach: »Ich hörte, Sie verfolgen noch weitere Aktivitäten außerhalb des Theaters. Ist das richtig?«

Joseph erbleichte und nickte. »Ja, ich habe in letzter Zeit Immobiliengeschäfte für die Firma Stiedl og Søn abgeschlossen.« Joseph schaute den Theaterchef trotzig an. Zu klein – was bildete der sich ein? »Damit komme ich ganz gut über die Runden. Die Gage, die wir als Chorsänger bekommen, reicht nicht zum Leben.«

»Sie sind ein kluger Mann, Joseph Jensen«, sagte der Direktor mit schwachem Lächeln. »Sie können sich einsetzen, wofür Sie wollen, solange dies nicht mit Ihren Aktivitäten am Theater kollidiert. Das war alles, was ich Ihnen sagen wollte.«

Graf Brockenhuus Schack lächelte freundlich. Joseph erhob sich verstört. »Darf ich die Worte Ihrer Exzellenz als Warnung verstehen?«

Der Graf schüttelte den Kopf. »Aber nein, ich wollte

Ihnen nur sagen, daß ich Ihre Stimme schätze und es eine Erklärung dafür gibt, daß Sie keine größeren Partien bekommen.« Der Chef zuckte mit den Schultern und breitete entschuldigend die Arme aus. »Sie sind ganz einfach zu klein.«

Joseph fühlte sich gedemütigt und war den Tränen nahe. Wollte er sich über ihn lustig machen? Oder ihm einen wohlmeinenden Rat erteilen? Was, zum Teufel, hatte das zu bedeuten? Er sagte nichts, war nicht in der Lage dazu, sondern stürzte zur Tür hinaus.

Der Graf schaute ihm mit unmerklichem Lächeln nach.

Joseph ging zu Elna nach Hause. Sie diskutierten die ganze Nacht. »Das war erniedrigend. Ich kündige. Ich werde dem Grafen zeigen, daß ich auch ohne das Theater zurechtkomme.«

»Aber, kannst du das wirklich?« fragte Elna erschrokken.

»Natürlich kann ich das. Ich bin der geborene Verkäufer, sagen sie in der Firma. Alle Häuser, die ich betreue, verkaufe ich auch. Da steckt eine Menge Geld drin, Elna. Schau dir doch all die Neureichen an. Die wollen ihr Geld in Eigentum stecken. Die wollen Villen in Hellerup und Klampenborg. Du solltest sie wirklich einmal sehen. Die fahren in ihren großen Wagen vor, und die Häuser können ihnen gar nicht groß genug sein. Die Frau sitzt im Zobel oder Breitschwanzpelz auf dem Rücksitz und hat ihre roten Hände in einen Muff gesteckt. Der Fahrradschlosser ist Autohändler geworden, der Schlachter Wurstfabrikant und der Gemüsehändler Grossist. Auf dem Vordersitz lümmelt der Sohn, immer ein verwöhnter, dummer Schnösel mit Pickeln. Ist das nicht merkwürdig? Alle die bedeutenden Geschäftsleute, die im Moment erfolgreich sind, sind mit irgendwelchen stupiden Frauen verheiratet. Die haben sie von unten mitgebracht, und jetzt werden sie sie nicht mehr los. Oder sie haben Frauen geheiratet, die nicht mehr zu bieten hatten als ihr gutes Aussehen. Aber die Söhne erben immer den Verstand der Frauen, und so wundern sich die Väter später darüber, daß ihre dämlichen Söhne nicht genauso clever sind wie sie selbst.«

Elna lachte. »Du hast deine neuen Kunden aber gründlich unter die Lupe genommen, was, Joseph? Wenn die dich hören könnten!«

Joseph beruhigte sich ein bißchen, setzte sich neben sie und nahm ihre Hand. »Ich kündige, Elna. Morgen gehe ich zu Stiedl og Søn und sage, daß ich als fest angestellter Verkäufer bei ihnen arbeiten möchte. Dann werde ich Graf Brockenhuus Schack beweisen, daß ich nicht zu klein bin. Das soll er mir büßen.« Joseph stand auf, streckte sich, zog seine Jacke zurecht und holte sich einen Briefbogen. Hielt ihn in die Höhe. »Ich werde meine Kündigung sofort schreiben.«

Elna ging zu ihm und nahm ihn in die Arme. »Und was haben *wir* davon, wenn du viel Geld verdienen wirst?«

Joseph schob sie weg. »Elna, Herrgott, nicht schon wieder. Ich stecke mitten in einer Auseinandersetzung und habe den Kopf jetzt nicht frei für dieses Thema. Vielleicht kannst du in eine größere Wohnung ziehen, wenn ich wohlhabend bin. Dann bekommt Christian sein eigenes Zimmer!«

»Warum sagst du nicht, daß *wir* in eine große Wohnung ziehen können?« fragte Elna verletzt. »Warum sprichst du niemals von *uns*?«

Sie bereute, das Thema angeschnitten zu haben, aber jetzt war es geschehen. Sie begann zu weinen.

»Elna, hör auf. Nicht schon wieder diese Diskussion. Ich muß mich auf diese Sache hier konzentrieren.«

Elna setzte sich und hielt sich das Taschentuch vor den Mund.

Er blickte sie gereizt an. »Ich gehe ein bißchen an die frische Luft.« Er verließ eilig den Raum.

»Du gehst immer«, flüsterte Elna.

Der Veilchenmann mit der Melone und den kleinen verkrüppelten Beinen reichte Juliane einen Strauß. Sie blieb unmittelbar vor dem Haupteingang des Magasin du Nord stehen, wo das Männchen immer saß, und gab ihm fünfundzwanzig Öre. Er lüftete den Hut. »Heute beginnt der Sommer, gnädige Frau.«

Sie steckte ihre Nase in den kleinen, dichten Strauß. Wie er duftete! Er war hübsch gebunden; die Blätter bildeten einen dichten, grünen Kranz um die tiefvioletten Veilchen. Der arme Mann saß seit vielen Jahren auf einem Klappstuhl vor dem Haupteingang. Nur gut, daß es in Kopenhagen noch Dinge gab, die sich nicht veränderten. Was für Preise im Moment! Alles war teurer geworden, und es wurde immer schwieriger, gute Ware zu bekommen.

Rikke und Josephine hatten begonnen, Konserven zu kaufen. Wie ekelhaft; man wußte ja schließlich nie, was in eine solche Blechdose alles reinkam. Neulich hatte Rikke Fischklößchen für die Sonntagspasteten gekauft. Es war ein harter Kampf gewesen, die Dose zu öffnen. »Die ist so hart wie Beton«, fluchte Rikke, während sie mit Helbigs Schraubenzieher auf die Dose einhackte. Schließlich war die Dose auf den Boden gefallen, und die Fischklößchen waren herausgekullert. Einige rollten unter den Herd, und als Juliane darunter schaute, schimmerten sie grünlich im Dunkeln.

Die Familie wurde gerufen, und schließlich lagen alle auf dem Boden und spähten unter den Herd. Rikke leugnete, daß sie leuchteten, obwohl alle es sahen. Sie faßte alles als persönliche Beleidigung auf.

Aber die Pasteten wurden trotzdem serviert – mit Spargel in Rahmsoße und ohne Fischklößchen.

»Ich kaufe keine Konserven mehr. Meine innere Stimme sagt mir, die sind das reinste Gift.« Die Schwestern schauten Juliane kopfschüttelnd an. Keine von ihnen hatte Lust, mit Juliane zum Einkaufen in die Stadt zu gehen. »Du kaufst mit der Nase ein«, sagten sie. Juliane schnupperte an allen Waren, bevor sie etwas kaufte. Auch kaufte sie nur in Geschäften ein, die gut rochen. Jedes Geschäft hatte seinen eigenen Geruch. Beim Kaufmann in Christianshavn roch es nach Tauen, Teer und eingelegten Heringen. Außerdem nach Soda und Gewürzen. In den neuen Milchgeschäften herrschte der säuerliche Geruch von Buttermilch und Butterfässern vor. Die Buttermilch duftete stets nach Sommer, nach einem Tag wie heute. Es war der dritte Juni.

Sie blieb für einen Moment auf Kongens Nytorv stehen und schaute auf die Uhr. Die Wachparade mußte bald hier sein. Wenn sie kam, konnte sie diese ein Stück begleiten und dann Theodor in seinem Geschäft besuchen.

Jetzt bogen sie um die Ecke. Heute spielten sie den neuesten Revueschlager aus der Scala, den alle mitsangen: »Walde, Walde, Waldemar . . .«

Sie spürte eine Hand auf ihrem Arm und sah direkt in Ingeborgs lachendes Gesicht. »Dacht ich's mir doch. Das kann ja nur meine verrückte Tante Jane sein, die am hellichten Vormittag neben der Garde hertanzt«, sagte Ingeborg und lachte. »Willst du deinen Freund besuchen?« Das Gerücht um Theodor hatte sich in der Familie wie ein Lauffeuer verbreitet. Die Tanten hatten von nichts anderem mehr gesprochen, und alle mußten sich Onkel

Helbigs Scherz anhören, Juliane würde bei Theodor »einen Hohlsaum genäht bekommen«.

»Ach, Ingeborg, wir sind doch nur gute Freunde«, sagte Juliane und stieß sie in die Seite.

Sie gingen eine Weile gemeinsam, und schließlich sagte Ingeborg: »Ich muß mit dir über etwas Wichtiges reden. Willst du nicht morgen im großen Frauenzug mitmarschieren? Wir versammeln uns um elf Uhr vor dem Esplanade-Pavillon in Grønningen. Wir werden sehr zahlreich sein, Tante Jane. Alle Frauenorganisationen nehmen teil, mein ganzer Kurs, die Telefonistinnen, Gymnastikdamen und Sportlerinnen, Verkäuferinnen und Krankenschwestern. Alle kommen. Die vornehmen Damen marschieren mit den Arbeiterinnen gemeinsam. Es geht nach Amalienborg hinein, wo der König die weibliche Abordnung begrüßen wird.«

»Wer geht an der Spitze?« fragte Juliane.

»Sif Obel. Sie ist sehr hübsch, groß und hat goldblondes Haar.«

»Hm, ich werde darüber nachdenken. Was soll man anziehen?«

»Die an der Spitze sollen weiße Kleider tragen und sich ein rotes Seidenband anstecken. Rikke und Josephine sind auch dabei. Willst du dich nicht auch anschließen?« Ingeborg nahm Julianes Hände.

Juliane lachte. »Meinst du, wir können den Takt halten? Wir wollen uns ja schließlich nicht zum Gespött der Männer machen.«

»Ach, das werden wir schon nicht.«

»Das mit dem weißen Kleid überlege ich mir«, sagte Juliane nachdenklich. »Aber das Band liegt mir nicht.«

Ingeborg sah ihre Tante leicht irritiert an. Es drehte sich ja schließlich nicht um die Kleider, sondern um die Sache.

»Das wird der größte Tag für die dänischen Frauen. Ein Tag, den wir nie vergessen werden, Tante Jane. Stell dir vor, wir haben jetzt wirklich Stimmrecht erhalten.«

»In unserer Familie haben schon immer die Frauen bestimmt«, sagte Juliane und richtete ihr Haar.

»Ich muß los, Tante Jane. Versprich mir, daß du kommst. Ich will mit meinen Freundinnen zusammen gehen und mich darüber freuen, daß meine Mutter und meine Tanten die Nachhut bilden.«

»Glaubst du, es wird zu Krawallen kommen?« fragte Juliane hoffnungsvoll.

»Man kann nie wissen«, sagte Ingeborg lachend und lief zur Haltestelle hinüber. Sie winkte ihrer Tante zu. Sie war sicher, daß keine ihrer Tanten am großen Tag zu Hause bleiben würde.

Die drei Schwestern waren am 5. Juni um zehn Uhr bereit. In Kostümen, mit großen, blumenverzierten Hüten und schneeweißen Handschuhen machten sich Rikke, Josephine und Juliane auf den Weg, um sich dem großen Frauenzug nach Amalienborg anzuschließen. Dieser sollte dem König die Reverenz erweisen und danach eine Abordnung zur Regierung schicken, die mit einer Dankschrift die Freude der Frauen darüber zum Ausdruck brachte, daß sie jetzt über das volle Mitbestimmungsrecht bei »allgemeinen Gesellschaftsfragen« verfügten, wie es in einer Nachricht hieß, die Rikke von der Dänischen Frauengesellschaft erhalten hatte.

Juliane und Josephine tauschten Blicke. Wie aufgedreht Rikke war! Sie plapperte und lachte in einer Tour, als stünde die ganze Veranstaltung unter ihrer Regie. »Daß ich euch wirklich mitgekriegt habe zu unserem großen Tag! Rück mal deinen Hut gerade, Juliane. Was bin ich froh, daß ich weiße Handschuhe angezogen habe!

Wir sollen immer fünf in einer Reihe sein, haben sie gesagt.«

Juliane rief: »Jetzt halt doch mal den Schnabel, Rikke! Man könnte glauben, du hast Fieber oder bist verliebt.«

Rikke schwieg. Sie zog mit ihren beiden Schwestern los und hatte vor Aufregung zwei rote Flecken auf den Wangen. Die Frauen wollten sich gegen elf Uhr beim Esplanade-Pavillon in Grønningen treffen.

Als Juliane und ihre Schwestern dort ankamen, waren sie wirklich überrascht. Juliane schaute sich mit offenem Mund um. Es waren über zehntausend Frauen. Der Zug war viele Kilometer lang. Telefonistinnen, Volksschullehrerinnen, Mitglieder des CVJF, Hebammenvereinigungen, Turnerinnen und Arbeiterinnen waren erschienen. Alle gesellschaftlichen Schichten waren vertreten. Der Zug setzte sich langsam in Bewegung. Es war eine merkwürdige Stimmung, festlich und fröhlich zugleich.

Rikke, Josephine und Juliane reihten sich ein. An der Spitze des Zuges schritt die große, hübsche Sif Obel mit der Fahne. Hinter ihr wehten die Banner des Dänischen Frauenbunds. Den ganzen Weg bis nach Amalienborg standen die Leute dicht gedrängt am Straßenrand. Juliane ging ganz außen. Plötzlich brach ein übermütiger Herr in die Kolonnen ein. Er hatte sich Äpfel als Brüste unter die Weste gesteckt und äffte die Frauen nach. Die Männer aus dem Publikum applaudierten seiner Vorstellung. Einer der großgewachsenen Polizeibeamten, die die Straße absperrten, setzte sich in Bewegung, um ihn zu ergreifen. Der Mann sprang in die Reihe vor Juliane. Juliane schob rasch ihren Sonnenschirm zwischen seine Beine. Der Mann faßte sich an den Schritt und taumelte unter dem Jubel der Frauen gekrümmt aus der Menge. Die drei Schwestern strahlten sich an. »Gut gemacht, Schwester, so muß man mit denen umgehen.« – »Spießt ihnen die Eier auf!« rief eine große, rothaarige Frau aus einem Fenster heraus. Sie wurde hineingezogen und das Fenster zugeknallt.

Der Zug bog mit schmetternder Musik auf den Schloßplatz von Amalienborg ein, und während die Frauen Aufstellung nahmen, begann die Menge zu singen: »In Dänemark bin ich geboren.«

»Ich fange gleich an zu heulen, Juliane«, flüsterte Rikke. Juliane hatte selbst einen Kloß im Hals. Gleich sollte die Abordnung hineingehen, um dem König ihren Dank abzustatten. Gut, daß sie mitgegangen war. Dieses Erlebnis würde sie niemals vergessen. Ihr Stimmrecht würde sie schon zu gebrauchen wissen. Sie schaute sich um; die anderen Frauen leuchteten förmlich, weil es ihr Tag war. Aber Juliane fand auch, einen persönlichen Anteil an dieser Entwicklung gehabt zu haben. Ihr Marsch hatte schon lange begonnen, bevor die Frauensache ein öffentliches Thema geworden war. Er hatte seinen Anfang genommen, als sie ein kleines Mädchen war und neben ihrer Mutter dem Karren mit der Erbsensuppe folgte, die für die Soldaten bestimmt war. Sie sah Josephine und Rikke an. Von den Erinnerungen an damals sprachen sie niemals, nicht einmal untereinander.

Sie hatte ihren Kindern Mutter und Vater sein müssen, und darum gehörte dieser Tag auch ein wenig ihr und nicht nur den Frauenrechtlerinnen.

Josephine drückte ihr die Hand. Die drei Schwestern hatten einander an den Händen gefaßt, wie damals, als sie noch Kinder waren.

Juliane schüttelte die Rührung ab. In ihrer Familie hatte man sich nie etwas aus festlichen Augenblicken gemacht. Sie holte tief Luft und fiel ein: »Ich liebe dich – ich liiiebe dich, Dänemark, mein Vaterland.«

Juliane war früh auf den Beinen, um die Zeitung zu kaufen. Vielleicht war ja sogar ein Bild von ihr und ihren Schwestern darin.

Sie setzte sich mit der Lupe hin und untersuchte die zahlreichen Fotografien des Zuges. Dann fiel ihr Blick auf den Artikel. Was stand da? Der Ministerpräsident Zahle hatte hinterher gesagt: »Es ist mein Glaube, daß die Frauen den Frieden lieben und die Sozialgesetzgebung voranbringen werden. In der Hoffnung, daß dieser Glaube eines Tages zur Wirklichkeit wird, heiße ich die Frauen als dänische Mitbürger willkommen.«

Sie trank ihren Kaffee aus. Jetzt war man also dänischer Mitbürger. Es ärgerte sie, daß sie sich nicht früher für die Frauenfrage interessiert hatte. Diesen Zahle würde sie gerne an einer gewissen Stelle mit dem Sonnenschirm kitzeln.

# 15

Herr Stiedl lehnte sich in seinem Stuhl zurück und schob eine Liste zu Joseph hinüber. »Es geht um das Objekt Rågevej Nr. 17 in Hellerup. Das ist genau das richtige für Sie, Herr Jensen. Die Eigentümerin des Hauses heißt Agnete Lichtenberg und ist die Witwe eines wohlhabenden Fabrikanten. Eine sehr exzentrische Dame, muß ich sagen. Sie wohnt allein mit ihrer Mutter.

Ich sage es Ihnen lieber gleich: Frau Lichtenberg kann äußerst schwierig sein und hat zudem eine sehr merkwürdige Angewohnheit. Sie flucht wie ein Kesselflicker und benutzt die derbsten Kraftausdrücke.«

Stiedl blickte Joseph über die Brille hinweg an. Joseph lächelte und faltete die Aufstellung zusammen. Es lief gut, lief hervorragend. Nach und nach bekam er alle wirklich lohnenden Objekte übertragen. Er hatte sich selbst nie als Verkäufer betrachtet. Die Ökonomie interessierte ihn nicht, wenn er nur ein wenig Geld hatte. Doch mit einem Mal hatte er eine gewisse Kontrolle, spürte er eine bestimmte Macht, wenn er neue Kunden erblickte. Dann wuchsen ihm unsichtbare Fühler, die den Kunden untersuchten und Meldung erstatteten. Alle die ein Haus verkaufen oder erwerben wollten, hatten einen Traum. Die verkauften, träumten von Veränderung, Geld und neuem Besitz. Die kauften, träumten von einem neuen Rahmen, von Romantik und Glück. Es gab auch die Ehemänner, die einen Seitensprung wiedergutmachen wollten. Die kauften ihren Frauen als Buße oder um eine schlechte Ehe zu kitten, schöne Häuser.

Wenn Joseph sie im Griff hatte, kam er sich wie ein Magier vor. Er las die Gedanken der Kunden und paßte seine Verkaufsstrategie ihren Träumen an. Das war interessant, und zum ersten Mal in seinem Leben verdiente er viel Geld. Für seine Wohnung hatte er neue Möbel gekauft. Elna machte er große Geschenke, doch ihrer Beziehung war die Luft ausgegangen. Sie hatten beschlossen, eine Pause einzulegen.

»Jetzt kennen wir uns seit fünf Jahren. Ich bin dreißig. Ich will heiraten und noch ein Kind haben. Was willst du mit deinem Leben anfangen? Wovor hast du so große Angst? Du fürchtest so sehr, dich zu binden, es später zu bereuen und nicht mehr loszukommen. Ich glaube, deine Mutter hat dir diese Angst vor der Ehe eingeredet.« Elna sprach leise und undramatisch. Wenn Elna zu ihren psychologischen Erklärungen ansetzte, ging es immer um sein Verhältnis zu Juliane, was ihn wütend machte. Was wußte Elna denn über dieses Verhältnis? Es war beinahe das Gegenteil von dem, was Elna vermutete. Manchmal hatte er das Gefühl, daß Juliane sich mehr und mehr von ihren Kindern zu befreien versuchte. Sie hatte es schön mit Theodor, ohne Verpflichtungen, ganz so, wie sie es wünschte. Vielleicht erlebte sie sogar die beste Zeit ihres Lebens. Sie mischte sich niemals in Josephs Pläne ein. Doch sie wußte trotzdem, wie es ihm ging. Sie wußte mehr von ihm, als ihre Bemühungen vermuten ließen. Einmal hatte sie geäußert, sie habe Schuldgefühle wegen der Kindheit, die sie ihm zugemutet habe. »Ich habe mich auf dich gestützt, als wärst du erwachsen, dabei warst du doch nur ein Kind. Aber ich hatte einfach niemand anderen.«

Joseph wußte jedenfalls eines: daß er über eine große innere Stärke verfügte, die er von ihr hatte. Der Gedanke, daß sie eines Tages sterben würde, erfüllte ihn mit Angst. Der Angst, verlassen zu werden. Einmal beendete Elna ihre psychologischen Ausführungen mit dem Satz: »Ich finde, wir sollten eine Pause machen.« Er packte die Chance begeistert beim Schopf und entgegnete: »Ich will ohnehin niemals heiraten. Die Ehe ist meiner Meinung nach eine primitive Art des menschlichen Umgangs miteinander.« Seitdem hatten sie nicht mehr viel miteinander gesprochen und sich nur ein paarmal in der Woche getroffen. Sie schliefen beieinander, aber rührten sich nicht an. Am Morgen, beim Aufstehen, sprach keiner ein Wort.

Der Makler Stiedl räusperte sich. Joseph schrak zusammen. Er war völlig in Gedanken versunken gewesen. »Die Villa ist sehr hübsch, im englischen Landhausstil. Wir sollten eigentlich keine Schwierigkeiten haben, sie an den Mann zu bringen. Aber Frau Lichtenberg will nicht mit dem Preis runtergehen. Wenn dieser Verkauf glückt – Ihnen glückt, Herr Jensen –, dann werden Sie bald ein wohlhabender Mann sein. Ich habe mir die Zahlen des letzten Monats angesehen. Sie sind unser bester Verkäufer. Könnten Sie nicht bald den Beschluß fassen, am Königlichen Theater aufzuhören? Sie haben doch selbst gesagt, sie spielen mit dem Gedanken. Über Ihr Gehalt können wir gerne noch einmal reden.«

Joseph erhob sich und legte die Liste vorsichtig in die Mappe. »Das ist eine weitreichende Entscheidung für mich, Herr Stiedl.«

Stiedl legte ihm sanft die Hand auf die Schulter. »Denken Sie darüber nach.«

Joseph verbeugte sich höflich und ging mit der Mappe unterm Arm vergnügt hinaus. Das Kündigungsschreiben an das Königliche Theater lag bereits in seiner Tasche. Nach dem Verkauf von Rågevej 17 wollte er es abschikken. Das Schicksal mußte entscheiden. Er sah auf die Uhr. In einer Viertelstunde sollte er der schwierigen Frau Lichtenberg begegnen.

»Bissiger Hund!« stand an der schmiedeeisernen Gartenpforte. Joseph betrachtete das vornehme Haus mit den grünen Fensterläden. Im Hof stand ein eleganter Wagen, der von einem Chauffeur in Uniform gewaschen wurde. Joseph drückte die Klinke hinunter. Der Chauffeur hatte ihn bemerkt, polierte aber weiterhin die Scheinwerfer des Autos.

Joseph betrat den Gartenweg. Er klingelte. Ein Dienstmädchen mit weißer Schürze öffnete. Joseph gab ihr seine Visitenkarte mit dem Schriftzug der Maklerfirma Stiedl. Sie machte einen Knicks und nahm ihm den Mantel ab. Er stellte sich vor den Spiegel, zog den Schlips gerade und strich sich nervös über das Haar. Die Eingangshalle war nicht besonders groß. Unter einer Treppe, die zu einem Laubengang hinaufführte, stand ein großer Hundekorb. An den Wänden hingen wertvolle Gemälde. Das Dienstmädchen führte ihn ins Wohnzimmer. Eine jüngere elegante Frau sowie eine ältere Dame erhoben sich vom Sofa und gingen ihm entgegen. Im selben Augenblick erklang lautes Hundegebell. Ein großer Dobermann mit kupierten Ohren schoß wie ein schwarzer Blitz durch den Raum.

»Wer, zum Henker, hat den Hund rausgelassen? Habe ich nicht gesagt, er soll in der Küche bleiben?« Agnete Lichtenberg rief das Dienstmädchen und schimpfte mit dem Hund, der knurrend und kläffend um Joseph herumtobte. »Hörst du auf!« rief die ältere Dame. Das Dienstmädchen stieß einen spitzen Schrei aus und hielt sich die Hand vor den Mund. Joseph war zur Salzsäule erstarrt. Was für ein Irrenhaus! Wenn der Hund ihm zu nahe kam, würde er ihm einen Tritt versetzen, daß er durch die kleinen viereckigen Fenster flog. Plötzlich fielen ihm die beiden bissigen Chow-Chows aus seiner Kindheit ein, die im Rückgebäude gewohnt hatten. Die Hunde der Chinesin und des Kapitäns. »Dreh den Kopf weg, wenn sie auf dich zulaufen. Es sind kaiserliche Hunde, denen man mit Höflichkeit begegnen muß«, hatte die Frau gesagt. Dies war kein kaiserlicher Hund, sondern ein gefährlicher, völlig verstörter Dobermann. Joseph sah ihn nicht an und legte die Arme auf den Rücken, war aber bereit, ihm einen Fußtritt zu verpassen. »Hol meine Reitpeitsche und glotz nicht so dumm! Himmelherrgottnochmal, hören Sie nicht, was ich sage, Rosa?« keifte die Hausherrin. Der Hund hatte sich knurrend vor Joseph hingesetzt, als wartete er nur auf die kleinste Bewegung, die ihm gestattete, sich auf ihn zu stürzen. Das Dienstmädchen stürzte mit einer kurzen Peitsche, die einen kräftigen Griff hatte, in den Raum.

»Schlagen Sie ihn nicht. Ich mag es nicht, wenn Tiere geschlagen werden«, sagte Joseph.

»Wollen Sie lieber in den Hintern gebissen werden?« rief die Frau und schwang die Peitsche über dem Kopf.

Joseph kniete sich hin und rief den Hund, ohne ihn anzublicken. Mißtrauisch kroch dieser näher und hielt den Kopf gesenkt. »Er ist nur verunsichert«, sagte Joseph lächelnd. Der Hund kroch zu ihm und schleckte ihm das Kinn ab, während Joseph immer noch den Kopf abwandte.

»Ja, zum Teufel noch mal, das darf doch wohl nicht wahr sein!« rief Frau Lichtenberg lachend. »Sind Sie Dompteur in Ihrer Freizeit? Das ist der schärfste Hund, den ich jemals besessen habe. Ich habe schon überlegt, ihn einschläfern zu lassen. Doch er hat den großen Vorteil, daß er keine Männer mag, und das ist für eine alleinstehende Frau ziemlich praktisch.«

Frau Röse, Frau Lichtenbergs Mutter, wedelte sich mit dem Taschentuch Luft zu. »Gut für ihn, daß er Mann sieht«, radebrechte sie mit deutschem Akzent. Joseph errötete. Agnete nahm den Hund beim Halsband und zog ihn aus dem Wohnzimmer. Es entstand eine Pause. Alle sahen einander schweigend an. Agnete schien so Ende Dreißig zu sein. Sie war unglaublich elegant, und Joseph, der jeden Tag, als er mit Anna verheiratet war, etwas über Damenmode gehört hatte, erkannte zumindest, daß es sich um ein Pariser Modell handelte. Ihr welliges Haar war sehr modern frisiert. Im Nacken war es kurz geschnitten und lief zu einer kleinen Spitze zu. Sie nahm eine Zigarettenschachtel zur Hand, die sie Joseph anbot. Er schüttelte den Kopf. Sie nahm selbst eine heraus und steckte sie auf ein langes grünes Jaderöhrchen. Joseph beeilte sich, ihr Feuer zu geben. Sie kniff die Augen wegen des Rauchs zusammen und betrachtete ihn lange.

Das Mädchen trug ein Silbertablett mit Sherrygläsern herein. Die Gläser klirrten, weil ihre Hände zitterten. Man hörte den Hund winseln und an der Eßzimmertür kratzen.

»Sollen wir ihn hereinlassen?« fragte Agnete Lichtenberg und lächelte ihn herausfordernd an.

»Meinetwegen kann er gerne hereinkommen. Er hat sich bestimmt ein wenig beruhigt«, sagte Joseph.

Agnete Lichtenberg hob ihr Glas. Joseph wollte gerade »Prost!« sagen, nahm sich aber zusammen. Das tat man in diesen Kreisen sicherlich nicht. Der Hund jagte ins Zimmer, lief zu Joseph und schnüffelte zwischen seinen Beinen. Er errötete. Agnete Lichtenberg schien seine Verwirrung zu genießen. Ihre Selbstsicherheit war geradezu irritierend und sonderbar provozierend. Joseph reichte es langsam. Unaufgefordert nahm er auf einem der Medaillonstühle des Wohnzimmers Platz. Er schnippte mit den Fingern, worauf der Hund sich an seine Seite setzte und zu ihm aufblickte. »Platz!« sagte er und zeigte auf den Boden. Der Hund legte sich seufzend auf seinen Schuh.

Die Damen lachten. »Er glaubt vermutlich, Sie seien der Herr im Haus. Kommen Sie, Herr ... wie war das noch gleich? Wie Sie wissen, bin ich verwitwet. Mein Mann hat letztes Jahr den Löffel abgegeben.«

Joseph schaute sie verwundert an. Was für ein Benehmen! Fand sie das komisch? Er musterte sie. Das schien nicht der Fall zu sein. Sie schien sich einfach so auszudrücken, wie sie es gewohnt war. Auch ihre Mutter störte das offenbar nicht. Doch sie sprach nur ein schlechtes Dänisch und verstand vielleicht nicht alles so genau. Stiedl hatte recht gehabt. Frau Lichtenberg war wirklich ein Original. Doch mit dem Haus war alles in Ordnung. Es war eine sehr elegante Villa, die geschmackvoll eingerichtet war. Es gab eine Menge orientalische Antiquitäten. Geld schien dieses verwöhnte Luxusweib wahrlich genug zu besitzen.

Er betrachtete die ältere Dame. Sie lächelte ihn aufmunternd an und zwinkerte ihm zu.

Sie machten eine Runde durchs Haus. Im Erdgeschoß gab es einen kleinen Salon, ein ziemlich geräumiges Wohnzimmer und ein elegantes Eßzimmer, das über einen praktischen Durchgang zur Küche verfügte. Hinter der Küche befand sich das Zimmer des Chauffeurs, von dem aus eine Tür zur Garage führte und zum Reitstall, der zwei Boxen hatte.

Die erste Etage verfügte über ein Ankleidezimmer, ein

großes Schlafzimmer und drei kleinere Räume, von denen eines als Dienstmädchenzimmer diente. Das Bad war klein und etwas renovierungsbedürftig.

Joseph konnte seinen Blick nicht von Frau Lichtenbergs Nacken wenden. Er war beinahe unanständig nackt. Wenn sie sich zu ihm umdrehte und ihn anlachte, wirkte sie wie ein kleines, unartiges Mädchen. Vielleicht war sie das auch. Möglicherweise hatte sie niemals jemand als Erwachsene ernst genommen. Gott allein wußte, was in diesem Haus alles geschehen war. Woran war der Mann eigentlich gestorben? Sie war zumindest die sonderbarste Kundin, die er seit langem gehabt hatte.

Nach Beendigung des Rundgangs saßen sie wieder im Wohnzimmer. »Meine Villa darf nicht einfach an irgend jemand verkauft werden, sondern nur an Leute mit Geschmack. Es würde mich stören, wenn ein einfacher Wurstfabrikant mein Haus übernähme. Es hat nämlich eine Seele«, sagte Frau Lichtenberg ernst.

»Warum verkaufen Sie es dann?« fragte Joseph und sah ihr in die Augen.

»Weil ich allein und sehr einsam bin.«

Joseph antwortete nicht. Das war doch eine höchst merkwürdige Frau. Erst fluchte sie wie ein alter Seemann, und jetzt stand sie da und glich einem kleinen Mädchen, das sich verlaufen hatte. Ihm war klar, daß es sehr problematisch werden würde, den richtigen Kunden für die schrulligen Damen zu finden. Doch es war eine Herausforderung, vielleicht gar eine Prüfung, die Herr Stiedl ihm auferlegt hatte. Das wäre nicht verwunderlich. Aber er würde das Haus verkaufen, und wenn er seinen Lohn bekommen hatte, die Kündigung an das Königliche Theater in den Briefkasten werfen. Mit diesem Plan steuerte er das Ziel an.

»Ich habe eine Liste für Sie dabei«, sagte Joseph und öffnete seine Mappe. Frau Lichtenberg nahm sie entgegen, ohne die Augen von Joseph zu wenden. Sie legte die Aufstellung zerstreut auf den Tisch, als hätte sie völlig vergessen, warum sie ihn hatte kommen lassen.

Joseph und Herr Stiedl setzten sich bei Oscar Davidsen an den Tisch. Die Speisekarte für die belegten Brote reichte bis über die Tischkante. Zwei Kellner mit auf dem Rücken gefalteten Händen warteten geduldig.

Die Herren studierten sorgfältig die verschiedenen Variationen. Hier auf dem Åboulevarden ging es gediegen zu, mit grünen Veloursgardinen, einem Linoleumbelag, der aussah wie ein Teppichmuster, weißen Damasttischdecken, hübsch aufgestellten Servietten und eleganten Gläsern. Das Restaurant war sehr erfolgreich, eine Tischbestellung unbedingt erforderlich. Rauchschwaden trieben durch das Lokal, und man hörte das leise Summen der Herren, die sich bei belegten Broten und Faßbier, das in bauchigen Gläsern serviert wurde, mit gedämpften Stimmen über geschäftliche Dinge unterhielten.

»Was sollen wir bloß mit Rågevej 17 machen?« Stiedl lehnte sich in seinem grünen Lederstuhl zurück und zündete sich eine neue Zigarre an.

»Meiner Meinung nach sollten wir Frau Lichtenberg bitten, sich an jemand anderen zu wenden. Seit fast zwei Monaten habe ich ihr jeden Sonntag neue, interessante Kunden vorgestellt. Im Grunde wollen Frau Lichtenberg und ihre Mutter die Villa gar nicht verkaufen. Sie machen sich nur für den sonntäglichen Besuch zurecht, damit in ihrem Leben etwas geschieht. Das ist reines Theater. Ich hatte mindestens drei Paare, die bereit waren, an Ort und Stelle den Kaufvertrag zu unterschreiben. Doch in dem

Moment, in dem der Vertrag unterschrieben werden sollte, war Frau Lichtenberg mit irgendwelchen Einwänden zur Stelle.« Joseph war sehr erregt. Wieviel Zeit hatte er bei diesem Weib schon vergeudet! Stiedl betrachtete ihn lächelnd. Er mochte Joseph Jensen. Er war tüchtig und fleißig. Wenn er sich doch nur vom Theater losreißen könnte. Stiedl hatte Pläne mit ihm. Joseph besaß auch ein gutes Gespür für Anzeigentexte und Werbemaßnahmen.

»Einer der Interessenten war übrigens ein Schlachtermeister, der gut bei Kasse war und in einem offenen Sportwagen kam. Die Frau mit Schleier und in voller Montur. Sie waren von dem Haus total begeistert. ›Wo ist der Kaufvertrag? Ich unterschreibe sofort!‹ rief der Schlachtermeister. Frau Lichtenberg sah sie schweigend an und zeigte dann auf die Schuhe der Frau Schlachtermeister. ›Wenn ich so dicke Knöchel hätte, würde ich wirklich nicht so auffällige Schuhe tragen‹, sagte sie. Die Frau schäumte vor Wut und verließ mit ihrem Mann das Haus. Später rief der Schlachtermeister an und sagte, er habe inzwischen seine Frau beruhigt und immer noch Interesse an der Villa. Dieses Haus solle es sein. Ich rief Frau Lichtenberg an, die ausnehmend freundlich war und sich entschuldigte, daß sie der Frau Schlachtermeister zu nahegetreten war. Als ich glaubte, alles sei in Ordnung, rief der Schlachtermeister erneut an und war außer sich vor Zorn. Frau Lichtenberg hatte ihn fast einem Verhör unterzogen, wie er sich die Einrichtung des Hauses gedacht hätte. Ihr Heim solle nämlich nicht in eine neureiche Angeberbude verwandelt werden, wie sie sich ausdrückte.«

Joseph wartete, daß sein Arbeitgeber sein Glas mit dem Faßbier erheben würde. Stiedl schüttelte lachend den Kopf und prostete ihm zu, worauf Joseph nervös sein Bier hinunterstürzte.

»Sie sind ein großartiger Erzähler, Herr Jensen«, gluckste er. Ein Kellner servierte eine Platte mit belegten Broten, der andere hielt andächtig die Biere in der Hand.

Joseph und Herr Stiedl falteten die Damastservietten auseinander und legten sie auf den Schoß.

»Morgen werde ich mein Kündigungsschreiben am Königlichen Theater abliefern. Ich habe noch mal über alles nachgedacht, Herr Stiedl. Ich traue mir den Sprung zu. Zwar habe ich Rågevej 17 nicht an den Mann bringen können, was ich mir eigentlich zur Bedingung gemacht hatte. Doch die beiden anderen Häuser, Svanemøllevej und Schimmelmannsvej, die sind verkauft. Wir haben gestern die Verträge unterschrieben.« Joseph sah Herrn Stiedl voller Stolz an.

Dieser legte überrascht Messer und Gabel hin.

»Darauf müssen wir einen trinken, Herr Jensen. Herr Ober, noch zwei Schnäpse!«

Der Kellner schenkte ein. Joseph und Herr Stiedl hoben die Gläser und prosteten sich feierlich zu.

»Ich habe eine kleine Überraschung für Sie«, sagte Herr Stiedl lachend. Joseph schaute ihn verwundert an.

»Ich habe mich entschlossen, Rågevej 17 aufzugeben. Doch es scheint so, als ob Rågevej 17 *Sie* nicht aufgeben will, Herr Jensen.« Er zog ein weißes Kuvert aus der Tasche. »Das ist für Sie von Frau Lichtenberg. Der Chauffeur gab es mir, bevor ich losfuhr. Wissen Sie, was ich glaube, Herr Jensen? Sie hat ein Auge auf Sie geworfen!«

# 16

Emilie goß Wasser in den großen, hohen Eisentopf, der auf dem Herd stand. Sie war verärgert. Juliane durfte sie nicht so herumkommandieren. Den ganzen Vormittag hatte sie schon darüber nachgedacht, wie sie ihrer Schwiegermutter die Meinung sagen konnte. Irgend jemand mußte etwas unternehmen. Juliane war im Moment sehr unausgeglichen. Vielleicht war das große Glück mit Theodor schon vorüber. Johan hatte seine eigene Theorie: »Mutter kann sich einfach nicht daran gewöhnen, daß wir erwachsen geworden sind. Ständig will sie über unser Leben bestimmen und an unseren Erlebnissen teilhaben. Ich glaube, sie kommt sich überflüssig vor. Theodor hatte auch nicht immer Zeit für sie. Sie fordert ständig so viel Aufmerksamkeit und hat solch eine Energie.« Emilie band das Suppengrün mit einem Baumwollfaden zusammen und legte es in den Topf. In der Familie Jensen gab es fortwährend Streitigkeiten. Bei ihnen zu Hause war das nie der Fall gewesen. Dort redete man ordentlich und besonnen miteinander. Sie erinnerte sich daran, wie sie die gesamte Familie kennengelernt hatte. »Warum streitet ihr so miteinander?« – »Aber wir streiten doch gar nicht.« Wilhelm, ihr Verlobter, sah sie verwundert an. »Wir diskutieren doch nur.« Aber Emilie konnte Julianes Art zu diskutieren nicht ausstehen.

Emilie kam aus gutem Hause. Sie hatte das Lyzeum besucht und liebte ihren Wilhelm. Sie war im dritten Monat, als sie heirateten. Damals hatte sie solche Angst gehabt, was Juliane dazu sagen würde. Aber die Schwiegermutter verlor kein Wort darüber. Julianes Reaktionen waren schon immer unvorhersehbar gewesen.

Wilhelm und Emilie hatten sich ein gemütliches Zuhause eingerichtet. Ihr Vater hatte sie mit einer großzügigen Mitgift ausgestattet, von der sie sich Möbel kaufen sollten. Wilhelm, der gute Manieren hatte und sich gewählt ausdrückte, hatte eine Stelle als Vertreter für einen Mehlfabrikanten bekommen.

Jørgen, ihr kleiner Junge, war jetzt anderthalb Jahre alt. Ein netter Bursche. Der hübscheste aller Enkel. Das sagte jedenfalls sein Großvater. Emilie behandelte ihn wie eine kleine Puppe. Er hatte lange blonde Locken und große blaue Augen. Zu Juliane hatte sie seit Jørgens Geburt ein besseres Verhältnis. Juliane konnte sich an dem kleinen Jungen nicht sattsehen. »Er ist gar nicht wie die anderen Racker, sondern so gutmütig und sanft. Ich glaube, ich habe ihn kaum einmal schreien gehört«, sagte Juliane, während sie Jørgen auf den Arm nahm.

»Das hat er von meiner Familie«, sagte Emilie und sah ihre Schwiegermutter entschieden an.

Doch in der letzten Woche war Juliane plötzlich unangemeldet erschienen. Sie war direkt in die Küche gegangen, in der Emilie das Essen zubereitete.

Sie hatte den Deckel abgehoben und die Weißkohlsuppe probiert. »Das ist ja die reinste Plörre. Wilhelm braucht eine kräftige Suppe; die ist er gewohnt. Geh runter und kauf ein paar Markknochen.«

»Das hier ist meine Küche, Schwiegermutter. Zu Hause kannst du deine eigene Suppe kochen.«

Juliane hatte wütend die Tür hinter sich zugeknallt, doch zu allem Überfluß wurde auch noch Wilhelm zornig. »Wenn Mutter dir beibringen will, wie man eine richtige Suppe kocht, dann mach dir doch ihre Erfahrung zunutze. Du mußt lernen, nachsichtig mit ihr zu sein, Emilie.« Nur wenn er zornig war, sagte er Emilie, ansonsten nannte er sie Misse.

Sie hatte eine Woche lang nicht mit ihm gesprochen. Für heute hatten sich Valborg, Johan und Juliane zum Essen angekündigt, und sie sollten eine Suppe bekommen, die besser als Julianes schmeckte. Sie hatte sich das Rezept ihrer Großmutter besorgt, und diese hatte auf einem Gutshof gelernt. Zwei Markknochen und ein großes Stück Rinderbrust schwammen in der Suppe. Der große Kessel war bis zum Rand gefüllt. Das Wasser bedeckte so eben das große Fleischstück.

Emilie schob den schweren Eisentopf auf dem Herd hin und her. Jetzt kochte die Suppe und sollte aufschäumen. Sie schob den niedrigen Küchenschemel vor den Herd, um das Fett einfacher abschöpfen zu können. Sie schaute in die sprudelnde Flüssigkeit mit den braunen Stücken.

Vielleicht sollte sie die Suppe klären. Sie wollte noch mal im Rezept nachschauen und lief ins Wohnzimmer. Jørgen, der den Fußboden mit einem Holzlöffel traktierte, stand auf.

Plötzlich hörte man ein fürchterliches Krachen und einen gellenden Schrei, dann war alles still. Emilie schrie auf und lief in die Küche. Es war so, als liefe sie durch Wasser, als könnten ihre Beine sich nicht schnell genug bewegen.

Jørgen lag auf dem Boden, der Suppentopf auf ihm drauf. Er war rotblau angelaufen und bewußtlos. Emilie hob das Kind auf und versuchte, ihm den Pullover auszuziehen. Er klebte dampfend an der Haut. Sie schüttelte ihn schreiend, während sein Kopf hin und her baumelte und ihm Schaum aus Mund und Nase quoll.

Der Junge starb am selben Abend. Wilhelm hielt Emilie fest. Sie hatte einen Schock und rief unablässig nach ihrer Mutter. Zwischendurch schaute sie Wilhelm an und weinte. »Ich will sterben, laß mich sterben. Ich kann nicht weiterleben ohne mein Kind.«

»Wollen Sie ihn sehen?« fragte der Arzt. Wilhelm schüttelte den Kopf.

Juliane kam. Thora war bei ihr. Juliane ging zum Arzt, ohne Emilie und Wilhelm zu beachten. »Wo ist mein Enkelkind?«

Wilhelm ließ Emilie los. »Jørgen ist tot, Mutter.«

Juliane umarmte ihn, ließ ihn dann los und fragte den Arzt. »Wo ist mein Enkel? Ich will ihn sehen.«

Der Arzt schaute zu Wilhelm hinüber, der nickte.

Das Kind lag auf einer Bahre und war in ein Laken eingeschlagen. Juliane zog das Tuch langsam zurück und betrachtete das kleine, maskenhafte, rotblaue Gesicht. Die Haut hatte Blasen geworfen. Sie nahm seine Hand und küßte sie. »Leb wohl, mein kleiner Junge. Du bist das erste Kind, das vor mir stirbt. Entschuldige, daß ich dich nicht beschützen konnte.« Sie sprach laut mit ihm. Die Krankenschwester in der langen schwarzen Tracht trocknete sich mit dem Ärmel die Augen.

Juliane ging auf den Flur. Wilhelm stand bei Emilie und schaute seine Mutter hilflos an. Sie ging zu ihm. Emilie schluchzte heiser: »Mutter, wo ist meine Mutter? Ich will sterben.«

Juliane packte sie an den Armen und schüttelte sie. »Du wirst nicht sterben. Du bekommst mit Wilhelm ein neues Kind und ziehst deine Lehre daraus. In Christianshavn binden wir Kleinkinder fest, wenn wir Suppe kochen.«

Wilhelm schlug nach seiner Mutter. »Geh jetzt, Mutter!« rief er, schlang beschützend die Arme um Emilie und zog sie an sich.

Als Juliane nach Hause kam, versammelten sich die übrigen Kinder um sie, während sie weinend berichtete, was geschehen war.

Joseph und Johan brachten sie ins Bett. Die Frauen umarmten einander. Viggo setzte sich auf einen Stuhl neben das Bett seiner Mutter und hielt ihre Hand. In der Nacht wachte er auf und hörte sie heiser schluchzen: »Warum habe ich sie nicht gewarnt, warum, warum?«

Er hielt sie fest. »Das ist doch nicht deine Schuld, Mutter«, sagte er weinend.

»Geh, Viggo, geh jetzt, mein Junge. Ich möchte allein sein.«

Um vier Uhr stand sie auf, schloß den Eckschrank auf und holte die Schnapsflasche hervor. Viggo schlief auf dem Sofa. Sie betrachtete ihn. Dann ging sie zum Fenster und schaute in den Himmel. »Hörst du mich, Gott? Ich hasse dich!« rief sie. Dann setzte sie sich hin, nahm die Flasche und trank.

Emilie war noch im Schockzustand. Die ersten beiden Tage nach Jørgens Tod war sie nicht in der Lage gewesen zu sprechen. Sie lag in ihrem Bett, während die Familienmitglieder abwechselnd bei ihr waren. Wilhelm fürchtete, sie könne sich etwas antun.

Am Tag vor dem Begräbnis stand Josephine vor Emilies und Wilhelms Tür. Wilhelm hatte gehofft, daß sie kommen würde. Sie hatte ja selbst ihr jüngstes Kind während einer Diphterieepidemie verloren, und er hatte gehört, sie habe über zwei Jahre getrauert und sich merkwürdig benommen. Er ließ seine Tante herein und drückte ihr dankbar die Hand.

Juliane hatte sich nicht gezeigt, und Wilhelm wollte sie auch nicht sehen. Ihre Reaktion auf den Tod des Enkelkinds hatte die Kinder empört. Wilhelm hatte Joseph nach seiner Meinung gefragt, warum ihre Mutter so heftig reagiert hatte. »Mutter liebte den Jungen. Als sie ihn da liegen sah, tot und verbrüht, sagte sie zu sich selbst: Nie ist eines meiner Kinder gestorben. Sie ist stolz darauf, uns alle durchgebracht zu haben. Sie fühlt sich schuldig an Jørgens Tod und will niemand sehen, weder uns noch Theodor. Sie will allein sein. Das paßt nicht zu ihr. Gewöhnlich ist sie stark. Doch vielleicht steht es um ihre Gesundheit nicht so gut, wie wir annehmen.« Die Brüder schwiegen.

In der Nacht begann Emilie zu sprechen. »Ich kann ohne mein Kind nicht weiterleben, Tante Fine.«

Josephine saß strickend am Bett. »Ich weiß. Das dachte ich auch. Ich wollte sterben. Doch ich hatte ja noch die anderen. Für dich ist es schlimmer. Du hast keine anderen Kinder. Aber denk jetzt nicht daran, ein neues Kind zu bekommen. Laß Wilhelm und die anderen einfach reden. Die verstehen das nicht. Gib dich deiner Trauer hin, bis diese ihren Griff lockert.«

Josephine schaute Emilie nicht an, während sie sprach. Sie strickte, breitete ihr Strickzeug aus, betrachtete es aufmerksam und tauschte die Nadeln.

Emilie drehte sich auf den Rücken und schaute mit ihren verquollenen Augen zur Decke. Innerlich zitterte sie noch immer, die Augen schmerzten, und das Sprechen fiel ihr sehr schwer. Sie dachte über Tante Fines Worte nach. Sie linderten die Schmerzen ein wenig. Sie schaute Josephine an. »Als du dein Kind verloren hast, traf dich keine Schuld. Kann ich jemals meine vergessen, wenn ich andere Kinder habe?« fragte sie unter Tränen. Josephine setzte sich und nahm sie in den Arm. »Man vergißt seine toten Kinder niemals. Die liebt man immer stärker als die anderen. Diese Liebe ist unzerstörbar«, sagte sie.

Emilie legte sich zurück und fiel in Schlaf. Als sie aufwachte, erblickte sie Josephines schwarze Gestalt vor dem Fenster. Sie hatte es geöffnet. Die Sonne war gerade aufgegangen. Josephine hatte ihr den Rücken zugekehrt und schaute nach draußen. Dann drehte sie sich um und sah zu Emilie hinüber. »Ich gehe jetzt nach Hause. Soll ich Wilhelm rufen?« Emilie nickte. Josephine packte ihr Strickzeug ein und strich ihr Kleid glatt. »Komm, laß mich deine Haare frisieren und hochstecken, dann geht's dir schon besser.« Sie nahm eine Bürste und begann mit langen, ruhigen Bewegungen, Emilies Haare zu bürsten.

# 17

Die Familie machte sich Sorgen um Juliane. Seit dem Tod von Emilies und Wilhelms Kind war fast ein Jahr vergangen, doch sie war immer noch nicht sie selbst. Zweimal war sie gestürzt und hatte beide Male über heftige Schmerzen der linken Kopf- und Gesichtshälfte geklagt. »Das sind kleine Gehirnblutungen«, sagte der Arzt. »Sie hat zu hohen Blutdruck. Das kann man nicht ändern. Sie ist ein apoplektischer Typ.«

Joseph hatte ein schlechtes Gewissen, wenn er keine Zeit fand, sie zu besuchen. Doch heute hatten sie gemeinsam gefrühstückt. Sie war beinahe die alte. »Wie geht es mit Theodor, Mutter?«

Juliane zuckte die Schultern. »Theodor kümmert sich nur um mich, wenn ich gesund und guter Dinge bin. Irgend etwas ist geschehen, Joseph. Ich mache mir nichts mehr aus anderen Menschen.« Sie lächelte entschuldigend. »Natürlich, aus meinen Kindern ...«

Vielleicht täte ihr ein Tapetenwechsel gut. Er würde sie gerne in ein Kurhotel oder an einen anderen Ort einladen, wo sie Ruhe hatte und es sich gutgehen lassen könnte. Sie war ja nie aus Christianshavn herausgekommen. Vielleicht Bornholm. Das wäre ein Erlebnis für sie.

Er ging zu Fonnesbech und sah sich die Schaufenster an. Die Leute standen dichtgedrängt, betrachteten die ausgestellten Abendkleider und grummelten verärgert. Das waren doch beinahe Damenhemden. Der Großkaufmann Fonnesbech lief auch immer den neuesten Trends hinterher. Einige Damen schüttelten die Köpfe. »Eine Beleidigung, fast etwas für Dirnen.« Joseph betrachtete sie lächelnd. Was war Kopenhagen doch für ein Dorf.

»Joseph, wie lange ist das her! Siehst du dir etwa Abendkleider an?« fragte Anna lachend und zeigte auf das Schaufenster. »Die Kopenhagener halten diese Sachen für anzüglich. Die sollten einmal die Pariserinnen sehen.«

Joseph trat einen Schritt zurück und lüftete seinen Strohhut. »Du siehst blendend aus, Anna. Wirklich elegant, ich muß schon sagen . . .« Sie schauten sich etwas befangen an. Seit vier Jahren hatten sie sich nicht gesehen.

»Es ist sonderbar, daß wir uns nicht schon früher begegnet sind, oder?« Anna stieß ihn an und lachte. Die Passanten drehten sich um und schauten sie an. Ihr Hut war aufsehenerregend; er war ausladend und weiß und besaß ein Samtband sowie einen Schleier mit kleinen Punkten aus Velours. »Was habe ich in der Stadt gehört, Joseph? Du bist nicht mehr am Theater, und es heißt, du seist Geschäftsmann geworden und verdienst einen Haufen Geld?«

Joseph lächelte bescheiden und nahm ihren Ellbogen. »Wenn du nichts anderes vorhast, lade ich dich zum Lunch in den Tivoli ein. Ich brauche ein bißchen Aufmunterung.«

»Schön. Ich habe heute meinen freien Tag. Der Salon läuft so gut, daß ich mich am Mittwoch vertreten lasse.«

Joseph nahm ihren Arm, und gemeinsam gingen sie die Hauptstraße hinauf. Ein offener Wagen fuhr vorbei und stieß eine schwarze Rauchwolke aus. »Man kommt kaum noch durch vor lauter Autos«, sagte Anna und wedelte die Abgase mit der Hand weg. »Schau mal den mit der weißen Kappe an. Ich glaube, das ist Carl Brisson. Er fährt die Straße auf und ab, nur um gesehen zu werden. Er hat wirklich Charme. Aber du fährst ja nicht selbst, sondern hast einen Chauffeur, wie ich gehört habe«, sagte Anna herausfordernd und lachte.

Joseph erstarrte. Woher wußte sie, daß er mit Agnete Lichtenberg Ausflüge unternahm? Er dachte, sie seien sehr diskret gewesen.

Anna plapperte in einer Tour. Joseph antwortete zerstreut, während es wie wahnsinnig in seinem Kopf arbeitete. Woher wußte sie es? Wer wußte es noch? Wenn Anna im Bilde war, war es die ganze Stadt.

Sie bekamen einen Tisch im Divan. Das Frühstückskonzert hatte bereits begonnen. Hier wimmelte es von Leuten, obwohl es halb eins an einem ganz gewöhnlichen Mittwoch war. Die Abonnentinnen saßen verstreut auf den Bänken und genossen die Sonne. Die Herren schlenderten an den Bänken vorbei, auf denen die jungen Sekretärinnen und Telefonistinnen saßen und ihre mitgebrachten Lunchpakete aßen. Man grüßte die Bekannten, und die Herren zogen hin und wieder ihren Hut.

Der Kellner kam mit den Krabben. »Meine ersten Krabben«, sagte Anna begeistert. »Für mich keinen Schnaps, Joseph. Das weißt du doch.«

Joseph sah sie gespannt an. Wie, zum Teufel, wollte sie die Krabben durch den Schleier bekommen? Als ob sie seine Gedanken gelesen hätte, steckte sie den Schleier an den Hut und lächelte ihn an. »So.«

»Du siehst glücklich aus, Anna. Bist du immer noch allein und lebst für deinen Beruf?« fragte Joseph.

»Ich werde am zweiundzwanzigsten Juni heiraten.«

Joseph schaute sie überrascht und mit einer Spur Eifersucht an.

»Darf man fragen, wen?«

»Er ist Kaffeehändler und hat mich beinahe zur Ehe gezwungen; er ist mir völlig verfallen«, sagte Anna und nippte an ihrem Weißwein.

Joseph lachte. Das war die alte Anna. Immer dramatisch. Diese Frau hatte einen Diva-Komplex. »Wie heißt dein Kaffeehändler?«

Anna errötete. »Ferdinand Petersen«, sagte sie spitz.

»Ferdinand. Wie sagt man bloß ›Ich liebe dich, Ferdinand‹? Und dann auch noch Petersen. Dann wirst du also Korsberg-Petersen heißen, oder?« Joseph lachte Tränen und trocknete sie mit der Serviette.

Anna sah ihn verärgert an. »Du bist immer noch der alte. Immer mußt du mich aufziehen.«

»Es geht einfach nicht anders. Liebe Anna, sag mir doch bitte, unserer alten Freundschaft zuliebe, wie du Ferdinand nennst.«

Anna schüttelte den Kopf. Joseph hob sein Glas. »Ach komm schon, Anna.«

Sie blickte auf den Teller. »Nanse«, sagte sie leise.

Joseph brach erneut in Gelächter aus. Anna lachte mit. Plötzlich war es wie früher, als sie ihren Spaß miteinander gehabt hatten.

Sie schauten sich an. Es entstand eine Pause, in der sie schweigend aßen.

»Wir werden in eine große Wohnung nach Østerbro ziehen. Ich bekomme ein Dienstmädchen, und Ferdinand hat ein Auto. Das Beste an ihm ist, daß er so gerne ausgeht und mich vorzeigt. Er ist wirklich stolz auf mich, Joseph. Wir tanzen Tango und haben gerade bei einer Revue im Tivoli die Sidney Russels Girls gesehen. Magst du Jazz?«

»Nee, diese Negermusik ist nichts für mich.«

»Und was ist mit deiner neuen Freundin? Mag sie auch keine Negertänze?«

Joseph unterbrach sein Essen. »Wo hast du das gehört?«

Sie antwortete nicht, sondern amüsierte sich bloß über seinen Gesichtsausdruck.

»Ich glaube, Anna, du meinst eine meiner Kundinnen, mit der ich mich mehrere Male treffen mußte. Wir haben ein rein freundschaftliches Verhältnis.«

»Sie heißt Frau Lichtenberg, ist elegant und exzentrisch und wohnt mit ihrer Mutter zusammen. Sie ist die Witwe Nikolaj Lichtenbergs und wohnt in Hellerup. Du ißt mindestens einmal in der Woche bei ihr zu Abend. Sie ist rasend in dich verliebt, und auch ihre Mutter hat ein Interesse an dieser Verbindung. Du benimmst dich sehr zurückhaltend, aber fühlst dich auch durch ihre Aufmerksamkeit geschmeichelt, und einmal hast du sogar bei ihr übernachtet.«

Anna legte Messer und Gabel hin und betrachtete den schockierten Joseph wie eine Katze, die zum dritten Mal ihre Klauen in die Maus schlägt und sich jetzt auf den endgültigen und entscheidenden Hieb freut.

Mit sicherer Hand schenkte sie den Kaffee ein, während sie lachte.

Er zuckte resigniert mit den Schultern. Anna tätschelte ihm die Hand. »Hauptsache, du bist glücklich.«

»Wir sind nur Freunde«, stammelte Joseph mit rotem Kopf.

Nachdem Joseph bezahlt hatte, versuchte er sich zu revanchieren. »Siehst du deine Freundin Claire hin und wieder?«

Anna knöpfte ihren langen Handschuh zu. »Nein, sie

war in einer Nervenklinik, nachdem ich unsere Verbindung beendet hatte. Danach ging sie nach London, wurde als Suffragette inhaftiert und bekam einen Monat. Jetzt lebt sie in Paris und wohnt mit einer Tänzerin zusammen. Aber ich bin eine ganz normale Frau, Joseph. Das mußt du wissen. Ich mache mir nur nicht soviel aus dem Geschlechtsleben.«

»Was sagt Ferdinand dazu?« fragte Joseph.

»Er ist beinahe erleichtert. Er ist ja nicht mehr der Jüngste«, sagte Anna und küßte Joseph leicht auf die Wange. »Leb wohl, Joseph, mach's gut. Es war schön mit dir. Habe ich dich zu sehr geärgert heute?«

Joseph lächelte gequält. »Wer ist sie, die Spionin?«

»Das verrate ich nicht. Doch eines Tages wirst du es bestimmt selbst herausfinden und sie kennenlernen.« Anna zog den Schleier nach unten und winkte Joseph triumphierend zu.

Erschöpft ging er durch den Tivoli. Mit Anna zu essen war wie ein innerer Hausputz gewesen. Er war ganz benommen. Jetzt hatte sich das Gerücht in ganz Kopenhagen verbreitet. Zum Teufel noch mal! Doch glücklicherweise genoß er immer noch seine Freiheit und hatte Agnete nichts versprochen.

Agnete Lichtenberg ging im Wohnzimmer nervös auf und ab. Hin und wieder trat sie ans Fenster und sah hinaus. Draußen herrschte die schönste Jahreszeit.

Joseph wollte heute zum Abendessen kommen. Sie hatte ihn seit vierzehn Tagen nicht gesehen und wurde langsam verrückt. Unzählige Male hatte sie im Büro angerufen. Er war nicht dort gewesen und hatte auch nicht zurückgerufen. Sie hatte ihm einen Brief geschickt, und eines Abends war sie so dumm gewesen, sich von Spuhr, ihrem Chauffeur, zu seiner Adresse fahren zu lassen. Sie hatte nicht gewagt auszusteigen. Sie hielten einfach an der Straße. Spuhr sagte nichts, doch sie konnte seinem Nacken ansehen, daß er hinter dem Steuer feixte.

Warum hatte sie sich nicht beherrschen können? Es war entwürdigend. Wie eine läufige Hündin, dachte sie und schämte sich. Sie kam nicht zur Ruhe und dachte Tag und Nacht an ihn. Sie konnte weder essen noch schlafen. Offenbar war sie drauf und dran, in ihrem achtunddreißigsten Lebensjahr, den Verstand zu verlieren. Als sie ihn dann endlich sah, wußte sie kaum, was sie sagen sollte, und dachte mit Schaudern daran, wie ungeschickt und dumm sie sich benahm. Sie machte alles falsch, lachte zu laut und fluchte. All das, von dem sie wußte, daß es den Leuten auf die Nerven ging.

Sie ging von einem Fenster zum nächsten und schaute auf die Uhr. Er hätte längst hier sein sollen. Die letzten Monate waren ein Chaos gewesen. Anfangs hatte sie das Haus verkaufen wollen, aber als sie Joseph das erste Mal zu Gesicht bekam, hatte sie bereits einen Entschluß gefaßt. Sie würde nicht verkaufen. Sie hatte andere Pläne, die sie kaum sich selbst einzugestehen wagte. Sie wollte *ihn*. Er und kein anderer sollte es sein. Ob er heiraten wollte, war ihr gleichgültig. Was kümmerte sie das Geschwätz der Leute? Er sollte nur bei ihr sein. Bismarck, ihr Hund, wußte es; er hatte es vom ersten Tag an gespürt. Das war Schicksal. Aber warum bemerkte Joseph es nicht?

Heute nacht war sie um drei Uhr erwacht. Sie faßte einen verzweifelten Entschluß. Sie hielt es nicht länger aus. Heute würde sie ihn fragen. Dann konnte er über sie lachen; vielleicht würde er sie verlassen. Sie stand auf, setzte sich an den Schreibtisch und öffnete ihr Tagebuch. Oben auf die Seite schrieb sie: »Negative Seiten an Joseph

Jensen: er ist zu jung, kann nichts vorweisen, hat keinen Bildungshintergrund. Er und seine Familie sind sicher Schmarotzer.« Sie betrachtete seufzend die Aufstellung. Ich weiß nicht einmal, ob er mich mag. Warum verhält er sich mir gegenüber so gleichgültig? Dabei könnte ich ihm alles bedeuten. Er hat bestimmt viele Mädchen. Was, zum Teufel, hat er eigentlich in meiner sicheren Existenz zu suchen?

Sie legte sich wieder ins Bett, lag aber den Rest der Nacht wach.

Frau Röse entdeckte das Tagebuch, als sie im Zimmer ihrer Tochter Staub wischen wollte. Sie nahm ihre Brille aus der Tasche, las und blieb lange Zeit stehen. Dann legte sie seufzend das Buch beiseite und sagte auf deutsch: »Du spinnst wie eine alte Jungfer. Was brauchst du einen richtigen Mann?«

Der große Dobermann stand auf und streckte sich, legte die Vorderpfoten auf die Fensterbank und sah hinaus. »Kommt er?« Agnete sah den Hund gespannt an. Der jagte kläffend zur Tür. Sie ließ ihn nach draußen. Wie ein schwarzer Strich schoß er den Gartenweg entlang. Joseph öffnete die Pforte und wurde vom Hund beinahe umgeworfen.

Agnete eilte auf den Flur, blickte nervös in den Spiegel und zupfte sich die Haare zurecht. Im Spiegel sah sie das gaffende Dienstmädchen. »Ich lasse Herrn Jensen selbst herein. Sorgen Sie dafür, daß er in zehn Minuten seinen Whisky mit Soda bekommt.«

Sie umarmte ihn. »Endlich bist du gekommen. Du hast mir gefehlt. Komm rein und setz dich.« Sie zog ihn ins Wohnzimmer.

»Was für eine herrliche Luft heute abend. Es duftet nach Frühling, und wie schön dein Garten ist. Die Magnolien und die Obstbäume blühen. Du solltest das Haus photographieren lassen!«

Das Dienstmädchen brachte einen Whisky mit Soda. Joseph nahm ihn und setzte sich. Agnete blieb schweigend stehen und betrachtete ihn. Jetzt wollte sie es sagen; ihr Herz hämmerte und ihre Knie zitterten. Fast wurde sie ohnmächtig. »Joseph, ich vermisse dich, wenn du nicht da bist. Du magst Mutter doch, oder? Und das Haus ebenfalls. Ich möchte gerne, daß du einziehst.«

Joseph schaute sie überrascht an. Er konnte Herrn Stiedls Stimme hören. »Greifen Sie nur zu, Herr Jensen. Bei ihr können Sie sich auf vielen Feldern bewähren. So eine heiße Witwe bekommt man nicht zweimal angeboten.«

Das war doch absurd. Sie war nichts für ihn. Sie war sehr nett und amüsant. Aber ein Dasein als Gigolo? Die Frau mußte übergeschnappt sein.

Wie sollte er jemals diesen Anforderungen genügen? Er würde dumm rumsitzen, während sie die Brieftasche zückte und für alles aufkam. Eigentlich mußte sie ihn für verrückt halten. Er zog sie lachend auf das kleine, gelbe Seidensofa. »Agnete, was ist los mit dir? Man sollte kaum glauben, daß du eine erwachsene, selbständige Geschäftsfrau bist. Anscheinend bist du immer gewohnt gewesen, nur auf das zu zeigen, was du haben wolltest, und schon hast du es bekommen. Man kann nicht genauso auf Menschen zeigen.«

Frau Röse betrat das Wohnzimmer und blieb abrupt stehen, als sie den Gesichtsausdruck ihrer Tochter bemerkte. Dann winkte sie Joseph fröhlich zu. »Keine leichte Aufgabe, mein Junge, keine leichte Aufgabe.« Sie ging wieder hinaus und schloß die Tür hinter sich.

Joseph lachte. »Immer deine Mutter. Sie könnte ich gut

und gerne heiraten.« Er lächelte Agnete zu, die zu Boden sah. Was für eine Situation! Es war völlig grotesk. Er mußte unverzüglich nach Hause in die Ingerslevsgade.

Sie hielt die Hände im Schoß, und er sah, wie ihre Knie unter dem dünnen, hellblauen Sommerkleid zitterten. Eine sonderbare Frau, die paradoxe Erscheinung eines hilflosen Tyrannen. Auf eigenartige Weise war sie unschuldig. Niemals wandte sie weibliche, berechnende Kniffe an. Immer sprach sie geradeheraus. Über sich selbst und ihr Leben redete sie nie. Er spürte, daß sie es nicht leicht hatte, obwohl sie so einen verwöhnten Eindruck machte. Agnete war wie ein Kind. Jetzt hatte sie sich in den Kopf gesetzt, daß er bei ihr einzog, weil sie sich einsam und unsicher fühlte. Hier wohnen? Nein, das konnte er nicht. Er hatte sich schon Gedanken darüber gemacht, nachdem er das erste Mal mit ihr geschlafen hatte. Ein merkwürdiges Erlebnis.

Sie waren im Adlon gewesen, bei Austern und Champagner. Als sie nach Hause kamen, überredete sie ihn, im Gästezimmer zu übernachten. Sie war sehr gewandt, aber auf eine eigenartig unschuldige Weise, fast so, als hätte ihr jemand das alles beigebracht. Alles mögliche stellte sie mit ihm an, aber wie ein emsiges Mädchen, das gelobt werden wollte. Obszönität oder Erotik waren ihr fremd.

Er hatte gehört, daß in Bordellen auch Kinder arbeiteten, und genau das ging ihm an dem Abend durch den Kopf, an dem sie in sein Zimmer kam. Sie war in ein großes Badetuch gewickelt, ließ es dann fallen und trat ernst und schweigend auf ihn zu, ging vor ihm auf die Knie und begann seine Hose aufzuknöpfen.

Auf dem Sofa legte er den Arm um sie. »Ich kann nicht hier wohnen, Nete. Ich habe mein eigenes Zuhause.«

»Alles im Leben beruht auf einem Tauschhandel. Du

weißt gar nicht, was du ablehnst. Ich liebe dich. Deine Zukunft wäre gesichert. Du könntest deine Mutter und deine Brüder unterstützen. Du sollst nur hier wohnen. Du mußt mich nicht heiraten.« Sie blickte ihn verzweifelt an.

Joseph stand auf. »Agnete, ich gehe jetzt nach Hause. Diese Diskussion artet aus. Du sollst meine Familie nicht in deine Pläne miteinbeziehen. Für meine Mutter und meine Brüder kann ich schon selbst sorgen, wenn das nötig wird.«

Als Joseph die Gartenpforte schloß, eilte das Stubenmädchen zu Spuhr, der wie gewöhnlich die Scheinwerfer des großen Buick polierte.

»Er ist weg. Frau Lichtenberg sitzt auf dem Sofa und heult.«

Spuhr schaute Joseph nach, während er den Lappen zusammenfaltete, und sagte dann in seinem lolländischen Singsang: »Gar nicht so einfach, die Lustige Witwe zu spielen.«

Joseph machte zu Hause als erstes ein Tuborg auf. Erschöpft sank er in den grünen Lehnstuhl und setzte die Flasche an den Mund. Diese Geschichte würde ihm niemand abnehmen.

Es wurde ein warmer Sommer. Joseph hatte begonnen, sich auf die Prüfung als Wohnungsmakler vorzubereiten. Abends büffelte er. Tagsüber verkaufte er Villen entlang der Küste. Er hatte Agnete einen Brief geschrieben und sich ihre Anrufe in der Firma verbeten. Jetzt spürte er wieder Luft unter den Flügeln. Er fand, daß es ihm niemals bessergegangen war. Seine kleine Wohnung strahlte. Die Rechnungen waren bezahlt, und er gab nicht mehr Geld aus, als er verdiente. Manchmal blieb ein bißchen übrig. Er sah seine Familie, wann es ihm paßte, und es gab keine

Frauen, die sich einmischten. Ans Theater dachte er nicht, wollte es auch nicht. Das war wie eine Trauer, an die man nicht rühren sollte. Unmittelbar vor seinem Abschied am Theater hatte er Lauritz Melchior im »Tannhäuser« gehört. Es war schön und ergreifend gewesen. Zu Hause hatte er geweint. Als sie gemeinsam begonnen hatten, war Lauritz ein heller Bariton gewesen. Jetzt war er ein Heldentenor. Was für eine Stimme und Bühnenpräsenz er besaß! Das war das letzte Mal, daß Joseph eine Oper gehört hatte. Er wollte dieses Bild nicht zerstören. In dieser Nacht weinte er aus Enttäuschung und Trauer und begann am nächsten Morgen optimistisch seine Arbeit. Er wollte ein ungebundener und tüchtiger Geschäftsmann sein und hatte noch die Worte des Theaterdirektors im Ohr: »Sie sind ein kluger Mann, Joseph Jensen.« Ein neues Leben lag vor ihm.

Er hatte mit Juliane darüber gesprochen, und eines Abends, als er seine Zukunftspläne vor ihr ausbreitete, sagte sie leise: »Wie schön, daß dir jetzt alles so leicht fällt, mein Junge. Aber darf ich dich etwas fragen? Warum gibt es niemand, der dir wirklich nahesteht? Was ist los mit dir und den Frauen?«

Joseph wußte nicht, was er antworten sollte. Die Mutter war so eigentümlich geworden. »Dafür ist im Moment kein Platz. Ich habe so viel um die Ohren, Mutter. Ich vermisse niemanden.«

»Bist du so oft enttäuscht worden?« fragte Juliane und sah ihn forschend an.

Im Februar reiste Joseph nach Løkken. Er mochte die winterliche Nordseeküste, das fahle Licht und die leeren Strände. Sie taten ihm gut, wenn er überarbeitet war. Er war der einzige Gast des dortigen Kurhotels. Er sprach mit niemand, sondern machte lange Spaziergänge und las. Eines Abends rief Thora an: »Mutter hatte eine Gehirnblutung. Es ist ernst.«

Juliane lag schwer atmend in ihrem Bett, eine Seite war gelähmt. Hin und wieder hob sie den gesunden Arm und betrachtete ihn. Sie sah nur auf einem Auge. Wenn sie ihr Wasser gaben, lief es aus den Mundwinkeln wieder heraus. Joseph saß bei ihr und hielt ihre Hand. Sie machte ein Zeichen, daß sie ihm etwas sagen wollte. Er lehnte sich weinend zu ihr hinüber. »Du mußt dich um deine Brüder kümmern.« Er nickte.

Johan stand neben Viggo und umarmte ihn. »Wie ist das passiert?« fragte Joseph.

»Sie wollte unbedingt Cakewalk mit Ingeborg tanzen.«

Julianes Augen lächelten. Plötzlich begann sie zu röcheln. Sie richtete sich auf und rang nach Atem. »Helft ihr, so helft doch meiner Mutter!« rief Viggo. »Mutter, so darfst du nicht sterben, nicht so.«

Am nächsten Morgen kamen Rikke und Josephine. Josephine hatte Wilhelm und Emilie Bescheid gesagt. Johan, Thora, Viggo und Joseph hatten die ganze Nacht bei ihr gewacht. Emilie war hochschwanger; sie stand verschreckt an der Tür, hielt sich die Hand vor den Bauch und hörte die schrecklichen Geräusche.

»Ich will nicht hier sein, Wilhelm. Das tut dem Kind nicht gut.« Sie ging leise aus Julianes Schlafzimmer und trat auf den Flur, wo sie sich die Ohren zuhielt.

Niemand sprach. Das war nicht nötig. Die Brüder schauten sich hin und wieder an, wenn Juliane besonders zu leiden schien. Viggo weinte ununterbrochen. Schließlich faßte er Johans Arm. »Kann denn niemand etwas tun? Sie darf nicht leiden. Meine Mutter darf nicht leiden.«

Thora beugte sich zu ihrem kleinen Bruder und flüsterte: »Jetzt dauert es nicht mehr lange, Viggo, dann hat sie Frieden.«

Viggo schaute seine Brüder an und trocknete sich seine verquollenen Augen mit dem Ärmel ab. Wie konnten sie es so ruhig hinnehmen, daß die Mutter hier lag und starb? Die Mutter, ihre geliebte Mutter, die sie immer umsorgt und vor allem Übel bewahrt hatte. Wie sollten sie nur ohne sie zurechtkommen? Er sah sich verzweifelt um und nahm dann Josephs Hand. Joseph drückte sie tröstend.

Wilhelm schaute die anderen nicht an. Er wünschte nur, daß alles bald ein Ende fand und er mit Emilie nach Hause gehen konnte. Er würde sich an die guten Tage mit seiner Mutter erinnern und wünschte sich, daß alles noch einmal so war, wie vor dem Tod des Kindes. Er kam nicht darüber hinweg, daß sie Emilie gegenüber so unversöhnlich gewesen war. Sie hatten sich nicht ausgesprochen. Vielleicht hätte er sie besuchen sollen, damit sie ihm alles erklären konnte. Er fühlte sich allein, so als hätte sie ihn bereits verlassen. Er war zornig auf sie, weil sie ihn ohne Aussöhnung verließ, und dennoch den Tränen nahe. »Ich muß mit Emilie nach Hause«, flüsterte er. »Ich komme wieder.« Die Brüder hoben ihre Köpfe nicht, als er ging.

»Wann kommt Otto?« fragte Johan flüsternd Joseph.

»Vielleicht am Nachmittag. Er hat erst heute morgen das Telegramm erhalten.«

Otto ging in einer nördlich von Helsingborg gelegenen Bäckerei in die Lehre. Joseph strich die Haare seiner Mutter glatt. Warum mußte sie so früh sterben? Sie hätte noch so viele schöne Jahre erleben können. Wie würde es sein, wenn sie nicht mehr da war? Sie kannte schließlich alle am besten. Wenn sie ihre Kinder ansah, wußte sie, wie es um sie stand. Vielleicht würden sie sich völlig verändern, wenn sie fort war. Sie war ihr Anker gewesen. Joseph war plötzlich von Angst erfüllt. Sein Herz hämmerte, und ihm wurde übel. Wer blieb ihm denn noch, wenn es sie nicht mehr gab? War es eine Vorahnung gewesen, als sie ihn eines Tages fragte, wer ihm eigentlich nahestünde? Seine Geschwister waren verheiratet. Wilhelm und Thora hatten Kinder. Er wäre als einziger in der Lage gewesen, ihr den Sommerurlaub auf Bornholm zu ermöglichen. Jetzt war es zu spät.

Joseph stand plötzlich weinend auf. Thora nahm seinen Platz auf der Bettkante ein. Sie nahm die Hand ihrer Mutter. »Kannst du mich hören, Mutter? Ich bin's, Thora.« Sie schaute die Hand ihrer Mutter an. »Sie kann mich gut hören, sie hat meine Hand gedrückt.« Josephine und Rikke nickten. Plötzlich versuchte Juliane, sich aufzurichten. Johan und Joseph stützten sie. Sie saß jetzt aufrecht und schaute sich um, bevor sie einen heftigen krampfartigen Anfall bekam. Als dieser nachließ, legten sie sie wieder hin. Sie stöhnte wie ein Tier. Die Frauen schauten sich an. Es klang, als ob sie gebären würde. Es waren tierische, erschreckende Laute. Thora griff sich an den Kopf. »Können wir denn gar nichts tun, Tante Rikke?«

»So hört sich der Tod manchmal an, und so hört es sich auch an, wenn man zur Welt kommt«, sagte Josephine ruhig. Plötzlich verstummte Juliane und lag ganz ruhig da.

»Ist sie tot?« flüsterte Joseph.

»Noch nicht«, flüsterte Rikke.

Josephine beugte sich über sie. »Kämpf nicht mehr dagegen an, Schwester. Du stirbst jetzt.«

Juliane erhob sich wieder. Sie hatte einen weiteren Krampf, öffnete die Augen und zeigte mit ihrem gesunden Arm auf Joseph. Dann fiel sie vornüber, während ihr das Blut aus Nase und Mund lief. Rikke und Josephine schauten sich an. Sie trockneten ihre Gesichter und flüsterten:

»Jetzt ist sie gestorben. Wir richten sie her, dann könnt ihr euch von ihr verabschieden.«

Johan, Wilhelm und Viggo gingen weinend zu Joseph. Er zog sie nah an sich heran. »Ich passe schon auf euch auf.«

Während Julianes Begräbnis tobte ein Schneesturm. Joseph hielt eine Rede am Grab. Die Worte wurden vom Sturm verschluckt. Julianes Kinder und Schwiegerkinder standen frierend im Schnee. Sie spürten plötzlich eine Leere. Sie würden sie fürchterlich vermissen. Sie schauten sich an und versuchten es zu akzeptieren. Sie waren schon längst erwachsen, hatten Familien und Kinder. Sie war ihr Mittelpunkt gewesen. Was nun? Sie blickten sich ruhig um. Wer würde ihre Nachfolge antreten, nachdem sie nicht mehr wüten und schimpfen, nicht mehr lachen und ihre Wärme verbreiten konnte? Bedrückt verließen sie das Grab. Emilie und Wilhelm gingen Hand in Hand.

Joseph wußte, was zu tun war. »Kommt, wir gehen alle zusammen nach Hause in die Overgade oven Vandet. Es wäre Mutters Wunsch gewesen, daß wir uns nach dem Begräbnis ein belegtes Brot, ein Bier und einen Schnaps genehmigen. ›Nicht diese Kaffeeplörre‹, hätte sie gesagt.« Alle nickten. Der Pfarrer stand etwas abseits. Niemand hatte ihn eingeladen. Die kleine Schar begab sich zum Ausgang. Kalle ging voran. Endlich war er seine Schwiegermutter los. Thora hatte ihre Kinder um sich versammelt. Plötzlich tat Kalle so, als sei er gestrauchelt. Er bohrte sich in eine große Schneewehe hinein, so daß nur die Beine hinausschauten, und begann wie wild zu strampeln. Der Pfarrer schaute die Familie verärgert an.

Helbig und Linder waren die ersten, die zu lachen begannen. Doch nach und nach taten es auch die übrigen der Familie Jensen. Selbst Viggo, der von Johan und Joseph gestützt wurde, lächelte verhalten. Die einzigen, die nicht lachten, waren Thora und Valborg. Das war ihnen zu derb. Doch Johan drehte sich zu seinen Brüdern um. »Darauf hätte Mutter selbst kommen können, wenn Kalle begraben worden wäre . . .«

# 18

Joseph stellte einen Eimer in die Spüle und wollte ihn mit Wasser füllen. »Zum Teufel, da kommen ja nur ein paar Tropfen.« Er war zu spät nach Hause gekommen. Jetzt hatten die anderen Bewohner bereits Eimer und Badewannen gefüllt, und das Wasser erreichte die obere Etage nicht mehr. Die Leute hamsterten Brot, Mehl und Butter, und auch Petroleum wurde allmählich knapp. Joseph stellte den Eimer auf den Boden, setzte sich auf den Küchenstuhl und faltete das Extrablatt der Sozialdemokraten auseinander. »Der König begeht einen Staatsstreich. Das Land steht vor dem politischen und wirtschaftlichen Chaos.«

Was für ein Abend! Er hatte ein sehr merkwürdiges Erlebnis gehabt. Auf Kongens Nytorv hatten Demonstrationen stattgefunden. Gerade als er vorbeiging, begannen die Demonstranten, die Fensterscheiben zu zerschlagen. Die Polizei ging gegen sie vor, und der ganze Haufen begann zu laufen. Joseph huschte in einen Hauseingang. Ein Mann lief vorbei. Joseph sah kurz sein Gesicht. Es ähnelte dem von Walther Reissiger, dem Sozialisten, den er in Baden-Baden kennengelernt hatte. Aber war das möglich? Was hatte er hier zu tun? Und wenn er es doch war, was ging dann hier vor? In Berlin hatte gerade eine Revolution stattgefunden. Die deutsche Arbeiterpartei trug im Moment blutige Straßenkämpfe aus. Zur Zeit geschahen so viele merkwürdige Dinge, sowohl im politischen als auch im wirtschaftlichen Leben. An der Börse machten die Leute ein Vermögen, ohne auch nur den Finger zu rühren. Ordentliche Leute aus guten Familien gingen pleite. Irgendwo mußte es doch jemanden geben, der das alles in Gang gesetzt hatte. Man wußte kaum noch, was man glauben sollte. Man durfte sich nur nicht in irgendwas hineinziehen lassen. Der Aufruhr, der am heutigen Abend durch Kopenhagen tobte, war eine dänische Angelegenheit. Der König hatte die Regierung entlassen. Aber was hatte Walther hier verloren? Wenn er es wirklich gewesen war.

Joseph nahm eine Zigarette. Man mußte lernen, die Dinge mit gewisser Distanz zu betrachten.

Im Augenblick ging es nur darum, den guten Job, den er bekommen hatte, nicht zu gefährden. Im nächsten Monat legte er die Prüfung zum Wohnungsmakler ab; dann war er kein einfacher Verkäufer mehr. Zwei Jahre lang hatte er Tag und Nacht gebüffelt, um sich in der Branche wirklich auszukennen, Verbindungen zu knüpfen und sich einen guten Ruf zu erwerben. Im letzten Jahr hatte er zurückgezogen gelebt, weil er sehr erschöpft war, wenn er nach Hause kam. Es geschah so viel Neues, und man durfte sich nicht blamieren. Es war ein Drahtseilakt. Er glitt immer mehr in das neue Milieu hinein. Die Familie in Christianshavn jedenfalls fand, daß er sich verändert hatte. Vor vielen Jahren war er einer von ihnen gewesen. Doch jetzt hatten sie am meisten Spaß, wenn er nicht dabei war. Er war »vornehm« geworden.

Joseph erhob sich, öffnete seinen Barschrank und schenkte sich seinen abendlichen Whisky ein. Würde es zu einem Generalstreik kommen? Morgen früh um zehn sollte die Versammlung stattfinden. Das Telefon klingelte.

Joseph schaute auf die Uhr. Es war dreiundzwanzig Uhr. Eigentlich gehörte es zum guten Ton, nach zehn nicht mehr anzurufen. Ungehalten nahm er den Hörer ab. Es war Agnetes Mutter. Er hatte sie beinahe vollständig vergessen. Es war mindestens ein Jahr her, seit er Agnete das letzte Mal gesehen hatte. Andere Makler boten die Villa nicht zum Verkauf an. Das hatte er genau beobachtet. Manchmal war er kurz davor gewesen, einfach mal vorbeizuschauen. Doch er ließ es bleiben.

»Erinnern Sie sich an mich, Herr Jensen?«

»Aber natürlich, Frau Röse. Warum rufen Sie so spät noch an? Ist irgendwas nicht in Ordnung?« In der Leitung wurde es still. Er hörte, daß sie mit den Tränen kämpfte. »Frau Röse, was ist geschehen?« Er mochte die ältere Dame sehr. Sie war natürlich, warmherzig und humorvoll und erinnerte ihn stark an Juliane. Wie sehr er sie vermißte.

»Agnete ist vorgestern operiert worden. Sie ist sehr krank. Sie hatte eine Geschwulst im Unterleib. Wir wissen nicht, ob sie durchkommt. Sie bittet mich ständig darum, Ihnen eine Nachricht zukommen zu lassen.«

Joseph wußte nicht, was er entgegnen sollte. Das war bestimmt die Wahrheit, obwohl man niemals sicher sein konnte. Frauen ließen sich so vieles einfallen. Doch das hätte nicht zu Agnete gepaßt, und er vertraute Frau Röse.

»Wo liegt sie?«

»Im Sankt-Lukas-Stift.«

»Morgen fahre ich hin, Frau Röse.«

»Dann ist es vielleicht zu spät. Ich schicke Ihnen Spuhr vorbei.«

Joseph ging eilig auf die Straße. Der große Buick rollte heran. Joseph schaute sich verlegen um und nahm auf dem Rücksitz Platz. »Guten Tag, Spuhr. Um die gnädige Frau steht es schlecht?«

»Ja, aber gleich geht's ihr sicher besser«, sagte er lachend und grinste Joseph etwas unbeholfen an. Joseph entgegnete nichts, und Spuhr setzte sich in Richtung Sankt-Lukas-Stift in Bewegung.

Über der Tür zu Agnetes Krankenzimmer stand »Der Messias ist nah«. Joseph betrachtete sich den Satz eine Weile. Wirklich eine ermutigende Inschrift. Frau Röse öffnete die Tür und nahm seine Hand. »Danke, daß Sie gekommen sind. Ich habe solche Angst um meine Tochter. Sie ist sehr schwach, und ich glaube, sie hat starke Schmerzen. Agnete wird so froh sein, Sie zu sehen. Sie sind der einzige, nach dem sie gefragt hat.«

Eine Diakonin eilte herbei und stellte sich vor Frau Röse. »Die Patientin ist schwach und benötigt Ruhe. Jetzt ist keine Besuchszeit. Frau Lichtenberg ist die Privatpatientin des Herrn Professor. Ich muß den Herrn Professor erst fragen, ob der Herr Professor einen Besuch bei Frau Lichtenberg genehmigt.«

Frau Röse schob sie beiseite. »Kommen Sie nur herein, Joseph. Sie ist bei Bewußtsein.«

»Ich werde einen Arzt rufen«, sagte die Diakonin erregt und stapfte in ihren schwarzen Schnürschuhen davon.

Joseph zögerte. »Ich möchte ihr keine Unannehmlichkeiten bereiten, wenn sie zu schwach ist.« Frau Röse nahm seinen Ellbogen und zog ihn ins dunkle Zimmer hinein. Eine Lampe gab schwaches Licht. Agnete hatte ihren Kopf der Tür zugewandt. Ihre Haare waren schweißgetränkt. Es roch nach Medizin. Joseph beugte sich zu ihr. Sie kämpfte darum, die Augen offen zu halten. Ab und zu verschwanden die Pupillen unter den Lidern, so daß man nur das Weiße ihrer Augen sah. Joseph schaute sie mitleidig an. Wie krank sie aussah. Frau Röse flüsterte: »Sie ist ganz gelb. Glauben Sie, daß sie stirbt?« Joseph schüttelte den Kopf. Wie schwül es hier war. Wenn er doch nur gehen könnte.

Agnete öffnete die Augen und bemühte sich, seinen Blick zu erwidern, dann lächelte sie. »Bist du's, Joseph? Ich phantasiere doch nicht, oder?« Joseph wurde plötzlich von seinen Gefühlen überwältigt, als ob ihm jemand den Hals zupreßte. Er drückte ihre Hand. Sie drehte den Kopf und lächelte ihre Mutter an. Frau Röse hielt sich das Taschentuch vor den Mund und ging leise aus dem Zimmer.

»Ich werde jeden Tag nach dir sehen«, flüsterte Joseph. Agnete hielt seine Hand fest. Ihre tiefliegenden Augen hatten große, schimmernde Pupillen. »Solange du krank bist«, fügte Joseph hinzu. Sie tat ihm leid. Offenbar war sie schrecklich einsam. Niemals hatte er andere Freunde oder Familienmitglieder bei den beiden Damen gesehen. Sie lebten anscheinend völlig isoliert. Doch irgend jemand mußte es geben, jemand, der Anna informiert hatte. Offenbar eine Vertraute Agnete Lichtenbergs.

Agnete wisperte: »Sie haben mein Innerstes zerstört. Ich spüre es.«

»Wer hat es zerstört?« Joseph nahm ein Handtuch und trocknete den Schweiß.

»Die Ärzte.«

»Aber nein, du wirst bald wieder gesund sein. Du hast eine schwere Operation hinter dir. In ein paar Tagen sitzt du im Bett, trinkst Champagner und fluchst wie gewöhnlich«, sagte Joseph lächelnd.

Sie lächelte und flüsterte heiser: »Ich habe Halsschmerzen und bin so schrecklich durstig, würdest du mir ein bißchen Wasser geben?«

»Ich weiß nicht, ob du welches trinken darfst«, sagte Joseph. Sie versuchte, mit der Zunge ihre Lippen zu befeuchten. Joseph tauchte den Handtuchzipfel in ein Wasserglas und betupfte damit ihre Lippen. Sie sog daran.

Tränen standen ihm in den Augen. Sie war so hilflos, wie ein Kind. Anders als die Frauen seiner Familie. Selbst im Sterben bewiesen sie Stärke. Aber Agnete war nicht stark.

»Ich komme morgen wieder. Jetzt mußt du schlafen.« Er nahm ihre andere Hand.

»Ich weiß, daß du kommst, wenn du es sagst.« Sie betrachtete ihn mit solcher Intensität, daß es ihm schien, sie wolle einen Abdruck von ihm nehmen. Dann glitten ihre Augen zur Seite, und sie fiel in Schlaf.

Als der große Buick in der Adelgade wendete, liefen die Kinder auf der dunklen Straße zusammen.

Spuhr hielt Joseph die Tür auf. Joseph betrat den Hof, in dem sich der Hintereingang der Bäckerei befand. Er betrachtete die alten Mauern mit dem verrotteten Fachwerk. Die Fenster waren schmutzig, und die Wäsche hing an Schnüren, die sich von Fenster zu Fenster spannten. Er erkannte ihn wieder, den Geruch der Aborte, und einen weiteren Geruch. Er schnupperte – Essigsäure. Die war anscheinend kürzlich zur Bekämpfung der Wanzen eingesetzt worden.

Die Straßenkinder standen dicht um ihn gedrängt und gafften. Er schaute einen kleinen hellhaarigen Jungen an. »Gibt es viele Ratten hier?«

»Massenhaft. Morgens sind sie drüben in den Mülltonnen der Bäckerei.«

»Wie lang ist die größte?« fragte Joseph. Der Junge zeigte es mit den Händen.

»Die müssen verschwinden«, sagte Joseph. Er ging umher und schaute sich um. Was für ein Schweinestall! Er hatte sich die Bäckerei völlig anders vorgestellt. Agnete hatte von ihrem Mann mehrere Bäckereien und eine große, am Wilders Platz gelegene Brotfabrik geerbt. Sie besaß auch eine ganze Reihe von Häusern. Aber wenn das alles solche Rattenlöcher waren . . .

Er öffnete die Tür zur Bäckerei und trat ein.

Ein paar blasse Bäckerlehrlinge in dreckigen Kleidern standen im Gang und rauchten. Neugierig blickten sie ihn an. »Ich habe Frau Lichtenberg versprochen, hier einmal nach dem Rechten zu sehen, solange sie krank ist. Ich hätte gern den Meister gesprochen.«

Ein kleiner schwarzhaariger Kerl schlurfte näher. »Sie sind so was wie ein Geschäftsführer?«

Joseph nickte ernst. »Ja, und ich glaube, ihr könnt froh sein, daß ich nicht die Gesundheitspolizei leite. Frau Lichtenberg meint, daß nächste Woche eine Inspektion durchgeführt wird. Es hat Beschwerden über den Schiffszwieback gegeben. Er war zum Teil schimmelig. Hier muß aufgeräumt und saubergemacht werden. Es gibt zu viele Ratten. Ich kaufe einen Rattenpinscher, den ich morgen vorbeibringe. Wenn der die gröbste Arbeit erledigt hat, streuen wir Gift aus. Außerdem ist es nicht erlaubt, in der Bäckerei zu rauchen, und die Kleider der Gesellen müssen gewaschen werden.«

Der Meister sank etwas in sich zusammen, dann faßte er sich ein Herz. »Wenn die Besitzerin etwas ändern möchte, dann kann sie wohl selbst kommen.«

Joseph zog einen Notizblock aus der Tasche. »Sie tun, was Ihnen gesagt wird. Ein Meister muß den Gesellen mit gutem Beispiel vorangehen. Davon ist bei Ihnen nichts zu spüren. Wenn bis Mittwoch nicht alles in Ordnung ist, werden Sie gefeuert.«

Er machte auf dem Absatz kehrt. Einer der Gesellen

zündete sich provozierend eine Zigarette an, als Joseph an ihm vorbeiging. Joseph schlug sie ihm aus dem Mund und trat sie aus. Er ging, ohne sich umzudrehen.

Die Gesellen blickten ihren Meister schweigend an, dann zogen sie ihre Hosen nach oben und latschten in die Bäckerei.

Die Jungen standen um den Wagen herum. Joseph lächelte sie an. »Für zwei tote Ratten bekommt ihr fünfundzwanzig Öre. Ich komme Mittwoch wieder und bezahle; bis dahin werdet ihr ganz schön was zu tun haben.« Die Jungen grinsten und nickten.

Spuhr startete den Wagen, und langsam fuhren sie aus der Straße.

Agnete hatte drei Monate im Krankenhaus gelegen. Sie war soeben nach Hause entlassen worden. Es war eine schwierige Operation mit Komplikationen gewesen. Sie hatte eine Bauchfellentzündung bekommen und war vierzehn Tage nach der Operation dem Tode nahe gewesen. Jetzt lag sie entkräftet und abgemagert zu Hause. Joseph war sich über die weitere Entwicklung nicht im klaren. Womöglich war die Geschwulst doch nicht gutartig gewesen. Seltsamerweise war sie bei strahlender Laune. »Obwohl sie krank ist, habe ich sie niemals so glücklich gesehen«, sagte Frau Röse froh. Sie betrachtete Joseph beinahe als den Sohn des Hauses. Sie freute sich auf sein Kommen und bereitete ihm alle seine Lieblingsgerichte zu.

Als Agnete noch im Krankenhaus gewesen war, hatten Joseph und Frau Röse oft gemütliche Abende miteinander verbracht. Frau Röse hörte zu gern seine Familiengeschichten aus Christianshavn, und sie erzählte Joseph aus ihrem und Agnetes Leben. Joseph hörte aufmerksam zu. Es war wie bei einem Puzzle, dessen Teile er zusammensetzte, um am Ende ein vollständiges Bild von Agnete

Lichtenberg zu erhalten. Ihr Vater war ihr großes Idol gewesen. Er war Offizier und hatte sie wie einen Jungen erzogen. Sie waren immer zusammen. »Ich war beinahe überflüssig«, sagte Frau Röse lachend. »Eines Tages hat er sich dann mit einer anderen Frau aus dem Staub gemacht. Er wollte Agnete nicht mehr sehen. Er veränderte sich, wurde schwach und stand vollkommen unter dem Einfluß der jungen Frau.« Agnete habe ihn immer verteidigt, berichtete Frau Röse. Doch eines Tages habe auch sie ihn plötzlich nicht mehr sehen wollen. »Erst viele Jahre später erzählte sie, sie habe ihn besuchen wollen, sei aber nicht eingelassen worden. Die neue Frau sagte, er sei nicht zu Hause, aber Agnete sah, daß er in der Stube saß. Sie faßte nur schwer Zutrauen zu jemand anderem und hatte nur eine einzige Freundin«, sagte Frau Röse und legte ihr Nähzeug hin.

Joseph dachte: Da haben wir sie, die Spionin, die Anna kannte. »Wer ist ihre Freundin?«

»Sie heißt Thyra Heikel«, sagte Frau Röse. »Eine sehr elegante und charmante Dame, doch was der alles einfällt ... In Nikolajs Zeit durfte sie nicht hierherkommen.«

»Warum nicht?« erkundigte sich Joseph interessiert.

»Er kannte sie noch aus Schanghai, wo sie einen ziemlich schlechten Ruf hatte. Ihr Mann war Kapitän, und wenn er fort war, stellte sie die ganze Stadt auf den Kopf. Sie ist wirklich mit allen Wassern gewaschen. Nimm dich in acht, Joseph!« sagte Frau Röse lachend und begann mit einer neuen Kreuzstichrose.

Joseph wohnte immer noch in seiner Wohnung. Doch er war nur selten da. Er hatte seinen Alltag ganz langsam geändert und war ein Teil des Lebens in der stillen Villa am Rågevej geworden.

# 19

Es war halb vier am Morgen. Die Gesellen waren angewiesen worden, eine halbe Stunde früher zu erscheinen. Heute war der große Tag der Rattenjagd. Joseph wollte, daß erst einmal saubergemacht wurde, bevor sie das Gift ausstreuten. Man konnte ja nicht wissen, wann die Gesundheitspolizei vorbeischaute. Agnete hatte einen Brief erhalten, dem auch ein Beschwerdeschreiben der Händler beilag, die schimmeligen Schiffszwieback und durch Rattenexkremente verunreinigte Kekse bekommen hatten. Das konnte sich zu einem Skandal ausweiten, wenn die Zeitungen davon Wind bekamen.

Joseph war über die Zustände in Agnetes Eigentumswohnungen und Fabriken schockiert. Er hatte nicht über alles, was unternommen werden mußte, mit ihr gesprochen. Sie war immer noch sehr schwach. Aber das hier ging einfach nicht, denn sie verdiente immerhin ihr Geld damit. Außerdem hatten die Zeiten sich geändert. Man konnte die Menschen nicht mehr so ausnutzen. In ganz Kopenhagen wurden die alten Viertel abgerissen und neue errichtet.

Wenn er die Leitung hier hätte, dann sollten sie schon sehen. Die Leute sollten ordentlich arbeiten, aber auch gute Bedingungen vorfinden. Dann machte die Arbeit auch mehr Spaß. Er blickte sich in der dunklen, schmutzigen Bäckerei um und dachte an die Kautabakfabrik in

Christianshavn. An die Morgen, an denen er als Kind die Spucknäpfe mit den blutigen Klumpen ausgespült hatte.

Joseph schaute sich den Rattenpinscher Billy an, der winselnd darauf wartete, aus seinem Transportkorb gelassen zu werden. Er hatte ihn einem von Kalles Bekannten abgekauft. Es war der schärfste Rattler, der angeboten wurde, und er hatte ein Vermögen – 200 Kronen – für ihn hingelegt. Doch sie sagten, er sei den Preis wert. Er sollte bei Johan und Valborg wohnen.

Die Gesellen trotteten herein. Sie waren blaß und hatten graue Haut. Sie bekamen aber auch niemals das Tageslicht zu sehen. Gedämpft und mürrisch und mit gebeugten Rücken schlichen sie umher. »Wer ist hier der Altgeselle?« fragte Joseph. Pedersen zeigte schweigend mit dem Daumen auf sich. »Gut. Du stellst dich an die Tür und hältst ein Stück Holz vor das Loch, damit sie nicht hinaus können. Hier hast du einen Spaten. Wenn sie dich anspringen, erschlägst du sie.«

»Das kann gefährlich werden; was versteht so ein vornehmer Herr von Ratten?« fragte Pedersen und tupfte sich nervös den Mund ab.

»Als Junge wohnte ich an einem Ort, an dem es genauso viele Ratten gab wie hier. Neben uns wohnte eine Fabrikarbeiterin. Sie war arm und mußte von früh bis spät schuften. Ihr Kind band sie an den Kachelofen. Als sie eines Tages nach Hause kam, hatte ihm eine Ratte ein Stück aus der Wange gebissen. Meine Mutter hielt sie fest, während der Arzt versuchte, das Gesicht des Kindes zusammenzuflicken. So, und jetzt fangen wir an.«

Die Gesellen griffen zu den Spaten und den großen Holzstücken, um die Löcher zu verstopfen. Sie schlichen den Gang entlang, der zur Bäckerei führte und auf dem sich der gestrige Brotabfall häufte. Joseph machte das

Licht an. Er trug Billy auf dem Arm. Der Hund jaulte vor Aufregung. Im Gang befanden sich mindestens fünfzehn große Ratten. »Zum Teufel noch mal, so viele«, sagte Pedersen und postierte sich mit dem Spaten vor der Tür.

Billy hieb mit den Vorderpfoten auf die erste Ratte, brach ihr knurrend den Nacken, schüttelte sie und warf sie in die Luft, bevor er zur nächsten hetzte. Die Ratten gaben hohe pfeifende Geräusche von sich. Billy heulte vor Erregung, während ihm ein dickflüssiger, weißer Schaum aus den Mundwinkeln quoll.

Eine große, grauschwarze, männliche Ratte kroch an Pedersen hinauf, hing an seiner Hose und fletschte die Zähne.

»Oh, Gott, die beißt durch die Hose!« schrie Pedersen. Billy sprang hinterher und bekam die Ratte am Nackenfell zu fassen. Sie schrie herzzerreißend. Pedersen faßte sich wie gelähmt an den Schritt.

»Was, zum Teufel, hat Billy da durch die Luft geworfen, Pedersen? Das wird deiner Frau aber gar nicht gefallen«, rief lachend ein anderer Geselle.

Rasmussens Scherz lockerte die Stimmung. Die Gesellen bewachten die Türen, und Joseph erschlug die Ratten, die zu entkommen versuchten.

Nach zwanzig Minuten hatte Billy zwölf Ratten getötet. Er zitterte und hatte glasige, blutunterlaufene Augen.

»Ganz schön scharfer Köter! Der ist ja wie im Blutrausch«, sagte Pedersen bewundernd.

Billy lief noch einmal alles ab, dann setzte er sich bellend hin und schaute Joseph an. Der gab ihm ein Zeichen, daß die Jagd beendet war. Joseph tätschelte ihn. »Guter Junge! Du bist dein Geld wirklich wert. Noch ein paar solcher Arbeitstage, und du hast dich schon rentiert. Jetzt geht's in dein neues Zuhause, zu Herrchen und Frauchen.«

Er legte Billy die Leine an. Die Gesellen nahmen die Transportkiste und trugen sie zum Auto.

»Haben Sie die Viecher erwischt, Herr Jensen?« fragte Spuhr und ließ sein hohes, dünnes Lachen hören.

Joseph nickte und setzte Billy auf den Rücksitz. »Geben Sie den Gesellen den Kasten Bier, der im Kofferraum steht, und nehmen Sie sich selbst auch eine Flasche. Aber nur eine, Spuhr.«

Spuhr trug die Kiste hinein. Joseph nahm auf dem Rücksitz Platz und faltete die Morgenzeitung auseinander. Nein, wie schrecklich: »Scala bei Revue-Premiere abgebrannt.« Der arme, tüchtige Frede Skaarup. Wenn das nur nicht den Untergang des Theaters bedeutete. Die neue Revue hatte Tausende von Kronen verschlungen. Josephs Augen glitten über den Artikel auf der Titelseite. Zum Glück war Liva Olsen nichts geschehen.

»Wer ist dieser Joseph Jensen eigentlich?« fragte Rasmussen, während er sich den Mund trocknete.

»Bald wird er der Herr im Haus sein, daran besteht kein Zweifel«, sagte Spuhr, prostete ihm mit der Flasche zu und leerte sie, während er unsicher nach draußen zum Wagen schielte. »Eigentlich ist er gar kein feiner Herr, obwohl es so aussieht. Er kommt von unten, wie wir, hat sich aber schnell emporgearbeitet. Außerdem ist er genauso scharf wie der Hund, wenn es gilt, irgendwo Ordnung zu schaffen, hihi«, sagte Spuhr grinsend.

»Das verspricht nichts Gutes«, sagte Pedersen und starrte gedankenverloren auf seine Flasche.

Billy legte sich kläffend in Valborgs und Johans kleine Küche. »Was für ein hübscher Hund!« rief Valborg hingerissen und schlug die Hände zusammen. »Mit einem Fleck über den Augen und allem Drum und Dran.«

»Du darfst ihn nicht küssen, bevor er sich den Mund gewaschen hat«, entgegnete Joseph lachend und tätschelte ihn.

»Ich werde ihn ein paarmal die Woche abholen, Johan. Du solltest ihn bei der Arbeit sehen. Den hätten wir haben sollen, als wir klein waren. Kannst du dich erinnern, was für Angst wir auf dem Abort hatten?«

Johan trat ans Fenster und schaute hinaus. »Was glaubst du, hätte Mutter gesagt, wenn sie dich mit Chauffeur gesehen hätte?«

»Ich unterstütze Frau Lichtenberg bei ihren geschäftlichen Angelegenheiten und bin gut mit ihr befreundet. Sie ist krank, Johan, und außerdem eine sehr nette Frau.«

Johan und Valborg wechselten einen Blick. Joseph blieb im Türrahmen stehen. »Ihr werdet sie bald kennenlernen, denn ihr seid zu einem kleinen Abendessen eingeladen.« Er lachte und winkte ihnen zu. Sie standen am Fenster und schauten ihm nach.

»Ich mache mir große Sorgen um meinen kleinen Bruder«, sagte Johan und schüttelte den Kopf.

»So, Billy, jetzt bekommst du Milch und ein leckeres Brot mit Leberwurst«, sagte Valborg und schnitt das Leberwurstsandwich in hübsche kleine Vierecke.

Als sie die Schale auf den Boden stellte, erhob sich Billy müde, streckte seine tauben Muskeln und aß aus reiner Höflichkeit ein paar Stückchen, bevor er sich wieder zusammenrollte und in Schlaf fiel.

Es war September geworden. Der Sommer war warm und trocken gewesen. Der Garten konnte jetzt wirklich Regen gebrauchen. Joseph stand in der offenen Tür. Die Luft hatte sich abgekühlt. Er begann seinen üblichen Rundgang durch das Haus. Er löschte die Lichter, vergewisserte sich, daß die äußeren Türen geschlossen und die Gashähne zugedreht waren. Bismarck lag in seinem Körbchen unter der Treppe in der Eingangshalle.

Plötzlich spürte er, daß ihn jemand beobachtete. Agnete stand oben im Laubengang und schaute lächelnd auf ihn herab. Sie trug einen eleganten Morgenrock mit cremefarbenen Spitzen und zierliche rosa Seidenpantoffeln, die mit Schwanenfedern verziert waren. Ihr gelocktes Haar fiel über die eine Seite ihres Gesichts. »Kommst du noch zu mir und sagst mir gute Nacht?«

Joseph nickte. »Aber natürlich, das tue ich doch immer.« Bevor er in sein eigenes Zimmer ging, saß er immer noch ein wenig bei ihr, und sie plauderten miteinander.

»Also dann, eine richtig gute Nacht«, sagte sie lachend. Er schaute sie verwundert an.

Er setzte sich auf die Bettkante und nahm ihre Hand. »Gute Nacht, schlaf schön.« Als er sie auf die Wange küßte, zog sie ihn zu sich hinunter.

Er richtete sich auf. »Nein, Agnete, ich glaube, das verträgst du noch nicht. Die Operation ist erst vier Monate her. Haben die Ärzte dir überhaupt die Erlaubnis gegeben?«

»Ich war heute beim Professor und habe ihn gefragt. Er sagte, wenn mein Körper es wolle, dürfte ich es versuchen, vorausgesetzt, ich hätte einen rücksichtsvollen Liebhaber. Und den habe ich doch, oder?«

Sie schlug die Decke zur Seite. Sie hatte immer noch einen schönen Körper, feste Brüste und eine hübsche, matte Haut, auf der die große Narbe sich rot leuchtend vom Nabel hinab erstreckte. Sie verdeckte sie mit der Hand. »Da bin ich häßlich, nicht wahr?«

Joseph entfernte ihre Hand und küßte ihren Bauch. Sie errötete vor Freude und preßte seinen Kopf an ihren Körper.

»Joseph, ich liebe dich. Willst du mich nicht heiraten?«

Joseph stand rasch auf und strich sich über die Haare. »Laß das doch, Agnete. Wir haben so oft darüber diskutiert. Ich mag dich sehr, aber ich liebe dich nicht. Warum sollten wir etwas ändern? Ich helfe dir gern bei deinen Geschäften und anderen Dingen, aber ich will nicht abhängig sein von dir und deinem Geld. Immer machst du die schöne Stimmung kaputt, indem du wieder damit anfängst. Du quengelst wie ein Kind.«

Er ging zur Tür. Sie sprang aus dem Bett. »Ich habe noch mal über alles nachgedacht und auch mit meinem Rechtsanwalt gesprochen.«

Joseph begann zu lachen. »Du lieber Himmel, kommt jetzt auch noch ein Anwalt des Obersten Gerichtshofs, um mir Daumenschrauben anzulegen?«

Agnete sah ihn gequält und gedemütigt an. »Nein, aber wir könnten uns auf eine Lösung verständigen. Wir könnten einen Vertrag abschließen. Du könntest als Verwalter ein Gehalt beziehen und vielleicht für eine eigene Firma sparen. Ich könnte dir anfangs helfen, und später, wenn du genug Geld hättest, könntest du mich auszahlen. Dann wärst du nicht mehr abhängig und ständest auf eigenen Füßen.«

Joseph ging in sein Zimmer. Er packte seinen kleinen Koffer.

Agnete sagte kein Wort, als er das Haus verließ. Sie stand bloß am Fenster und folgte ihm mit den Augen, solange sie ihn sah. »Ich will ihn«, flüsterte sie.

Zu Hause in der Ingerslevsgade tigerte Joseph auf und ab. Ein Vertrag? Einfach lächerlich, sich durch einen Vertrag aushalten zu lassen.

Aber warum sollte er sich eigentlich nicht als Verwalter

einstellen lassen? Gleichzeitig konnten sie vielleicht eine Art Testament aufsetzen, in dem sie ausschloß, daß er sie beerbte. Er wollte nur einen ganz normalen Arbeitsvertrag.

Möglicherweise war es eine Dummheit, sie nicht zu heiraten. Momentan wohnte er größtenteils am Rågevej. Er hatte sie wirklich gern. Sie hatte Charme, Humor und war eine interessante Frau. Das Leben mit ihr fand auf einer anderen Ebene statt. Zahlreiche Möglichkeiten würden sich ihm eröffnen, und er hatte so viele Vorstellungen, was man tun könnte. Er würde seine Führungsposition anders gestalten. Aber würde er es aushalten, mit ihr und ihrer Mutter zu leben?

Er lachte über sich selbst; ginge es nur um die Mutter, würde er einwilligen.

»Gibt es niemand, der dir wirklich nahesteht?« Er dachte an die Worte seiner Mutter. Nein, nicht wirklich. Er war verliebt und bezaubert gewesen. Aber richtige Liebe, die hatte er nie empfunden. Jetzt war er vierunddreißig Jahre alt. Irgendwas stimmt offenbar nicht mit ihm. Er gewöhnte sich an zu sagen: Irgendwas muß mit mir geschehen. Ich muß einer Frau begegnen, die ich liebe und mit der ich Kinder haben möchte. Wenn er Agnete heiratete, würde ihm dafür ein Leben mit ungeahnten Möglichkeiten offenstehen.

Joseph ging in die Küche, nahm eine Flasche aus dem Schrank und goß sich einen doppelten Whisky ein. Er setzte sich ans Klavier und begann zu singen. Er versuchte sich zu beherrschen, als er spürte, wie die Rührung ihn überwältigte, die Sehnsucht nach Juliane, Zweifel und Selbstmitleid, die Scham darüber, seine Ideale verraten zu haben, und eine plötzliche Angst vor der Einsamkeit. Er war nicht mehr in der Lage zu singen, sondern schluchzte den Text: »Meine Ruh' ist hin. Mein Herz ist schwer«, während er sich den schmerzenden Kopf hielt.

Einen Monat später saß er im Büro des Anwalts am Obersten Gerichtshof, Jacobsen, und las den Ehevertrag mit Agnete Lichtenberg sorgfältig durch.

Nachdem Agnete und Joseph unterzeichnet hatten, wurde eine Flasche Champagner geöffnet. »Jetzt werden wir eine großartige Hochzeit haben«, sagte Frau Röse glücklich und küßte sie auf die Wangen.

»Ja, und dann werdet ihr auch meine gesamte Familie kennenlernen«, sagte Joseph lachend.

»Ist es denn nötig, daß alle dabei sind?« fragte Agnete und blickte Joseph über den Rand ihres Glases an.

Wilhelm erhob sich und klopfte an sein Glas. Joseph versuchte, seinen steifen Kragen zu lockern, und zupfte nervös an der Gardenie, die er im Knopfloch trug. Agnete und er saßen am Ende der Tafel. Die Braut war elegant und modern gekleidet; sie trug ein elfenbeinfarbenes Seidenkleid aus »Engelhaut«, dem neuen glänzenden Seidenstoff. Sie war dekolletiert und trug um die Stirn ein breites, perlenbesticktes Seidenband mit einer wehenden Paradiesvogelfeder. Sie lächelte angestrengt, als hätte sie Kopfschmerzen.

Wenn Wilhelm es doch nur rasch hinter sich bringen würde. Warum hielt Johan nicht die Rede? Das wäre besser gewesen. Wilhelm liebte Fremdwörter, doch er sprach sie immer verkehrt aus. Joseph ließ seinen Blick über die Hochzeitsgäste schweifen. Alle waren sie versammelt, seine geliebte Familie. Agnete war eigentlich nicht dafür gewesen. Doch er hatte durchgesetzt, daß alle teilnahmen.

Joseph war nervös. Agnete hatte ihn zu etwas überredet. Nur eine kleine, praktische Angelegenheit. Doch sie hatte ihn darum gebeten, und das wurmte ihn. Er hatte seiner Familie noch nichts davon gesagt. Sie würden es noch früh genug erfahren. Er versuchte, an etwas anderes zu denken.

Im eleganten Speisezimmer mit den hohen, silbernen Kerzenleuchtern, dem funkelnden Kristall, den üppigen, hellroten Blumenarrangements und dem blank geputzten Silberbesteck sahen alle so verändert aus.

Flora leuchtete förmlich auf. Sie hatte sich eine tiefrote Nelke hinter das Ohr gesteckt.

Thora sah wie immer nett und bescheiden aus. Sie schaute sich aufmerksam um, damit ihr auch kein Detail entging. Otto und Karin waren aus Schweden angereist. Ihrer brauchte man sich wirklich nicht zu schämen. Otto war ein dunkler Typ, und Karin sehr schwedisch und blond. Kalle trug zur Feier des Tages ein Monokel und betrachtete Agnete mit einem merkwürdigen Lächeln um den Mund.

Wenn nur bald alles vorbei wäre. Joseph sah, daß Wilhelm und Johan sich schon vor dem Hochzeitsessen einen genehmigt hatten. Sie waren wohl unsicher gewesen und hatten sich Mut antrinken müssen. Joseph schaute sie an, als wolle er sich ihre Gesichter an diesem Abend ganz genau einprägen. Wie immer, wenn er mit ihnen zusammen war, hatte er gespaltene Gefühle. Er fühlte sich schuldig, weil er sie nicht richtig verstand. Sie waren ganz anders; eigentlich wußte er nicht, worüber er mit ihnen reden sollte. Sie lasen keine Bücher, hörten keine Musik, interessierten sich nur für ihre kleine Welt: Geldprobleme, Familienstreitigkeiten, Essen, das Königshaus, Prominente, Schauspieler und Revuestars.

Aber sie waren auch liebevoll, warmherzig und hilfsbereit, wenn die Zeiten schlecht waren. Er schaute in Viggos blaue Augen und lächelte ihn an. Viggo erwiderte den Blick seines Bruders. Er wußte, daß es Joseph ärgerte, wenn Wilhelm mit Worten um sich warf, die er nicht richtig aussprechen konnte.

Wilhelm stand nervös da und fingerte am Geschirr herum. »Fang an, Wilhelm«, flüsterte Johan mit hoher Stimme.

»Lieber Bruder Joseph und liebe Frau Agnete. Nachdem Amur seine Pfeile abgeschossen hat, tretet ihr jetzt in den Stand der Ehe. Dies ist ein großer Tag, an dem wir uns zu lokullischen Köstlichkeiten in Ihrem luxuriösen Heim versammeln, liebe Frau Agnete, wofür wir Ihnen herzlich danken. Wie ich sehe, haben Sie keine besonders große Familie, nachdem nur Ihre Frau Mutter anwesend ist.«

»Ja, Gott sei Dank«, flüsterte Agnete vor sich hin.

»Aber Sie sollen wissen, daß Sie in uns eine große Familie haben, bei der Sie immer Schutz suchen können, sollte Joseph Schwierigkeiten machen. Wir kennen ihn nämlich ...«

Joseph tupfte sich mit der Damastserviette die Oberlippe ab. Agnete lächelte ihre Mutter an. »Aber er ist doch unser großer Bruder Joseph, auf den wir uns immer verlassen können. Er ist zu etwas Großem geschaffen. Das sagte unsere Mutter schon, als er noch ein Kind war. Heute abend sehen wir, daß er sich auf bestem Wege befindet.«

Joseph wand sich auf seinem Stuhl. Wie konnte er ihn nur zum Schweigen bringen, bevor es absolut peinlich wurde? Bei Wilhelm wußte man nie, ob er etwas tat, weil er komisch sein wollte, oder ob er einfach beschränkt war. Johan bemerkte das gequälte Gesicht seines Bruders und begann lautstark zu applaudieren. »Bravo, Wilhelm! Das Brautpaar, es lebe hoch! Es lebe hoch!«

Alle versuchten, die Situation zu retten, hoben ihre Gläser und übertönten Emilie, die mehrmals wiederholte: »Aber Wilhelm ist doch noch gar nicht fertig.«

Zwei Kellner servierten den dritten Gang: Zungenfilets in Hechtrahm. Das Menü war erlesen: Hummersuppe, eisgekühlte Melone mit Portwein, Zungenfilets in Hechtrahm, Pasteten, Lammrücken mit Spargelköpfen, Trüffelsalat, Käse und Pistazienkuchen.

In der Küche stand die Köchin, Frau Bille, und paffte wie üblich ihren Zigarrenstummel. Sie hatte stets die Mahlzeiten im Lichtenbergschen Haus zubereitet, und alle bewunderten ihre große Tüchtigkeit. Sie hatte ihre Eigenheiten, doch niemand hatte bis jetzt gewagt, sie zu bitten, ihren Zigarrenstummel beim Kochen aus dem Mund zu nehmen. Sie trat ein paar Schritte zurück, um den angerichteten Lammrücken zu begutachten, der als nächster Gang serviert werden sollte. Da erschallte brüllendes Gelächter aus dem Speisezimmer. Frau Bille schaute zur Tür hinüber, dann genehmigte sie sich ein Glas Portwein und steckte sich wieder die Zigarre in den Mund. »Hm, das hört sich nicht wie eine der üblichen Gesellschaften an.«

»Der mit dem Monokel gibt gutes Trinkgeld«, sagte die Serviererin, Frau Møller, und zeigte einen Zehn-Kronen-Schein. »Er sagt, er mache das immer am Anfang, dann würden die Drinks besser eingeschenkt.« Sie schüttelte lachend den Kopf.

»Schau nach, ob sie mit den Zungenfilets fertig sind«, brummte Frau Bille.

Johan stand auf und hob sein Glas. »Und jetzt ist es Zeit für das Sausen von Kalvebod!«

»Was ist denn das?« fragte Agnete und stand verwirrt auf.

Joseph legte ihr den Arm um die Schultern. »Du sollst einfach das Heulen des Sturms bei Kalvebod nachmachen«, sagte Joseph lachend.

»Huiii!« sagte Agnete vorsichtig.

»Lauter, Agnete!« rief Johan.

Agnete errötete. Die Familie hatte sich erhoben und sah sie an. Joseph wurde unruhig; er kannte dieses Spiel. Manchmal waren sie unbarmherzig und gingen zu weit, wenn sie jemand auf die Schippe nahmen. Sie fanden Agnete zu vornehm und für Joseph zu alt und wollten es jetzt wissen.

»Huiii!« machte Agnete, während sie Joseph hilflos ansah.

»Ja, und gleich noch einmal!« rief Kalle.

»Nein, mir reicht's!« sagte Agnete und ließ sich auf den Stuhl fallen. Ihr Stirnband mit der Straußenfeder rutschte nach unten. Sie schob es verärgert wieder an seinen Platz und leerte ihr Champagnerglas.

»Hoch soll'n sie leben, hoch soll'n sie leben«, sang Johan.

Die Familie sah zufrieden aus, denn das Weibsstück schien total beleidigt. Sie hatten die Oberhand gewonnen.

Der Kellner servierte den Lammrücken. »Mmh, Schlabberspargel«, sagte Johan, schnappte sich einen Spargelkopf und schlürfte ihn genüßlich. Der Kellner sah ihn gequält an und legte den Rest vorsichtig auf den Teller zwischen den zwei Silberlöffeln.

»Herrliches Essen, wirklich Joseph, ein herrliches Essen! Schade, daß Juliane nicht dabei ist«, rief Kalle.

Joseph richtete eine schöne Hochzeitsrede an seine

Braut, wurde allerdings von Zwischenrufen wie »Hört, hört!« und »Ja, das paßt zu Joseph« unterbrochen.

»Haben wir's nicht schön?« rief Joseph und blickte sich rotwangig und freudestrahlend um.

»Oh, nein, auch noch ein Baumkuchen«, stöhnte Agnete. Joseph hatte geglaubt, es würde sie rühren, daß er einen bestellt hatte. Schließlich war er teuer genug gewesen.

»Was stimmt denn mit dem Baumkuchen nicht?« fragte er scharf.

Agnete schwieg und verzog den Mund zu einem säuerlichen Lächeln.

Nach dem Kaffee wurde die Stimmung noch besser. Der Kellner kam herein und meldete: »Frau Thyra Heikel und Herr Jacobsen, Anwalt am Obersten Gerichtshof, möchten den Brautleuten ihre Glückwünsche aussprechen.«

Agnete faßte sich an den Hals. »Um Gottes willen, Joseph, was soll ich nur machen? Die passen doch überhaupt nicht hier rein.«

»Warum in aller Welt sollen sie nicht passen?« Joseph ging in die Halle. »Willkommen, Herr Anwalt Jacobsen, guten Tag, Frau Heikel, kommen Sie doch bitte herein. Darf ich Ihnen meine Familie vorstellen? Wir sind alle in bester Stimmung. Sie kommen genau zur rechten Zeit.«

Er riß die Tür zum Wohnzimmer auf. Herr Jacobsen küßte Agnete die Hand. »Herzlichen Glückwunsch, meinen allerherzlichsten Glückwunsch!«

»Glückwunsch, mein Schatz! Was für interessante Leute, liebe Nete«, sagte Frau Heikel und gab dem Stubenmädchen ihre Federboa.

Es gelang erst um drei Uhr, die Hochzeitsgäste zum Gehen zu bewegen. »Endlich«, stieß Agnete erschöpft hervor und ließ sich auf einen Stuhl sinken.

»Das ging doch hervorragend. Auch Herr Jacobsen

schien seinen Spaß gehabt zu haben«, sagte Joseph vertraulich. »Komm, meine Braut. Wir wollen raufgehen und unsere Hochzeitsnacht genießen.« Er nahm sie auf seine Arme. Sie wog noch immer sehr wenig; ihre Beine waren so dünn wie die eines Vollblüters. Er trug sie die Treppe hinauf und stieß die Tür zum Schlafzimmer auf.

»Hurra, da haben wir euch reingelegt, was?« rief Johan lachend. Die gesamte Familie Jensen stand grinsend im Zimmer. »Wir hatten im Garten eine Leiter versteckt.«

Agnete warf einen Blick auf ihr hübsches Schlafzimmer. Das Bett war umgedreht, die Vorhänge zusammengebunden, und Kalle hatte ihren neuen Turban aufgesetzt.

»Was zum Teufel, bildet ihr . . .!« schrie Agnete mit Tränen in den Augen. Sie konnte den Satz nicht beenden, denn den Rest erstickte der Reis, den Kalle und Johan über ihrem Kopf ausschütteten.

Am nächsten Vormittag um elf stand Johan mit einem Blumenstrauß vor Josephs Tür. Er wollte sich entschuldigen, sollten sie etwas zu weit gegangen sein. Hätte sich Joseph irgendwelcher Vorwürfe erwehren müssen, täte es ihm leid. Johan betrachtete das blank geputzte Messingschild, auf dem »Aamund« stand. Aber sie hieß doch Lichtenberg.

Agnete und Joseph saßen beim Frühstück, als das Zimmermädchen meldete: »Johan Jensen ist mit einem Blumenstrauß gekommen.«

»Entschuldige mich bitte«, sagte Agnete und verließ das Speisezimmer.

Joseph stand verärgert auf. Johan stolzierte mit dem Bukett herein. »Also wirklich, Johan, es ist unser Hochzeitsmorgen.«

Johan gab Joseph die Blumen. »Der ganze Wirbel tut mir wirklich leid, alter Junge. Wir möchten uns entschuldigen und für den gestrigen Tag bedanken. Sprengte wohl ein bißchen den Rahmen, oder? Aber ich muß schon sagen, ein tolles Fest!« Johan blickte Joseph an. »Ja, ja, ich geh dann mal. Wer ist eigentlich Aamund? Der Name steht an eurem Türschild.«

»Das bin ich. Ich habe mit Rücksicht auf die Geschäfte meinen Namen geändert. Agnete machte sich auch nichts aus dem Namen Jensen. Wir fanden, Aamund sei ein schöner Name mit nordischem Klang.«

Johan sah Joseph schockiert an. »Dann heißt du gar nicht mehr Jensen? Wie gut, daß Mutter das nicht mehr erleben muß.« Er nahm Joseph die Blumen weg, schmiß sie auf den Boden und trampelte darauf herum.

»Du Verräter!« schrie er heiser und stürmte zur Tür hinaus.

# 20

»Bald habe ich die Million erreicht«, sagte Agnete und betrachtete zufrieden ihren Kontoauszug.

»Geld, Geld, Geld, immer sprichst du nur von Geld!« sagte Joseph hinter seiner Zeitung.

In den acht Jahren ihrer Ehe war die Anzahl ihrer Tätigkeiten stetig angewachsen. Joseph hatte einen großen Anteil daran. Doch er war nicht so weltgewandt geworden, wie sie erhofft hatte. Es fehlte ihm noch an vielem. Er hatte keinen Bildungshintergrund, und es war peinlich, daß er kein ordentliches Französisch sprach. Doch selbst Herr Jacobsen, ihr Ratgeber, räumte ein, daß er ein großes Geschäftstalent besaß. Er war ein guter Organisator und steckte voller Ideen.

Von der neuen Knäckebrotfabrik Ruga war sie nicht gerade begeistert und hatte sich mit Joseph deswegen gestritten. Er hatte seinen Willen durchgesetzt, und zu ihrer großen Verärgerung sah es wieder mal so aus, als sollte er recht behalten. Ruga lief wirklich gut. Wer hätte gedacht, daß die Leute solch ein trockenes Vogelfutterzeug aßen? Doch jetzt wollten sie alle schlank sein. Joseph hatte sich den Slogan ausgedacht: »Eßt euch schlank mit Ruga.« Alle Großhändler sowie die übergewichtigen Frauen der Emporkömmlinge sprangen darauf an. Joseph bekam Briefe von Frauen, die ihm schrieben, sie verstünden nicht, daß sie nicht dünner geworden seien, obwohl sie schon mehrere Packungen gegessen hätten.

Für Joseph war seine neue Tätigkeit wie ein eigenes Kind. Agnete dagegen betrachtete sie aus irgendeinem Grund als Bedrohung. Sie hatte das Gefühl, er versuche sie aus dem Geschäft zu drängen und sich von ihr zu befreien. Was für eine Undankbarkeit, bedachte man, was sie alles für ihn getan hatte.

Agnete legte ihre Unterlagen aus der Hand. Die beiden französischen Bulldoggen Fleur und Gamin schauten sie aufmerksam an. Nachdem der alte Hund vom Zug überfahren worden war, war sie völlig außer sich gewesen, weil sie eine sehr enge Bindung zu ihm hatte. Er war ihr einziger und bester Freund gewesen, als sie alleine war. Sie erinnerte sich deutlich an die erste Begegnung mit Joseph. Der Hund hatte ihn ausgewählt, und sie hatte sich auf seinen Instinkt verlassen.

Als er starb, war das wie ein böses Omen. Seitdem hatten Joseph und sie sich entfremdet. Eines Tages hatte er die beiden Bulldoggen-Welpen als Geschenk mit nach Hause gebracht. Sie war überglücklich gewesen. Sie hatte fest gehofft, daß sie sich gemeinsam um die Hunde kümmern würden. Aber Joseph tätschelte sie nur hin und wieder, und wenn sie ihm berichtete, was die jungen Hunde im Laufe des Tages getrieben hatten, schien ihn das zu langweilen.

Die ersten Jahre waren anders verlaufen. Damals hatte ihre Mutter noch gelebt. Als sie starb, trauerte Joseph mehr als sie. Sie hatten ein sehr enges Verhältnis gehabt. Agnete war immer die Tochter ihres Vaters gewesen. Ihre Mutter hatte sie nie richtig verstanden. »Mutter ist so süddeutsch und schwülstig«, hatte Agnetes Vater immer mit leiser Geringschätzung gesagt. Er war ein schwedischer Major, der auf Distanz und gute Manieren Wert legte. »Ein zivilisierter Mensch zeigt seine Gefühle nicht«, hatte er gesagt. Aber so verliefen Ehen wohl üblicherweise. Sie fingen gut an; dann kam der Alltag mit seinen Machtkämpfen. Wenn ein Partner vorwärts kam, blieb der andere zurück. Man konnte nicht alles bekommen. Doch sie war immer noch in Joseph verliebt und kämpfte um eine enge Verbindung. Er glich dem Mann, von dem sie immer geträumt hatte, und war doch innerlich ein ganz anderer. Jemand, mit dem sie nichts gemeinsam hatte. Sie versuchte sich seinen Interessen zu nähern. Doch er bemühte sich niemals um ihre.

Sie hatte ihm einen Pavillon im Garten eingerichtet, in dem ein Flügel stand und er singen konnte. »Ich sage es dir ehrlich, Joseph. Klassische Musik interessiert mich nicht. Ich finde, du klingst wie eine Kuh in Seenot beim Singen. Aber im Pavillon kannst du soviel singen, wie du willst.« Er hatte sie mit einem seltsamen Gesichtsausdruck angesehen; dabei hatte sie doch nur komisch sein wollen, und aus klassischer Musik machte sie sich wirklich nichts.

Jetzt saß er fast jeden Abend im Pavillon, und sie bereute ihre scheinbar so gute Idee. Wenn sie ihn beim Singen störte, wurde er wütend. Viele Abende hatte sie erwartet, er würde mit dem Singen aufhören und ihr etwas Gesellschaft leisten. Sie hatte nie geglaubt, daß man in einer Ehe so einsam sein konnte. Auch gesundheitlich stand es nicht zum besten. Nach der Operation waren starke Gelenk- und Muskelschmerzen zurückgeblieben.

Wenn Joseph seine stillen Perioden hatte, konnte sie in aller Ruhe darüber nachdenken, was eigentlich aus dem Ruder gelaufen war. Fragte sie ihn, antwortete er nur: »Es ist alles in Ordnung, Agnete. Ich bin nur geschäftlich fürchterlich eingespannt. Es ist schwierig für mich; es gibt so viel Neues, das ich lernen muß. Ich habe doch nur sechs Jahre lang die Schule besucht. Jetzt muß ich alles Versäumte nachholen.«

Vielleicht beschäftigte sie sich wirklich zuviel mit ihrem Geld. Aber man mußte jede einzelne Öre kontrollieren, sonst nutzten die Leute das aus. Joseph mischte sich auch in ihr Verhalten gegenüber den Angestellten ein, und davon verstand er nun wirklich nichts. Reichte man denen den kleinen Finger, nahmen sie gleich die ganze Hand. Joseph war außer sich vor Zorn, als er entdeckte, daß die Dienerschaft, der Chauffeur und der Gärtner Pferdefleisch bekamen, während die Herrschaft Hacksteaks aus Rindfleisch aß. »Aber das ist doch ganz natürlich. Das tut jede vernünftige Frau mit einem großen Haushalt. Du weißt doch nicht einmal, was ein Kilo Fleisch kostet, oder?«

Wenn sie Gäste hatten, ging er immer in die Küche und versorgte das Personal mit Wein, was Agnete besonders wütend machte. Man mußte Distanz halten; das hatte sie zu Hause gelernt. Sie ähnelte ihrem Vater. Er war eine dominante Persönlichkeit gewesen. Auch die Mutter war der Dienerschaft gegenüber zu weich. Joseph übte keinen guten Einfluß auf sie aus. Sie gingen ihrer Arbeit bei weitem nicht mehr mit derselben Sorgfalt nach wie früher. Sie forderten mehr Freizeit und begannen darüber zu diskutieren, daß sie einmal im Monat ein ganzes Wochenende frei haben wollten.

»Und wer, zum Henker, kümmert sich dann um das Essen?« fragte Agnete ungläubig das Küchenmädchen.

Doch die größten Streitigkeiten hatten sie, wenn es um Josephs Familie ging. Die Familie aus Christianshavn war höchstens zweimal im Jahr zu Besuch. Man mußte sich schließlich nicht alles gefallen lassen. Mit anderen Menschen konnte man sie einfach nicht zusammenbringen. Diese Sprache, diese Manieren, und stets betranken sie sich. Wenn sie dagewesen waren, gab es immer Streit.

Joseph warf Agnete vor, sie nicht anständig zu behandeln. Er hob alle ihre guten Eigenschaften hervor, und sie mußte seine zahllosen Kindheitserinnerungen über sich ergehen lassen.

Wenn sie stritten, flüchtete er sich in die Vergangenheit und sein Zuhause in Christianshavn. »Dir wäre am liebsten, wenn ich ein Findelkind gewesen wäre, was, Nete? Dann könntest du deine eigene Zeitrechnung aufmachen: vor und nach Joseph.«

Diese Bemerkung hatte sie getroffen. Er sollte ihr Mann sein; niemand sonst hatte ein Recht auf ihn. Sie hatte ihm alles verschafft, was ihn jetzt auszeichnete. Niemand durfte ihn ihr wegnehmen. Sie würde alles durchstehen; das hatte sie sich vorgenommen, damals, als sie sich in ihn verliebte. Ihr Vater hatte einst gesagt: »Das einzige, was ein Mann respektiert, ist eine starke Frau, ganz gleich, ob ihre Stärke sich auf Geld, Klugheit oder Erotik gründet. Denk daran, kleine Nete. Zeige niemals Schwäche.«

Doch sie war schwach. Wenn Joseph sie verließ, würde sie sich erschießen. Die schlimmen Tage, die sie seit ihrer Operation so oft erleben mußte, waren nur schwer durchzustehen. Wenn sie morgens mit dem Gefühl erwachte, ihr Herz schlage besonders heftig, dann wußte sie, daß einer dieser Tage angebrochen war. Alles war grau und mühselig, selbst das Essen schmeckte dann anders. An diesen Tagen war sie beinahe bewegungsunfähig, und nachts wurde sie von Selbstmordgedanken und Alpträumen gequält, gräßlichen Träumen voller Gewalt. Joseph erzählte sie nie etwas davon. Nur eines brachte diese Depressionen zum Verschwinden: wenn Joseph mit ihr ins Bett ging, hart und fordernd war, dann spülten ihre Orgasmen die Angst, das Gefühl der Unwirklichkeit und die trüben Tage fort.

Auf ihren Reisen verstanden sie sich gut. Sie wanderten in den Bergen und hatten genügend Gesprächsstoff. Im Moment waren schwierige Zeiten. Sie hatten eine neue Köchin bekommen, die seltsame Speisen zubereitete. Joseph sprach in einer Tour von Julianes Weißkohlsuppe, Kalbskopf und Apfelkuchen.

Agnete setzte sich auf die Armlehne des großen ledernen Lehnstuhls. »Wollen wir nicht eine Reise nach Biarritz machen, Joseph? Wir könnten Wanderungen unternehmen und du einen Konversationskurs in Französisch absolvieren.«

»Dazu habe ich keine Zeit, Agnete. Irgendwas mit den Backöfen funktioniert nicht. Ich werde mich mit einem schwedischen Diplomingenieur treffen, der früher bei Wasa beschäftigt war. Dann werden wir vielleicht bald auf dem skandinavischen Markt vertreten sein und den Schweden Konkurrenz machen.« Lächelnd schaute er zu ihr auf. »Was gibt's heute zu essen?«

Agnete stand verärgert auf. »Ich weiß es nicht. Es wird ihr schon was eingefallen sein. Warum können wir nicht verreisen?«

Joseph nahm seine Zeitung. »Du bist völlig gleichgültig, was das Essen angeht, Agnete. Für einen Mann bedeutet das aber etwas. Wenn ich nach Hause komme, habe ich schließlich einen anstrengenden Tag hinter mir. In unserer Familie waren die Mahlzeiten die Höhepunkte des Tages.«

»Deine Familie, immer geht es um deine Familie. Man ißt, um zu leben. Man lebt nicht, um zu essen.«

Joseph eilte mit raschen Schritten in die Küche. Die Köchin sprang auf, so daß ihre Zeitschrift zu Boden fiel. »Was gibt es heute zu essen, Fräulein Knudsen?«

Sie schaute nervös in den Topf und kratzte mit einem Holzlöffel darin herum. »Ich hatte an Hacksteaks gedacht«, sagte Fräulein Knudsen.

»Sollen diese Versteinerungen etwa Hacksteaks sein? Wissen Sie, wie die Hacksteaks meiner Mutter waren? Die waren groß und saftig und innen von zarter, hellroter Farbe. Sie schwammen gemeinsam mit geschmorten Zwiebeln in einer wohlschmeckenden Bratensoße. Auf dem Steak war ein Spiegelei, und daneben lagen große, gelbe Kartoffeln zum Zerstampfen, und dazu gab's saure Gurken und Preiselbeeren. Hacksteaks sind kein kulinarisches Mysterium. Doch die richtige Frau macht selbst aus den einfachsten Speisen eine leckere Angelegenheit.«

Er schaute Agnete an, die mit Fleur auf dem Arm im Türrahmen stand. »Adieu, ich esse von nun an im Park-Restaurant.« Joseph ging in den Hof und rief nach Spuhr.

»Sie sind gefeuert!« sagte Agnete zu Fräulein Knudsen und knallte die Tür zum Speisezimmer zu.

»Woll'n Se nich rüber mit uns?« fragte der kleine Junge und streckte Joseph seine Hand entgegen. Joseph sah ihn erstaunt an. Zwei kleine Kerle von fünf und drei Jahren standen neben ihm.

Joseph lachte. »Was hast du gerade gesagt?«

»Ob Sie mit uns über die Straße gehen wollen«, sagte der größere Junge und versuchte die Wörter deutlich auszusprechen.

Joseph nahm sie an den Händen. Es gab ihm einen Stich, ihre kleinen, klebrigen Finger in seinen Händen zu spüren. Er stellte sich vor, wie es wäre, selbst so ein paar kleine Racker zu haben, die seine Hilfe brauchten. Er streichelte ihre Köpfe, als sie auf der anderen Seite waren. Sie bedankten sich und flitzten davon. Er schaute ihnen lange nach.

Was für ein merkwürdiges Gefühl: die Lust, Vater zu werden. Er schüttelte den Kopf. Jetzt wurde er offenbar völlig verrückt, sich so etwas in seiner jetzigen Situation zu wünschen. Er schlenderte in Richtung Wilders Platz. Die Brotfabrik wurde gerade umgebaut, und die Knäckebrotproduktion sollte vergrößert werden. Die Frage war, ob sich das auszahlen würde oder ob er sich um neue Räumlichkeiten bemühen sollte. Heute wollte er die neuen Pläne mit Agnete besprechen. Dann wäre er allerdings auch gezwungen, ihr zu erzählen, daß nun auch Viggo und Wilhelm bei Ruga arbeiteten.

Sie würde bestimmt toben. Jetzt war bald die gesamte Familie in den verschiedenen Betrieben beschäftigt, abgesehen von Johan. Wilhelm arbeitete als Vertreter. Otto war aus Schweden nach Hause gekommen, nachdem Joseph die »Wiener Bäckerei« in der Købmagergade gekauft hatte. Jetzt arbeitete er dort als Meister.

Nur für Johan mußte er noch eine Arbeit finden.

Joseph betrat das Fabrikgebäude, in dem es nach Roggenmehl roch. Hier war es so warm, daß man kaum atmen konnte. Das Mehl auf dem Boden wirbelte auf. Die großen Öfen lärmten. Joseph rief: »Wo ist Herr Jensen, der Verwalter?« Die Arbeiter zeigten in eine bestimmte Richtung, und Viggo, der unter einem der Öfen gehockt hatte, stand schweißüberströmt auf und wischte sich seine schwarzen Finger an einem Putzlappen ab.

»Der Herr Direktor möchte mich sprechen?«

»Was ist mit dem Ofen, der kaputt war?«

Joseph hatte seinen Brüdern eingeschärft, daß er keine familiären Umgangsformen bei der Arbeit wollte. Es sollte nicht geratscht werden. »Außerhalb der Fabrik ist alles so wie immer.« Viggo, Wilhelm und Otto hatten genickt. Natürlich, das verstand sich von selbst. Die Arbeiter waren verunsichert. Was für eine merkwürdige Familie, in der seine Brüder dem Direktor mit demselben Respekt begegneten wie die übrigen Arbeiter. Auch schienen sich die Brüder beinahe vor Angst in die Hosen zu machen, wenn sich der Direktor unangemeldet blicken ließ, so wie heute. Diesem Mann entging nichts. Aber konnte man den Brüdern trauen?

Die Brüder kümmerten sich vor allem um ihre eigenen Dinge. Viggo war bei den Arbeitern der Beliebteste, ein lustiger Bursche, dem der Schalk im Nacken saß und der mit seinen Händen richtig umzugehen wußte. Wenn es irgendwo brannte, war er geschickter als die Ingenieure und führte besonnen die kleinen Reparaturen aus. Die anderen Arbeiter hatten bemerkt, daß Viggo weder lesen noch schreiben konnte. Anfangs hatten sie darüber gelacht, doch inzwischen flößte ihnen das um so mehr Respekt ein. Er war ja schließlich nicht auf den Kopf gefallen; der Direktor und seine Brüder mußten eine harte Vergangenheit hinter sich haben.

Im Augenblick arbeiteten sie unter Hochdruck. Eine Fülle von Aufgaben mußte erledigt und die Produktion aufrechterhalten werden. In den letzten Wochen hatte es Wirbel um eine der Packerinnen gegeben. Erna war gefeuert worden. Die anderen Mädchen hatten mit Streik gedroht. Es zeigte sich, daß Erna gerade schwanger geworden war. Wer hatte davon Wind bekommen und es weitererzählt? Es konnte eigentlich nur der Verwalter Jensen gewesen sein, der immer mit den Mädchen schäkerte.

»Dann lernt ihr vielleicht, den Schnabel zu halten«, rief Karna, die Vertrauensperson der Mädchen. »Blut ist dicker als Wasser.«

»Denunziant« wurde Viggo in den nächsten Tagen

zugeraunt, wenn er durch die Halle ging, in der die Mädchen arbeiteten. Viggo hatte Erna nicht verraten, wußte aber, wie alles zusammenhing. Karna bekam von Joseph Geld dafür, daß sie ihn mit interessanten Neuigkeiten versorgte.

Warum sollte Erna auch weiterhin Geld bekommen, ohne etwas dafür zu tun, nur weil sie ein Kind erwartete? Viggo pfiff unbekümmert, wenn die Mädchen über ihn tuschelten. Das war doch nur klug von Joseph. Die Familie mußte zusammenhalten.

Der taubstumme Arbeiter, der die Knäckebrotscheiben in den Ofen schob, machte Viggo ein Zeichen und grinste. Joseph betrachtete die beiden. »Glückwunsch, Herr Jensen! Ich sehe, daß Sie gut mit Sivertsen zusammenarbeiten.«

Viele fürchteten Sivertsen. Hin und wieder bekam er seine Wutanfälle, bei denen er mit zuckendem Kopf unheimliche, tierische Laute von sich gab. Doch Viggo und Sivertsen waren Freunde geworden. Viggo schlug Sivertsen auf sein nasses, fleckiges Unterhemd. »Wir schauspielern füreinander. Manchmal, wenn er etwas nicht versteht, tanze ich auch für ihn«, sagte Viggo lachend.

»Ja, ja, Herr Jensen, jetzt werden Sie mal nicht übermütig«, sagte Joseph, der mit Absicht eine Redewendung seiner Mutter benutzt hatte. Viggo und Joseph sahen sich in die Augen. Das signalisierte für den Bruchteil einer Sekunde, daß »alles in Ordnung« war, bevor Joseph seinen Rundgang durch die Fabrik fortsetzte.

Spuhr holte ihn um halb vier ab. »Zu Frau Fredriksen«, sagte Joseph, und Spuhr fuhr in die St. Kongensgade zum besten Feinkostgeschäft der Stadt. Joseph hatte begonnen, sich im Alltag mit verschiedenen kleinen Dingen zu beschäftigen, die ihn etwas aufmunterten. Er hatte sich auch

Ali Babas großes gastronomisches Handbuch zugelegt. Mit Hilfe dieser Abendlektüre stellte er im Geiste die Menüs zusammen, die nach seinem Geschmack waren.

Hoffentlich würde heute abend alles gutgehen. Er freute sich. Der gesamte Männerchor des Königlichen Theaters kam zum Abendessen. Alle die alten Freunde und Kollegen. Das Essen lieferte Oscar Davidsen. Auch ein abschließender nächtlicher Imbiß war geplant. Glücklicherweise war Frau Bille wieder in der Küche, denn Agnete konnte man nicht einmal das Schmieren eines Butterbrots anvertrauen.

Zum Teufel, die Anzeige! Joseph griff zum Sprechrohr, das sich am Rücksitz des großen Buick befand. »Spuhr, wir müssen mit einer Anzeige zu Sylvester Hviid.« Spuhr nickte, ohne den Kopf zu drehen, und steuerte den Wagen sicher und flüssig durch den Verkehr. Joseph lehnte sich zurück, streckte die Beine aus und genoß den Anblick seiner neuen, hellgrauen Gamaschen, die sich über seinen blank geputzten, schwarzen Schuhen spannten.

»Ist der Nachtimbiß fertig, Frau Bille?« fragte Joseph aufgeräumt. Er hatte einen Schwips. Es war ein herrlicher Abend gewesen, fast wie in alten Zeiten. Agnete hatte sich als strahlende Gastgeberin präsentiert.

»Ich habe noch nie eine lustigere Gesellschaft erlebt«, sagte sie. Joseph nahm eine Flasche Whisky aus der Kiste, die in der Küche stand, und trug sie ins Wohnzimmer.

Es war ein schöner Sommerabend. Die großen Türen und Fenster zum Garten hinaus waren geöffnet. Draußen war es immer noch ziemlich hell, und der Duft der Linden und Blumen erfüllte die Luft. Joseph schaute verblüfft in den Garten. Der Chor hatte Aufstellung genommen. Die guten alten Jungs! Er stand in der Türöffnung. Als sie ihn erblickten, begannen sie leise zu singen. Joseph trug einen Frack. Sie sahen seine weiße Hemdbrust leuchten. Er stand völlig unbeweglich. Oh, wie schön das war! Joseph war zutiefst bewegt und spürte verlegen, daß er sich nicht beherrschen konnte. Tränen liefen ihm über die Wangen, und er begann zu zittern. Der innere Druck war zu stark, die Tränen wurden förmlich aus ihm herausgepreßt. Er schluchzte zitternd. *Sie* waren draußen, *er* war eingesperrt. Das war seine eigene Schuld. Den Schlüssel zur Freiheit hatte er weggeworfen. Er streckte die Arme nach ihnen aus, wollte zu ihnen nach draußen, konnte sich aber nicht bewegen.

Agnete nahm ihn am Arm. »Hör auf, nimm dich doch zusammen! Du hast zuviel getrunken. Du machst dich ja lächerlich.«

Sie erschrak, als sie sein Gesicht erblickte.

»Wünsche dir nicht die vergangenen Zeiten zurück«, erklangen die Stimmen mit einem weichen und machtvollen Crescendo aus dem Garten. Josephs Kopf durchzuckte ein gewaltiger Schmerz, dann fiel er ohnmächtig vornüber und schlug mit dem Gesicht auf die Marmortreppe.

»Sie haben sich wohl etwas zuviel zugemutet, Herr Direktor Aamund. Ich möchte es als Nervenzusammenbruch aufgrund einer Depression bezeichnen und empfehle Ihnen Montebello«, sagte der Arzt im Krankenhaus.

Nachdem Joseph sich dort einen Monat aufgehalten hatte, kam er nach Hause. »Ich habe die Reise nach Biarritz gebucht«, sagte Agnete und drückte ihn in den Liegestuhl zurück, der auf der Veranda stand. »Heute werde ich mit einem jungen Mädchen sprechen, das sich als Köchin beworben hat. Sie heißt Johanne Weibel und kommt aus Lemvig, wo ihr Vater einen großen Hof besaß.

Fräulein Weibel besucht die Suhrsche Haushaltsschule, um sich als Haushaltslehrerin ausbilden zu lassen.« Agnete las weiter aus dem Brief vor und lächelte Joseph an. »Hört sich das nicht gut an? Sie hat ein blendendes Zeugnis vom Brøndums Hotel in Skagen, wo sie eine Lehre gemacht hat. Sie kommt am Nachmittag. Jetzt wird alles gut; du wirst sehen!« Joseph schloß die Augen und wandte sein Gesicht der Sonne zu. Er versuchte durch die Lider hindurchzusehen. Er sah ein rotes Leuchten und kleine, schwarze, vorbeisegelnde Punkte. Er hatte gelernt, Agnetes klare und entschiedene Stimme zu überhören, die immer mit ermahnendem Unterton zu ihm sprach.

# 21

Johanne drehte den Kopf, um die Naht ihrer Strümpfe zu kontrollieren. Ihre langen, hübschen Beine waren ihr ganzer Stolz. Sie zog die weißen Sommerhandschuhe an und setzte den kleinen, grünen Hut mit dem Band auf. Sie verharrte einen Augenblick vor dem Spiegel. Sollte sie ein wenig Lippenstift auftragen? Nein, das ließ sie lieber bleiben. Sie wollte bei ihrem Bewerbungsgespräch nicht zu aufgetakelt wirken. Sie faltete ihre Empfehlungsschreiben zusammen und steckte sie in die Tasche.

Das Haus des Direktors schien ein interessanter Ort zu sein. Das Gehalt war gut. Wenn sie die Stelle bekäme, könnte sie ihrem Vater etwas Geld schicken und auch das nächste Semester auf der Suhrschen Haushaltsschule bezahlen. Draußen in Hellerup bekam sie Kost und Logis. Der Brief ihres Vaters lag auf dem zierlichen Kiefernsekretär in ihrem Zimmer.

Für ihren Vater waren schwierige Zeiten angebrochen. Der Brand des Hofes war für die Eltern der Ruin gewesen. Eine Versicherung hatten sie nicht gehabt, und so kam der Vater finanziell nicht mehr über die Runden. Die Mutter konnte sich nicht mit dem Verlust ihres Familienbesitzes abfinden. Sie mußten in eine kleine Villa nach Lemvig umziehen, nachdem sie zuvor eine der tonangebenden Familien der Gegend gewesen waren. Dann war die Mutter erkrankt. Sie hatte sich ins Bett gelegt, der Wand zugedreht und war ein halbes Jahr darauf gestorben. Der Arzt sagte, es wäre Wassersucht gewesen. In seinem letzten Brief hatte der Vater Johanne geschrieben, er habe nie geglaubt, es würde so weit kommen, daß sein kleines Mädchen sich als Dienstmädchen durchschlagen müsse. Aber es sollte ja nur vorübergehend sein, bis sie ihr Examen als Haushaltslehrerin abgelegt haben würde. Sie sollte ja nicht ewig ein Dienstmädchen bleiben.

Johanne sah aus dem Fenster. Was für eine Aussicht! An die graue Mauer gewöhnte sie sich nie. Da war es in der Villengegend schon grüner gewesen. Sie hatte solches Heimweh nach Lemvig. Ganz zu schweigen von der Aussicht, die ihr das geliebte Elternhaus geboten hatte, von dem aus man über ausgedehnte grüne Wiesen bis zum Fjord hinuntersehen konnte. Der Johannisabend in Kopenhagen war trübselig verlaufen. Sie erinnerte sich an die letzte Mittsommernachtsfeier, die sie zu Hause erlebt hatte. Ihre Mutter hatte eine Maibowle angesetzt und Schmalzkuchen gebacken. Die Maibowle wurde in die großen Milchkannen gefüllt. Unten am Fjord hatten sie immer ein großes Lagerfeuer gemacht. Dort saßen sie dann alle beisammen, Mutter, Vater, ihre Geschwister und die Arbeiter, sangen, aßen Schmalzgebäck und tranken die Bowle. Vor zwölf Uhr gingen sie nicht ins Bett, und um diese Zeit war es immer noch hell über dem Fjord.

Johanne faltete den Fahrplan auseinander. Die Linie 14 ging bis nach Hellerup. Als sie über die Straße zur Bushaltestelle ging, drehten sich die Männer nach ihr um, bestaunten ihre Beine und ihre schönen roten Haare.

Johanne ging über den Gartenweg zur Villa am Rågevej und klingelte vorsichtig an der Tür; nur ein schwacher

Glockenschlag war zu hören. Joseph öffnete. Johanne errötete zu ihrer Verärgerung bis zum Hals. Sie hatte erwartet, daß ihr jemand vom Personal oder die Hausherrin öffnen würde. Aber nicht ein Mann, und dazu noch ein so attraktiver. Er blickte sie mit seinen großen, braunen Augen an. »Ah, Sie sind das junge Fräulein Weibel aus Lemvig. Meine Frau kommt sofort. Bitte treten Sie doch ein.«

Johanne trat zögernd in den Eingangsbereich. Sollte sie die Handschuhe ausziehen oder lieber anlassen? Vermutlich schickte es sich als Hausangestellte nicht, sie anzulassen. Schon das Wort verursachte ihr Magenschmerzen. Es war demütigend, hier auf die Hausherrin warten zu müssen.

Agnete stand im Speisezimmer und arrangierte ein Blumengesteck in einer großen Silberschale. Sie war gutgelaunt. Es ging nur noch darum, die Formalitäten zu erledigen. Seit Josephs Krankheit verlief ihr Leben in ruhigeren Bahnen. Er war umgänglicher geworden und hatte endlich ihrer gemeinsamen Reise zugestimmt.

Joseph betrachtete Johanne, während diese abwartend dastand. Agnete mußte über die Erscheinung des jütländischen Mädchens, das seine Tasche an sich preßte, lachen. Dieser Hut! Agnete ließ sich auf das seidenbezogene Sofa plumpsen und klopfte auf den Stuhl, der neben ihr stand. »Jetzt bewegen Sie mal Ihren Arsch und setzen sich zu mir«, sagte sie lachend. Johanne sah sie schockiert an. Was war denn das für ein Haus, in dem die Frau solche Wörter in den Mund nahm? Sie richtete sich würdevoll auf, sah Agnete ernst an und nahm ihre Empfehlungsschreiben aus der Tasche.

Joseph stand immer noch in der Tür. Agnete und ihr sonderbarer Humor. Sie kam sich herzerfrischend und originell vor. Da saß nun dieses nette und ernste Mädchen aus Jütland, so jung und unschuldig, und Agnete versuchte, sie zu verunsichern und zum Gespött zu machen.

Agnete schaute Joseph mit ihrem unartigen Schulmädchenausdruck an.

Joseph sandte ihr einen warnenden Blick, schloß die Tür und ging in seinen Pavillon.

Der summende Laut der Klingel drang bis ins Anrichtezimmer hinüber.

Johanne nahm die Schüssel und präsentierte sie. »Nein so was!« sagte Joseph begeistert und schlug die Hände zusammen. Johanne senkte die Schüssel und versuchte das Zittern ihrer Hände unter Kontrolle zu bringen.

Er legte sich ein Stück Fleisch auf den Teller, während Agnete ihn beobachtete. Es war unglaublich, mit welcher Miene er einen Schweinebraten anstarren konnte. Da mußte man ja neidisch werden, so hatte er sie jedenfalls nie angesehen. Das Interesse seiner Familie am Essen war wirklich pervers. Johanne servierte die Soße und achtete sorgfältig darauf, daß sie diese nicht über die Kruste goß. Josephs Augen folgten ihr wie hypnotisiert. Dieses Mädchen verstand sein Handwerk. Auch Agnete beobachtete sie. Ihr Verhalten hatte beinahe etwas Anstößiges, Erotisches. »Ausgezeichnet, Fräulein Weibel«, sagte sie und nickte ungeduldig. Johanne ging leise hinaus und schloß die Tür.

»Dieses junge Mädchen ist wirklich Balsam für die Nerven«, sagte Joseph und blickte zur Tür.

»Stimmt, besonders viel Schwung hat sie nicht gerade. Aber Hauptsache, du bist zufrieden, Joseph«, sagte Agnete und tätschelte seine Hand.

»Das bin ich, Agnete. Skål!« Er prostete seiner Frau zu.

»Hat das Mädchen ein Glas Wein bekommen für seine Mühe?«

»Nein, das hat sie weiß Gott nicht. Sie ist übrigens in der Inneren Mission. Bei ihr zu Hause wurde nur Wein getrunken, wenn Gäste aus Kopenhagen zu Besuch waren.«

Joseph stand mit der Rotweinflasche auf. »Aber natürlich bekommt sie ein Glas Wein. Das wird ihr schon nicht schaden.« Er ging in die Küche. »Möchten Sie ein Glas Rotwein, Fräulein Weibel? Sie kochen wunderbar. Es ist ein Vergnügen.«

Johanne erhob sich und lächelte. »Sehr gern; ich schätze ein Glas guten Wein.«

Joseph nahm ein Kristallglas und schenkte ein, während er sie ansah. Wie reizend und natürlich sie war. Sie konnte noch nicht besonders alt sein, vielleicht Anfang Zwanzig. Sie war so ernst; sicher hatte sie es nicht leicht gehabt.

Seine Augen glitten über ihre Erscheinung in der steifen, weißen Schürze.

Ein richtig kerngesundes Mädchen. Sie erinnerte ihn sehr an die wunderbaren Mädchen in dem Schullandheim in Vrå, der besten Zeit seines Lebens, wie er heute fand.

Johanne sah ihn über den Rand ihres Glases hinweg an, während sie trank wie ein gehorsames Kind. Joseph spürte zum ersten Mal seit vielen Jahren ein Prickeln am ganzen Körper. Schon lange hatte er keine Frau mehr so angesehen.

Er räusperte sich, nickte und ging ins Speisezimmer zurück. »Hat sie ihn getrunken?« fragte Agnete neugierig.

»Ich weiß nicht. Ich habe ihr einfach etwas eingeschenkt«, entgegnete Joseph.

Sie aßen schweigend weiter. Joseph war in seine Gedanken versunken. »Ganz ruhig, alter Junge. Mach keine Dummheiten. Sie könnte deine Tochter sein.«

»Ich beginne mich auf unseren Urlaub in Biarritz zu freuen, Agnete. Und weißt du, warum?« fragte er lächelnd. »Weil nichts schöner ist, als nach einer Reise wieder nach Hause zu kommen.«

»Du bist wirklich ein sonderbarer Mensch, Joseph«, seufzte Agnete.

Der Morgen ihrer Abreise verlief sehr turbulent. Das ganze Haus hatte kopfgestanden. Doch nun saß Agnete mit ihren Koffern und Hutschachteln im Auto. Spuhr trug das letzte Handgepäck zum Auto.

»Nimmst du die Reisedecke, Joseph?« Joseph nahm die zusammengerollte braune Decke, die von einem Schweinslederriemen zusammengehalten wurde. Johanne hielt Fleur und Gamin fest, die unbedingt mitkommen wollten. »Auf Wiedersehen, Fräulein Weibel. Passen Sie gut auf sich und die Hunde auf, bis wir wieder zu Hause sind. Vielen Dank, daß Sie sich um alles kümmern.«

Johannes Herz hämmerte, wenn der Herr Direktor mit ihr sprach. Er war wie ein Magnet. Sie wurde schwach und war kaum mehr sie selbst. Wie gut, daß die Herrschaften verreisten; so konnte sie ein wenig zu sich kommen. So etwas durfte nicht sein. Er war verheiratet. Solche Empfindungen waren Sünde. Sie hatte Gott um Vergebung und Kraft gebeten, um der Versuchung zu widerstehen, aber hier in Kopenhagen war alles so anders. Der Herrgott ihrer Kindheit, der ihr stets beigestanden hatte, schien so weit weg zu sein. Wenn sie doch jemand gehabt hätte, mit dem sie reden könnte. Doch das traute sie sich nicht einmal mit ihrer Schwester Karen. Karen verstand so was nicht. Sie würde verrückt spielen oder dem Vater einen Brief schreiben.

Johanne mußte selbst damit fertig werden. Sollte die Situation sich zuspitzen, mußte sie kündigen.

Jetzt befand sie sich seit einem Monat in dem Haus. Sie hatte sich vom ersten Augenblick an in den Direktor verliebt.

Jedesmal, wenn sie sich sahen, hatte sie das Gefühl, er hätte ähnliche Empfindungen. Doch sie war nicht völlig sicher. Er war so attraktiv und sehr männlich. Immer war er freundlich und gutgelaunt. Alle mochten ihn, weil er sich für andere Menschen interessierte. Immer war er es, der in die Küche kam und mit ihr plauderte. Wenn sie Gäste hatten, war er es, der sich darum kümmerte, ob das Personal auch etwas von dem guten Essen und dem Wein abbekam. Seine Frau tat das nie. Sie war sehr sonderbar und lebte zurückgezogen. Aber sie war wohl auch sehr krank gewesen.

Die beiden hatten ein merkwürdiges Verhältnis. Abends sprachen sie kaum miteinander. Die Frau las oder schlief auf dem Sofa. Er hielt sich den ganzen Abend und einen Großteil der Nacht über im Pavillon auf und sang. Johanne schlich sich manchmal in den Garten, um ihm zu lauschen. Das war sehr, sehr schön. Er war einsam, das stand fest.

Aber warum blieb er nun stehen und starrte sie an? Ihr schlug das Herz bis zum Hals, und sie traute sich nicht, seinen Blick zu erwidern, sondern tätschelte angestrengt die Hunde. Joseph trat dicht an sie heran: »Auf Wiedersehen, Fräulein Weibel. Sagen Sie, was tun Sie eigentlich ins Essen hinein? Ich fühle mich so sonderbar, seit Sie bei uns sind?«

Er lächelte sie an und zeigte seine weißen Zähne in dem sonnengebräunten Gesicht. Sie errötete, während ihr Tränen in die Augen stiegen. Er wußte, wie es ihr ging, und wollte sie aufziehen! Sie schämte sich über sich selbst.

Joseph sah sie erschrocken an. »Ich wollte Sie nicht verunsichern, Fräulein Weibel. Das, was ich Ihnen eigentlich sagen wollte, ist, daß ich Sie sehr, sehr nett finde.«

»Kommst du?« rief Agnete. Joseph nahm die Reisedecke und ging rückwärts aus der Tür. Johannes Beine zitterten. Er hat es gesagt, er hat es gesagt, jubelte es in ihr. Er fühlte wie sie. Sie ging auf ihr Zimmer, legte sich aufs Bett und verbarg den Kopf im Kissen. »Was soll ich nur tun? Jetzt hat er es ausgesprochen. Ich bin so verliebt in ihn. Lieber Gott, hilf mir. Wie soll das nur enden?«

## 22

Agnete bog die Krempe ihres großen Strohhuts nach unten. Die Sonne schien heute kräftig. Sie hatte Biarritz immer den Städten an der Cote d'Azur vorgezogen. Hier wehte stets eine frische Brise. Die Wellen konnten hoch und gefährlich sein und das Wetter schnell umschlagen. Hier gab es keine langen, warmen Perioden wie am Mittelmeer. Von Biarritz bekam sie nie genug. Wenn sie an diese Stadt dachte, standen ihr immer die blassen, hellroten Hortensien vor Augen, die in großen Büschen um die Märkte und Grünanlagen herum wuchsen. In den großen, eleganten Hotels verlief das Leben in ruhigen Bahnen. Alles war gedämpft. Die englischen Gäste legten keinen Wert auf Lärm und Gläserklirren, auf Gesang und Gelächter, die aus der Küche kamen. Selbst die Franzosen hielten sich mit Rücksicht auf die Touristen zurück. Die Kurstadt-Atmosphäre färbte auf sie ab.

Sie betrachtete Joseph. Er war in seine französische Zeitung versunken, durch die er sich vermutlich hindurchbuchstabierte. Ihre gemeinsamen Tage glitten gemächlich dahin. Sie machten lange Spaziergänge, besuchten Museen und tranken in den Konditoreien Tee aus hohen Gläsern. Die Tage waren lang, und alle warteten auf die Abende, um sich in den Casinos zu tummeln oder von den Unterhaltungsprogrammen der Hotels zerstreuen zu lassen.

»Hier kommt man nicht auf dumme Gedanken«, sagte sie mehr zu sich selbst. Joseph schaute sie überrascht an. Solche Wendungen gab sie selten von sich.

»Ja, es ist schön hier«, sagte Joseph und blätterte in der Zeitung. Er sehnte sich nach Hause. Die drei Wochen, die er hier verbracht hatte, waren eine Übung in Selbstdisziplin gewesen. Er hatte sich zusammengerissen und alle Orte mit ihr besucht, die sie gerne sehen wollte. Es war eine Art Buße, die er sich selbst für alle seine Gedanken auferlegt hatte. Für das, woran er nicht denken durfte. Diese Verliebtheit war völlig absurd und abwegig. Doch an all den Tagen, an denen er Konversation betrieben, Spaziergänge gemacht, gegessen und sogar mit Agnete zu schlafen versucht hatte, war er innerlich abwesend gewesen.

Wenn er versuchte, an die Geschäfte zu denken, an sein Leben und die Familie, dann schweiften seine Gedanken ab, und er sah Johannes Gesicht und ihre ernsten Augen vor sich.

Er hatte versucht, sich selbst zur Vernunft zu bringen. Sich in seiner Position in das junge Mädchen zu verlieben, war ein typisches Beispiel für den lächerlichen Zustand, den man Torschlußpanik nannte. Lief einem die Zeit davon, wenn man vierzig wurde? Wieviel Männer hatte er gesehen, die sich lächerlich gemacht hatten! Das, was sie suchten, war nur ihre eigene Jugend und die Bestätigung eines Lebens, das in Wirklichkeit ein Fiasko war.

Hier in Biarritz wurde er manchmal von Melancholie überwältigt, wenn er zwei Verliebte am Strand erblickte. Selbst die banalsten Schlager schlugen ihm aufs Gemüt. Die Texte wurden plötzlich wahr, und er mußte sich beherrschen, um nicht in Tränen auszubrechen. Ob Männer auch ihre Wechseljahre hatten? Warum fühlte er plötzlich, daß der einzige Mensch, der ihn verstand, ein wildfremdes, jütländisches, einundzwanzig Jahre jüngeres Mädchen war? Er kannte sie überhaupt nicht. Das konnte zum Unglück seines Lebens werden. Aber er dachte Tag und Nacht an sie und sehnte sich nur danach, wieder nach Hause zu kommen.

Er zuckte zusammen, als Agnete seine Hand nahm. Er war lange in Gedanken versunken gewesen; schuldbewußt ließ er seine Hand in ihrer liegen, ohne sich zu rühren. Warum hatte er sie geheiratet? Jetzt kam er nicht mehr aus dieser Verbindung heraus. Er war zu sehr in alles involviert. Er besaß eine eigene Fabrik, die er selbst geplant und aufgebaut hatte. Es war ein langer Weg dorthin gewesen, den er ohne Agnete nicht bewältigt hätte. Auf der anderen Seite war sie abhängig von ihm, obwohl sie dominant, anstrengend und fordernd war. Doch er kannte ihre Vergangenheit, die ihn mit Mitleid erfüllte. Sie war ein einsamer Mensch, der voller Mißtrauen und Vorbehalte gegenüber anderen Menschen war. Ein Abwehrmechanismus, ein Schutzschild, aber auch ein Angelhaken, der einen köderte, damit man sich verpflichtet fühlte, Freude und Wärme in ihr Dasein zu bringen. Doch wie sehr man sich auch bemühte, sie lebte nur für einen kurzen Moment auf und war anschließend genauso verschlossen wie zuvor.

Sie war niemals glücklich, niemals spontan. Auch im Bett verhielt sie sich merkwürdig. Manchmal war sie dominierend und fordernd, fast maskulin, andere Male ließ sie stumm und demütig alles über sich ergehen. Er spürte, daß sie die dunklen Seiten seiner Sexualität ans Licht brachte. Die Seiten, die ihn abstießen. Kindheitserinnerungen der Gewalt und der sexuellen Bestrafung kamen ihm dann zu Bewußtsein. »So, ist es das, was du willst . . .?«

Ihr Hunger war unstillbar, weil sie sich nur sicher fühlte, wenn sie die totale Kontrolle besaß.

»Wir haben noch eine halbe Stunde bis zum Lunch. Ich möchte mir noch schnell den Sand und das Salz abwaschen«, sagte Agnete und stand auf. Sie stopfte alles in ihre große Badetasche, zog ihr Strandkleid über und gab Joseph mechanisch die Tasche.

Agnete nickte einem älteren Paar zu, das gemächlich vorbeischlenderte. »Die kommen schon seit Jahren hierher, Engländer, er ein pensionierter Major. Gute Bridgespieler. Könntest du dir nicht vorstellen, Bridge zu lernen? Dann hätten wir immer Unterhaltung. Ich vermisse ein gepflegtes Bridge!«

Joseph antwortete nicht. Hier war man wie in einem Altersheim begraben, und er fühlte sich immer noch jung.

Sie spazierten an der Hotelanlage vorbei. Das Kurorchester spielte einen kleinen Walzer, den zur Zeit alle auf den Lippen hatten: »Chiribiribin«. Joseph summte mit. Er schwang Agnetes Badetasche beschwingt im Takt der Musik. Er hatte sich entschieden. Er wollte nach Hause.

Joseph schaute sich im Speisesaal um. Heute waren wirklich viele neue Gäste eingetroffen. Sobald sie gegessen hatten, wollte er Agnete sagen, daß er gezwungen sei, nach der Fabrik zu sehen. Das würde einen ziemlichen Streit geben, aber dem konnte er nicht ausweichen. Ein kleiner Page in blauer Uniform mit Goldschnüren und schräger Mütze schaute sich suchend um. »Monsieur Aamund, Monsieur Aamund!«

Joseph erhob sich und winkte ihm mit der Serviette. Der Page gab Joseph das Telegramm. »Was gibt's? Ist irgendwas mit den Hunden?« fragte Agnete alarmiert.

Joseph schloß den Umschlag. »Es geht um Kalle. Er ist

in Monte Carlo und hat kein Geld mehr für die Rückfahrkarte.«

»Das ist ja wohl nicht unser Problem, daß dieser Psychopath wieder einmal geglaubt hat, sein System würde funktionieren«, zischte Agnete erbost.

»Ich befürchte leider, daß uns diesmal größere Probleme als sonst erwarten. Er hat sich von zig Leuten Geld geliehen und ihnen versichert, sie würden es wiederkriegen, wenn er nach Hause käme. Das wird ein böses Ende nehmen. Um eine Strafe dürfte er kaum herumkommen. Ich fahre sofort nach Hause. Die arme Thora!«

»Deine Familie macht alles kaputt. Aber nicht meine Ferien«, sagte Agnete, pfefferte ihre Serviette hin und stampfte aus dem Speisesaal.

Der kleine Page schaute ihn immer noch an. Joseph lächelte und gab ihm zehn Francs. Der Junge schaute erstaunt auf. »Zum ersten Mal sind Familienprobleme doch etwas Wunderbares«, sagte Joseph zu sich selbst und blickte versonnen über den blauen Atlantik.

»Sie haben ihn angezeigt«, schluchzte Thora. Joseph saß bei ihr und hatte den Arm um sie gelegt.

»Ich helfe dir, so gut ich kann, aber die Strafe muß er auf sich nehmen.«

»Was werden sie ihm wohl aufbrummen?«

»Vielleicht ein Jahr«, antwortete Joseph und drückte ihre Hand.

»Niemand darf davon erfahren.« Thora trocknete ihre Tränen.

»Das wird sich kaum vermeiden lassen. Wie trägt er es selbst?«

»Er ist wie immer guter Laune und macht beinahe seine Scherze damit.«

»Wie hältst du das nur aus, Thora?« fragte Joseph.

»Ich liebe ihn eben. Kalle hat so viele gute Seiten, das weißt du. Er ist der beste Vater, den man sich vorstellen kann.«

»Du bist immer so verständnisvoll gewesen, Thora. Viel zu gutmütig. Ich muß dir auch etwas erzählen. Ich werde Agnete verlassen!«

»Was? Wieso? Und was wird mit Viggo, Wilhelm und Otto? Werden sie dann arbeitslos?«

»Mit der richtigen Frau an seiner Seite ist ein Mann zu allem imstande.« Joseph lächelte, als er sah, wie sich Thoras große, runde Augen weiteten.

»Nein, Joseph, jetzt reicht's aber langsam. In deinem Alter. Du bist zum zweiten Mal verheiratet. Wer ist sie?«

»Das sage ich nicht, denn sie weiß es selber noch nicht.«

»›Eine schöne Bescherung!‹ hätte Mutter gesagt.« Thora seufzte. »Warum kann es bei uns nicht so ruhig und friedlich zugehen wie in anderen Familien?«

Nachdem Joseph gegangen war, rannte Thora zum Telefon und rief Valborg an. »Hast du schon das Neueste von Joseph gehört?«

Joseph hatte vergeblich nach einer Gelegenheit gesucht, mit Johanne allein zu sein. Er wußte, daß sie in ihn verliebt war. Doch es war schwierig, den ersten Schritt zu unternehmen. Für gewöhnlich zögerte er nicht so lange. Wie würde sie reagieren, wenn er sie plötzlich küßte oder ihr sagte, daß er in sie verliebt sei?

Eines Morgens, als sie in seinem Zimmer Staub wischte, faßte er sich ein Herz. »Haben Sie den Blumenstrauß neben das Bild meiner Mutter gestellt?«

Johanne nickte. Er ging zu ihr und zog sie an sich. Er küßte sie lange. Sie bewegte sich nicht, doch ihr Mund öffnete sich bereitwillig. »Mein kleines Mädchen, mein kleines, süßes Mädchen. Ich bin so verliebt in dich.« Er ließ sie los, schaute sie an und umarmte sie erneut. Wie kolossal doch sein Herz hämmerte. Das war Liebe, echte Liebe.

Johanne flüsterte: »Sie dürfen es nicht tun, wenn Sie es nicht ernst meinen.«

Unten knallte eine Tür. Johanne entwand sich seinen Armen. Joseph wollte sie festhalten, doch sie war schon aus der Tür.

»Wo, zum Teufel, steckt sie bloß? Warum kommt sie nicht mit dem Essen?« fragte Agnete irritiert und stampfte mit dem Fuß auf die Klingel.

Die Tür öffnete sich. Johanne trug eine Platte mit gebratenen Schollen herein. »Bitteschön.« Joseph versuchte ihren Blick zu erhaschen, aber sie schaute weg.

Am nächsten Morgen entschloß sich Johanne zu kündigen. Sie hatte die ganze Nacht gebetet, und ihr Gewissen hatte geantwortet, auf diese Weise stürze man sich ins Unglück. Man durfte nicht in eine Ehe einbrechen. Heute wollte sie kündigen.

Agnete rief Joseph im Büro an. »Fräulein Weibel hat gekündigt. Sie hat gesagt, es gäbe keinen besonderen Grund. Diese merkwürdige, jütländische Schlafmütze. Ich dachte, sie wäre froh über die Stelle. Aber sie stand bloß da und heulte. Ich bin fuchsteufelswild geworden. Nach allem, was wir für sie getan haben. Für einen ganzen Monat hat sie bereits Lohn bekommen, und jetzt geht sie Knall auf Fall. Gibst du eine Anzeige auf?«

»Wo ist sie hingegangen?« rief Joseph erregt.

»Woher soll ich das wissen? Ihre Kommode wird heute nachmittag abgeholt.«

»Ich komme sofort nach Hause«, sagte Joseph.

»Ich kenne keinen Menschen, der so vom Essen abhängig ist wie du. Wir nehmen uns einfach eine andere, von denen gibt es genug im Moment.«

»Ich will nur sie haben!« rief Joseph, knallte den Hörer auf die Gabel und hastete zum Auto.

Die Kommode war immer noch da, als er nach Hause kam. Er drehte das Schild um, das daran befestigt war: »Fräulein Karen Margrethe Weibel, Schwesternwohnheim, Bispebjerg Hospital.« Er blieb einen Moment im Türrahmen stehen und betrachtete das kleine Zimmer, in dem sie gewohnt hatte. Sie hatte auch ein Paar Schuhe vergessen. Er hob sie auf und drehte sie um. Die Sohle hatte große Löcher. Seine Kehle schnürte sich zusammen. Das kleine, fleißige Mädchen, die nette, natürliche, junge Frau – wie sehr er sie liebte.

Nach einer Woche detektivischer Arbeit fand er Johanne. Sie wohnte bei ihrer Tante in einem kleinen Villenweg in Gentofte.

Auf einer Gartenbank saß eine kleine Dame mit weißem Hut. Ein schwarzer Stock lehnte an der Bank. »Entschuldigen Sie die Störung. Ich hätte gern Fräulein Johanne Weibel gesprochen.«

Die ältere Frau sah ihn kühl an. »Einen Moment, bitte.« Sie stand auf und nahm ihren Stock. Joseph bemerkte, daß sie einen Klumpfuß hatte. Der riesige Stiefel hinterließ im feinen Kies seine Abdrücke.

Johanne trat auf die Terrasse heraus. Ihre Tante und die Lehrerin, mit der sie zusammen wohnte, standen wie zwei Drachen hinter ihr. Joseph mußte unwillkürlich lächeln.

Johanne ging zu Joseph hinunter. »Ich muß mit Ihnen reden. Gehen wir ein bißchen spazieren?« Johanne ging hinauf und holte ihren Mantel. Es dauerte ein wenig, bis sie wieder nach draußen kam. Den Mantel über dem Arm, lief sie rasch die Treppe hinunter. Aus der Villa drangen erregte und zornige Stimmen, die sich mit dem Gesang der Vögel in dem hübschen Garten vermischten.

# 23

»Sag einfach zu ihr, daß sie wiederkommen kann, Joseph.« Agnete saß auf dem Bett. Sie sah schrecklich aus. Sie hatte kaum geschlafen, seit Joseph ihr gesagt hatte, er wolle sich scheiden lassen. Sie hatte ihm nicht geglaubt, doch jetzt packte er seine Koffer. »Hörst du nicht, was ich sage?« rief sie und packte ihn.

Er löste ihre Hand. »Du mußt dich beruhigen, Agnete. Seit zwei Wochen haben wir jetzt ununterbrochen darüber geredet. Ruf deine Freundin Thyra an. Sie wird gerne zu dir kommen. Ich ziehe nicht nur wegen Johanne aus. Das hier ist doch kein Leben, keine Ehe. Wir haben nie zusammengepaßt. Meine Entscheidung steht fest. Ich ziehe heute aus.« Er nahm seine Hemden aus der Kommode und legte sie behutsam in den Koffer.

Agnete strich sich die Haare zurück und rang die Hände. »Es macht mir nichts aus, wenn du mit ihr zusammen bist. Wir können doch alle drei hier wohnen.« Sie warf sich ihm schluchzend an die Brust. »Ich werde sie adoptieren. Niemand braucht etwas davon zu erfahren.«

»Agnete, jetzt ist Schluß! Das geht doch nicht. Glaubst du etwa, sie wäre damit einverstanden. Glaubst du, ich wäre das?«

»Ich will nicht mehr. Ich bringe mich um!« rief Agnete und versuchte den Koffer auf den Boden zu schleudern.

»Mit deinen kindischen Drohungen erreichst du gar nichts. Ich liebe sie, verstehst du das nicht? Ich will sie heiraten. Ich möchte mein Leben ändern. Zum letzten Mal.« Joseph schüttelte sie und schob sie in Richtung Tür. »Du kannst mich nicht kaufen und sie auch nicht.«

Agnete hing schluchzend an seinem Arm, schlug nach ihm und war kaum noch in der Lage zu sprechen. »Doch, das kann ich, denn du hast mich wegen des Geldes genommen. Du hast mich ausgenutzt, also kann ich jetzt auch bestimmen. Wir haben einen Vertrag. Wenn du aus dieser Tür gehst, werfe ich dich aus allen meinen Geschäften raus. Ich werde dich so treffen, daß du wieder in Christianshavn in der Gosse landest, dort, wo du herkommst.«

Joseph öffnete die Tür und stand Thyra Heikel gegenüber.

»Man hört euch im ganzen Umkreis. Komm, Nete, jetzt gehen wir zwei nach unten und kippen uns einen hinter die Binde. Ist das nicht ziemlich geschmacklos, Joseph? Das junge Mädchen aus dem eigenen Haus. Hast du denn überhaupt kein Niveau? Vergiß nicht, den Schlüssel dazulassen. Wir haben keine Lust, dich hier immer rein- und rausrennen zu sehen.« Sie legte Agnete den Arm um die Schultern und stützte sie auf dem Weg die Treppe hinunter.

Johanne saß nervös am Telefon in der kleinen Wohnung, die Joseph für sie gemietet hatte. Er war beim Scheidungsrichter und hatte versprochen, sie anzurufen, sollte es gute Neuigkeiten geben.

Seit über zwei Jahren versuchte er, die Scheidung zu bekommen. Doch jedesmal, wenn ein Treffen vereinbart war, reiste Agnete ins Ausland oder schickte ein ärztliches Attest. Warum rief er nicht an? Irgend etwas schien nicht in Ordnung zu sein. Er war vor sechs Stunden gefahren.

Heute sollte er Agnete wiedersehen. Wenn sie ihn nun zu irgendwas überredete? Wenn er sich erneut in sie verliebte? Sie war eine sehr elegante Erscheinung und konnte äußerst humorvoll und charmant sein. Johanne kam sich oft so jütländisch und unbeholfen vor, wenn sie und Joseph mit seinen Freunden zusammen waren. Sie wußte nicht richtig, was sie sagen sollte, sondern saß nur da und schaute Joseph fortwährend an. Sie wunderten sich bestimmt, warum er alles aufgegeben hatte. Am liebsten war sie mit seiner Familie aus Christianshavn beisammen. Die war so vergnügt und warmherzig. Für die waren sie einfach Joseph und Johanne, und niemand von ihnen fragte, wann sie endlich heirateten.

Johanne setzte sich und nahm ihr Nähzeug zur Hand. Sie wollte nicht weinen; dann war sie nur häßlich, wenn er zurückkam. Sie mußte Ruhe bewahren. Sie vertraute ihm. Bei ihr sollte er niemals Hektik und Streit, sondern nur Liebe erfahren.

Ihre Familie sah sie in dieser Zeit nicht besonders oft. Ihr Vater hatte Joseph einen ernsten Brief geschrieben. »Ich hoffe, meine junge Tochter ist für Sie nicht nur ein Spielzeug. Das hätte sie nicht verdient.« Joseph hatte der Brief von Johannes Weibel betrübt. Doch Johanne hatte ihm selbst auf seine Fragen nach Verantwortung, Pflichterfüllung und Glauben geantwortet.

Und sie wußte, wie sehr Joseph hoffte, bald frei zu sein, damit sie heiraten und ein eigenes Heim beziehen konnten. Zur Zeit wohnte er in einem Haus am Skolebakken und sie – mit Rücksicht auf das Geschwätz der Leute und die Geschäfte – in einer kleiner Wohnung.

Es war beinahe zweieinhalb Jahre her, seit sie ihren »Hochzeitstag« gehabt hatten, wie Joseph den 29. Juni nannte. Sie hatten einen Waldausflug nach Tisvilde gemacht. Dort war es geschehen, draußen unter den Tannen. »Diesen Tag werde ich nie vergessen. An diesem Tag hast du mir zum ersten Mal ganz gehört, und wenn wir erst unser eigenes Haus besitzen, dann werde ich dieses Datum in sämtlichen Silberschmuck eingravieren lassen«, sagte Joseph.

Johanne hatte sich mit rotem Kopf vom Moos und den Tannennadeln erhoben. »Das ist doch nicht dein Ernst«, sagte sie erschrocken.

»Allerdings, denn dies ist der beste und glücklichste Tag meines Lebens. Heute bin ich ein neuer Mensch geworden, der zu allem ja sagen kann, auch zu dem schönen, gefährlichen, lebendigen Leben, das man zu zweit führt.«

Johanne horchte auf. Jetzt kam er. Sie kannte seine Schritte. Rasch stand sie auf. Joseph stand in der Tür, verbittert und schäumend vor Wut. Er stellte seine Aktentasche ab. »Es ist schiefgegangen, Johanne. Sie weigerte sich, saß einfach mit einem triumphierenden Lächeln da und sagte, ihr Mann würde eines Tages sicher zu ihr zurückkehren. Sie besaß die einzigartige Frechheit, das Gericht anzulügen und zu behaupten, ich hätte sie vor vierzehn Tagen besucht und Geschlechtsverkehr mit ihr gehabt. Es kann sechs Jahre dauern, bis die Scheidung vollzogen wird, wenn sie sich weiterhin stur stellt!«

Er sah, wie Johanne sich beherrschte. Er umarmte sie, und sie blieben lange dicht beieinander stehen. »Sie kann uns nichts anhaben, wenn wir selbst das nicht wollen«, flüsterte sie und strich ihm über das Haar. »Setz dich erst mal. Möchtest du etwas essen und einen kalten Schnaps? Es steht alles schon bereit.« Joseph ließ sich schwer in den grünen Lehnstuhl fallen. Das gesegnete Mädchen. Was für eine Ruhe sie ausstrahlte.

Als Johanne mit der Schüssel und dem kalten Schnaps in der Tür stand, hatte er eine geniale Idee. Er stand auf, nahm ihr die Schüssel und die Schnapsflasche ab und stellte sie auf den Tisch.

»Weißt du, was wir machen? Wir bombardieren sie mit Kindern.« Er nahm die errötende Johanne auf den Arm und trug sie zum Diwan hinüber.

In der Wohnung unter ihnen begann eine Frau Mozarts Rondo alla turca zu spielen.